*Cette publication constitue le
cent neuvième livre publié par
Les Éditions JCL inc.*

DONNÉES DE CATALOGAGE AVANT PUBLICATION (CANADA)

Dubé, Danielle
    Le Dernier Homme
    (Collection Couche-tard)
    ISBN 2-89431-109-5
    I. Titre. II. Collection.
PS8557.U224D47 1993   C843'.54   C93-097052-7
PS9557.U224D47 1993
PQ3919.2.D82D47 1993

© *Les Éditions JCL inc., 1993*
Édition originale: septembre 1993

Tous droits de traduction et d'adaptation, en totalité ou en partie, réservés pour tous les pays. La reproduction d'un extrait quelconque de cet ouvrage, par quelque procédé que ce soit, tant électronique que mécanique, en particulier par photocopie ou par microfilm, est interdite sans l'autorisation écrite des Éditions JCL inc.

Le Dernier Homme

Collection
Couche-
tard

Éditeur
LES ÉDITIONS JCL INC.
930, rue Jacques-Cartier Est
CHICOUTIMI (Québec) Canada
G7H 2A9
Tél.: (418) 696-0536

Maquette de la page couverture
ALEXANDRE LAROUCHE

Infographie
JUDITH BOUCHARD

Tous droits réservés
© LES ÉDITIONS JCL INC.
Ottawa, 1993

Dépôts légaux
3ᵉ trimestre 1993
Bibliothèque nationale du Québec
Bibliothèque nationale du Canada

ISBN
2-89431-109-5

Distributeur officiel
LES MESSAGERIES ADP
955, rue Amherst
MONTRÉAL (Québec) Canada
H2L 3K4
Téléphone: (514) 523-1182
                    1 800 361-4806
Télécopieur: (514) 521-4434

DANIELLE DUBÉ

Le Dernier Homme

Collection dirigée par
YVON PARÉ

De la même auteure

Les Olives noires, Quinze, 1984, roman.
Prix Robert-Cliche 1984
Prix de la BCP Saguenay–Lac-Saint-Jean

Le procès, Traces, collectif,
recueil de nouvelles, Sagamie-Québec, 1984

*À mes parents,
Léopold et Cécile*

Parfois je suis traquée par la mémoire des cho-
ses, je me souviens d'une couleur ou d'une
forme – un bruit fêlé l'appelle en moi –, alors je
reviens vers la table pour en vérifier le souvenir.
Mais, la force de l'appel s'émoussant, à nou-
veau j'oublie.

Denise Desautels,
Leçons de Venise

I can't forget
But I can't remember one.

Leonard Cohen

Chapitre 1
L'ÎLE

C'était une île. Aucun avion, aucun paquebot venant des continents ne s'y rendait. C'était un lieu qui gardait jalousement le secret et la beauté de ses coraux volcaniques et de ses langues de sable parfois roses, parfois blanches. Ses habitants savaient que leur pays serait protégé tant que le secret serait gardé.

Anaïs No rejoignit cet endroit après quatre jours passés à bord d'un Boeing 727 qui fit escale dans une grande ville américaine, d'un bimoteur qui la déposa au milieu de l'océan, sur un îlot assez connu des touristes, d'un traversier qui la laissa sur un autre déjà moins fréquenté, puis du yatch d'un pêcheur qui, en même temps qu'il faisait sa ronde quotidienne, acceptait les voyageurs à la condition qu'ils passent la journée en mer.

L'homme qui lui avait tendu la main pour monter sur le bateau blanc portait un t-shirt corail qui mettait en valeur sa peau noire. Rarement elle avait vu homme si bien taillé... du moins, il lui semblait. Elle avait ressenti le besoin de le toucher. Mais quelque chose la retenait. Ce n'était pas tant la beauté qu'elle voulait atteindre que la singularité car certains êtres laids exerçaient sur elle la même fascination. Une chaleur surgissait alors de son corps, irradiant jusqu'au creux de ses mains impuissantes. Il avait des gestes longs et lents et un sourire plein d'éclats de soleil.

Il lui avait parlé des requins qui encerclaient l'île dont on ne voyait aucun signe sur l'horizon bleuâtre. Entre les pêcheurs et les requins, disait-il, un pacte de non-agression durait depuis des siècles et c'est ce pacte qui avait protégé les insulaires des invasions.

On ne se fréquentait pas. On se surveillait, on se respectait. Parfois, il arrivait que le rituel soit rompu par une incursion malhabile lorsque les deux poursuivaient la même proie ou lorsqu'un pêcheur, malgré les interdits, jetait des entrailles à la mer ou portait à la ceinture un poisson perdant son sang. Un individu pouvait alors être dévoré ou un requin abattu. Un pêcheur avait déjà tué un requin-marteau d'un simple coup de poing sur le mufle. Il s'en était tiré avec une main écorchée vive à cause des écailles dures.

Des heures durant, elle avait contemplé l'homme plonger dans les eaux émeraude, un harpon à la main, puis remonter, d'un vigoureux et langoureux mouvement d'épaules, un poisson au nom d'ange. Il pouvait disparaître plusieurs minutes, descendre jusqu'à plus de cin-

10

quante mètres. Le grand bassin rectangulaire sis en poupe du bateau accueillit une trentaine de prises de grosseurs, de couleurs et de formes diverses, proches de la configuration des étoiles ou des plantes. Chirurgiens bleus ou perroquets de mer. Labres indigo ou belles *conchas* roses à coquillage conique dont le labyrinthe intérieur cache une bête délicieuse. Cela avait été leur unique repas pris à bord. Des conches frites.

Lorsqu'ils avaient atteint la mer moins profonde, à proximité d'un archipel d'îlots, il l'avait laissée plonger pour admirer le plus beau spectacle marin qu'il lui semblait avoir vu de toute sa vie. Des poissons gris zébrés de jaune ou de violet filaient entre ses jambes, glissaient entre les coraux roses et noirs, surgissaient devant sa face. Têtes aplaties serties de lignes félines. Regards globuleux et curieux. Elle s'était retrouvée au milieu d'un vaste aquarium et avait atteint alors le ravissement, cette sensation oubliée, en même temps que l'impression de renouer avec des origines profondes. Qui sait si elle n'était pas une amphibienne plus ou moins adaptée!

C'était une île de forme ovale, sorte d'hémisphère allongée, bombée en son centre, basse sur ses côtes. Cette forme avait inspiré une légende. L'homme, appuyé au bastingage, la lui avait racontée après une nuit berçante sous les étoiles alors qu'au loin le soleil flamboyant coulait or dans la mer rose étale. Tous les insulaires, disait-il, connaissent cette légende de l'œuf cosmique à demi enfoui dans la mer, entre eau et terre, que transmettent les femmes à leurs enfants depuis des millénaires.

Un œuf avait surgi du chaos comme les étoiles et les planètes du système solaire. Sept siècles, sept années, sept mois et sept jours après, l'œuf issu de l'union de la déesse-mer qui l'avait porté dans son ventre et du dieu-ciel qui l'avait couvert de l'arc de ses bras, l'œuf se fendilla, se cassa puis se rompit. La terre émergea, rose de corail, de sa coquille de calcaire blanc, puis un vaste feu intérieur se mit à saigner en longues coulées de lave rouge et jaune. La terre brûlait, la terre cuisait comme poterie d'argile. Quand le feu s'éteignit, quand le calme revint, l'œuf était percé en son centre, telle une matrice d'où pouvait naître la vie. D'abord apparurent des êtres invisibles à l'œil nu, ensuite des plantes et des fougères aux frondes immenses et des poissons. Des crabes, des lézards, des tortues qui allaient et venaient entre terre et eau. Des oiseaux aux ailes et aux plumages couleur de fleurs et de feux. Et encore bien d'autres bêtes qui y vivent toujours.

Puis vint le premier couple, à vrai dire le premier être humain, tellement unis, tellement indissociables étaient ses éléments jumeaux, à la fois homme et femme. Son corps de terre volcanique, de sable de mer, de chair d'oiseaux et de poissons avait la configuration des arbres et des plantes. Dans ses veines courait une mer intérieure, des lacs d'eaux douces, des rivières d'eau rouge. Ses bras ressemblaient aux ailes des oiseaux, son ventre renfermait le feu des volcans, ses yeux la lumière du jour et de la nuit. Inséparables, tels ces oiseaux de la jungle, ils vécurent enlacés dans l'île en forme d'œuf dans un bonheur immuable jusqu'à ce qu'ils se mirent, lui, à rêver de la liberté des oiseaux et elle, de celle des poissons.

Ils réussirent alors à se séparer non sans se déchirer, non sans se faire mal. Du sang s'échappa de leurs veines. Les premières larmes d'eau salée de leur corps. Stimulés par cette liberté nouvelle, ils prirent, l'une la direction de la mer, l'autre celle du ciel clair au-delà de la montagne.

Le pêcheur n'eut pas le temps de terminer l'histoire. Libertad apparut à travers une échancrure du voile de brume. Debout, face aux lames de l'océan qui cisaillent la rive, les jambes bien ancrées au pont, les mains accrochées au gouvernail, il avait commencé les manœuvres d'accostage. Elle se dit qu'elle n'oublierait jamais cet instant. La lumière était si diaphane que l'on distinguait à peine la ligne pâle délimitant le rivage, la forme estompée des cocotiers bordant la jungle. Elle se retint pour ne pas embrasser l'homme. Il demeurait un étranger, elle une étrangère et dans ce pays, il semblait que l'on préférait qu'il en soit ainsi. Il la fit monter dans son vieux camion bringuebalant chargé de sa cargaison de poissons et s'immobilisa devant le seul hôtel de l'endroit.

Un homme d'âge moyen, de type plutôt indien, accueillit la voyageuse d'un sourire poli, lui désignant une des chambres meublées simplement d'un lit et d'un hamac. Il lui offrit une table sur la terrasse et lui servit le déjeuner composé de pain du pays et de confiture d'hibiscus. On n'entendait que le clapotis de l'eau dans l'anse déserte et la rumeur des voix paisibles dans la cuisine familiale. L'océan émeraude glissait loin de la plage de sable entrecoupée, ici et là, par la silhouette des palmiers à tête d'aztèque et des massifs d'hibiscus aux arborescences magnifiques dont sa plante d'appartement, perpétuellement envahie de minuscules araignées rouges, n'avait jamais pu s'ornementer. Elle avait atteint le pays de la carte postale. Et c'était comme si elle nageait en pleine fiction, dans la périphérie du réel. Elle vit soudain un petit lézard couleur de sable la fixant de son regard d'aiguille. Elle devait lui paraître énorme. Elle ne bougea pas pour ne pas l'effrayer.

Ce jour-là, elle explora les alentours et la jungle, derrière, avec ses cacatoès, ses perroquets bleus et verts et ses oiseaux de paradis. Accompagnée de ses échos sonores, elle suivit un sentier menant au volcan éteint et vit s'élever devant elle, vestige vétuste, une pyramide. Elle gravit solennellement chacune des marches étroites de pierres moussues menant au lieu du sacrifice avec l'impression de devoir saisir l'histoire pour rompre la continuité, casser le fil assurant la répétition des gestes et de l'erreur humaine. Le temps des dieux, des héros mythiques et des victimes tout aussi mythiques était-il révolu? Parvenue au haut de la pyramide, elle aperçut la longue table de pierre ayant recueilli le sang. Et elle imagina le grand prêtre patriarche. Que le sang se change en vin! Et le vin en sang! Que la chair se change en blé! Et le blé en pain!

Ora pro nobis! Une tombe fermée face au prêtre. Dans la tombe, le corps froid de Adrien Naud. Dans une autre, le corps imaginé de Marie Ouimet. Que le sang se change en pluie et en maïs! Ceci est mon corps. Ceci est mon sang. *Ora pro nobis!*

Debout sur le piano, faisant grimper les décibels de sa guitare, debout en haut de la pyramide tel un oiseau de feu éclipsant le soleil, flottant au-dessus des bras roses de ses fans tendus comme les cheveux d'une gigantesque anémone, qu'avait ressenti le musicien de ses rêves? S'était-il pris un instant pour un dieu?

Elle descendit les marches de l'ancien temple, crut voir une ombre glisser furtivement le long de la palissade encerclant le site, entendre un craquement dans les palétuviers, puis plus rien, hormis les cris de quelque perroquet ou oiseau moqueur. Un peu inquiète et sans se retourner, elle reprit d'un pas pressé le sentier dans la jungle, courut se jeter dans l'eau fraîche. Elle ne vit que les petits poissons couleur d'argent. Cela était salé. Cela était bon. Cela était bien.

Le troisième jour, elle connut la première humaine. Elle s'appelait Laura. C'était la propriétaire de l'hôtel, un heureux mélange de Blanche, d'Indienne et de Noire. Elle était métisse et bénéficiait d'un prestige et d'avantages visibles. Elle savait toutes les langues parlées sur l'île, avait étudié plusieurs années dans un collège de la capitale mais le mal du pays l'y avait ramenée. Elle et son mari possédaient un beau verger d'orangers et de pamplemoussiers, quelques chèvres et, en plus de l'hôtel, deux cases confortables en forme de huttes pour les visiteurs désireux d'habiter près de la forêt d'arbres à pain et de palmiers. Anaïs No loua celle qui était à proximité de la mer et l'aubergiste l'amena dans sa vieille Corolla jaune faire la tournée du village de petites maisons de bois blanches, vertes ou roses. Elle laissa passer un superbe coq à plumes bleues, queue et crête rouges, qui voletait sur la chaussée à la poursuite d'un autre coq plus petit mais tout aussi chamarré. Des hommes, des femmes, des enfants de toutes couleurs. Quand Laura passait dans sa Corolla, laissant une fumée bleue sur son passage, on la saluait, on lui souriait, on lui parlait. Elle était gentille, Laura. Elle était comme les gens du pays.

À l'épicerie, elle fit les présentations. Anaïs No du Canada. Anaïs No du Québec au Canada. Québec, connais pas! Le Canada, ce doit être froid! Trop froid! Elle s'entretenait avec l'une, avec l'autre, prenait le bébé de l'une, faisait des guili-guilis à celui de l'autre. Sur une tablette de conserves, Anaïs No remarqua des boîtes de thon avarié de marque *Star Kist*. Elle n'en revenait pas.

Au retour, Laura lui raconta ses origines tout en distribuant des sourires à gauche et à droite. Elle était de souche amérindienne, son arrière-grand-mère, née en Haïti, était fille d'esclaves, un de ses grands-pères était de la descendance des cruels conquistadores espagnols qui avaient décimé les Amérindiens. Un autre était le petit-fils d'un de ces pirates qui sillonnaient les mers à la recherche d'or et d'argent. Elle avait parfois l'impression de contenir en elle toutes les beautés et les laideurs de l'Amérique.

— Cela a pris des siècles, reprit-elle songeuse, avant que les insulaires rejettent les ghettos, l'esclavage et la tyrannie d'un petit groupe de Blancs... Il y eut des morts. On jeta les cadavres dans la mer où, depuis ce temps, dit-on, les requins ont développé un goût effréné pour le sang. La mer devint rouge, cent années durant. Et puis comme la paix revenait sur l'île, elle retrouva sa couleur. Cependant, les jours de tempête, le bleu de l'océan se violace à cause des fantômes des despotes aux mains tachées de sang qui errent encore... Ainsi, les habitants se rappellent. De génération en génération. Et ils savent que tant que ce souvenir durera, l'île subsistera.

Ainsi, poursuivit Laura, se développa une autre philosophie basée sur trois règles. La tolérance, le partage et la non-violence. Ces principes rejoignaient, selon elle, la façon de vivre des Indiens Arawaks avant que les envahisseurs arrivent. Cet esprit se traduisait dans le métissage de plus en plus fréquent, le partage des responsabilités parentales et la composition du gouvernement constitué d'autant de femmes que d'hommes, de gens de couleurs, autant de jeunes adultes que de vieux.

La voiture sursautait au moindre chaos de la

route maintenant déserte. La mer, au-delà des massifs fleuris embaumant l'air, se perdait dans son infinie grandeur. Le tableau dépeint par Laura était trop beau. Anaïs No ne pouvait y croire. Il devait y avoir une faille. Peut-être était-elle victime de l'entreprise de conversion ou de reprogrammation la plus habile qui soit! Laura faisait partie des notables de l'île. Anaïs No se sentait coupable de tant de méfiance. La tentation était pourtant grande de s'abandonner aux charmes de ce lieu qui la désarçonnait. Sa longue convalescence à la suite de l'accident lui faisait apprécier cette langueur.

La voiture s'était immobilisée à proximité de la case. On pouvait apercevoir les bateaux des pêcheurs rentrant au quai sous une lumière ineffable. Au loin, suspendu entre eau et ciel, un navire ou un mirage. Les enfants de Laura jouaient entre les pamplemoussiers. Une bambine mignonne, d'au plus quatre ans, accourut. Elle avait les yeux clairs, les cheveux en broussaille et des joues à croquer comme des pêches. Laura la serra contre elle, tout en fixant l'horizon.

— Cette barge attend qu'on l'autorise à vider son contenu dans une des îles. Un millier de tonnes de déchets en provenance du nord. Nous sur l'île, on a refusé. Le Conseil s'est réuni. Il y a eu référendum. Et les résidants menacent d'alerter l'ONU et l'opinion mondiale si la barge ne continue pas son chemin. Parfois, elle disparaît de notre vue, mais les pêcheurs soutiennent qu'elle est toujours là. Certains jours, certaines nuits, elle erre sur l'océan à la recherche d'un port d'accueil.

Depuis peu, tous les contenants non biodégradables souillant les eaux et les grèves étaient retournés à leurs fabricants. On ne les achetait plus. L'île connaissait un problème d'approvisionnement, mais on estimait que cela serait passager. Le mouvement s'étendait aux îles touristiques avoisinantes. Laura prétendait que les insulaires n'étaient pas hostiles aux étrangers. Ils ne voulaient pas former une société close. Exigeaient le respect. La visiteuse prit note.

Laura retourna à son verger et à ses enfants jouant sous les orangers, Anaïs No à ses palmiers, près de la case. Le petit lézard l'y attendait déployé sur un des livres qu'elle avait apportés avec elle et laissés sur la table. *La Déposition*, *L'enfant de la batture* et *D'une seconde à l'autre*. Quel lien y avait-il entre l'histoire de cette femme accusée d'avoir tué sa mère et celle de cette enfant meurtrie? Entre l'une et l'autre, elle voyait déjà émerger une seconde...

Le petit lézard l'observait de ses yeux aiguilles. Elle le surnomma Lazy Lézard à cause de la sonorité des mots. Alors qu'elle était étendue dans le hamac, elle vit le soleil jaune virer de l'orange au rouge et l'océan bleu-vert, du violet à l'indigo. Une autre fois, la terre avait fait son tour. Elle aussi. C'était une autre fois l'heure bleue.

Le quatrième jour, elle découvrit les enfants. Ils s'amusaient sur la plage égayée de conches roses aux allures de cornets de crème glacée en attendant l'arrivée du bateau-passeur à fond plat qui assurait, une fois la semaine, la liaison avec White Island. Une île plus grande, plus commerciale et aussi plus touristique, peuplée exclusivement de blonds aux yeux bleus, descendants des pirates qui avaient envahi l'archipel. Plusieurs Libertéens, qui avaient gardé l'esprit de la fête religieuse même s'ils pratiquaient peu, s'y étaient rendus la semaine précédente pour faire leurs emplettes et magasiner les cadeaux de Noël. Une foule nombreuse les attendait.

Des enfants, dont la peau arborait des teintes de lait, de chocolat noir ou de café crème, s'amusaient à se poursuivre, à se jeter à l'eau, à se tirer les cheveux ou à construire sur la plage des rigoles conduisant à des huttes miniatures couvertes de paille. L'un d'eux faisait rire avec son bonhomme de sable étendu sur la rive, bras et jambes écartés, un poisson sur le ventre, un phallus élevé à la verticale entre les jambes. Une fillette, qui semblait être sa jumelle tellement elle lui ressemblait, avait sculpté une femme avec des épis de maïs sur la tête, d'énormes seins pointus en forme de montagne volcanique et un ventre rond aux allures de pamplemousse géant fissuré en son centre. Les enfants rirent, mais moins. Une superbe enfant de type inca compléta l'œuvre en ajoutant un soleil entre les deux personnages et la lune et les étoiles au-dessus de leur tête. Puis un autre l'encercla d'un trait de forme ovoïde. Anaïs No se rappela l'œuf cosmique. Les jumeaux non identiques à jamais séparés.

C'était la tour de Babel. Leurs langages étaient divers, mais ils semblaient se comprendre. Il y avait deux leaders visiblement plus âgés que les autres suivaient. Une fille blanche et un garçon noir, de dix ans environ. Elle avait réussi à le faire craquer sous les chatouillements. Mécontent, il voulut lui faire glisser sa culotte. Plus rapide, elle s'agrippa aux boxeurs du garçon qui tombèrent à ses pieds sous les fous rires. Intimidé, le garçon remonta son vêtement de coton bariolé de fleurs et d'oiseaux du paradis. Et chacun retourna à ses activités. Un bambin frisotté aux yeux bleus refusa de prêter son camion à la petite fille qui avait dessiné le soleil et les étoiles. Il y eut quelques cris aigus comme ceux des chats quand ils s'agressent. Le gamin empoigna les cheveux de la petite fille. Les chefs le convainquirent de passer son jouet en attirant son attention sur l'organisation du magasin.

Quand ils aperçurent le bateau-passeur, à l'autre bout de l'île, ils se précipitèrent pour monter une table de fortune près de l'endroit où les arrivants descendaient. Ils sortirent d'un grand cabas une quantité d'oranges, de pample-mousses et de citrons et, alignés derrière le comptoir recouvert d'une nappe, ils se mirent à presser les fruits. Ils versèrent la limonade dans des pichets de plastique et de verre, puis sorti-rent une affiche sur laquelle était inscrit: 0,25 ¢. En évaluant le nombre de passagers du traversier amorçant les manœuvres d'abordage – une cen-taine d'après la foule bigarrée et enthousiaste s'agitant sur le pont –, ils pouvaient compter se partager une vingtaine de dollars.

Anaïs No se souvenait maintenant d'instants qu'elle avait cru enfouis à jamais. Le cimetière. Les roses et les œillets piqués sur les tombes des morts, puis vendus au coin du parc, parfois même le dimanche aux abords du perron de l'église, au vu et au su du curé, et probablement des parents des morts qui avaient offert ces fleurs. Elle se rappelait Luc et Liza, ceux qui avaient eu l'idée de ce commerce qui leur avait permis d'acheter leur première boîte de choco-lats. Des chocolats à la menthe. Et leur premier paquet de cigarettes. Des *Marlboro* à cause du cow-boy qui était dessus. Elle se prit à sourire.

Elle fut leur première cliente. Elle leur dit en anglais, puis en espagnol, qu'il s'agissait du meilleur jus qu'elle ait goûté de sa vie. Ils s'esclaffèrent. Elle les remercia dans les trois langues qu'elle connaissait. Ils rirent encore jusqu'à ce que la petite fille d'allure inca, à cause des pommettes saillantes et des yeux brillants comme des pierres de lune noire, lui fit répéter merci dans une langue inconnue. L'étrangère répéta le mieux qu'elle put sous les ricanements. Ils la corrigèrent en chœur.

Le bateau hétéroclite avec ses bannières de couleurs et ses passagers aux vêtements bariolés accosta au milieu des salutations, des cris enjoués et des embrassades. Les bras chargés de bagages et de paquets tapissés de papier de Noël illustré de sapins, de clochettes, d'étoiles, de cannes à sucre et de pères Noël à barbe blanche, les enfants s'empressaient vers les vieux camions. Pleins à ras bords, ceux-ci prirent l'allure de caravanes s'ébranlant dans un bruit de pistons usés et de transmissions grinçantes.

Elle reconnut quelques Français à leur accent provençal, cet accent que les gens du centre parisien jugeaient désagréable parce qu'il était de la périphérie comme celui de ces francophones d'Afrique, de Martinique ou du Québec. Elle crut aussi distinguer quelques homosexuels, de ceux que l'on rencontrait dans l'est de Montréal ou à Key West ou Provincetown, reconnaissables à leurs vêtements, à leurs manières, à leur moustache ou simplement à leurs accolades amicales fort rares chez ces hommes venus du froid. Elle reconnut enfin l'accent même du Saguenay, de Montréal et de Québec. Elle n'en croyait pas ses oreilles. Elle fut déçue, elle qui se croyait seule de son espèce. Elle s'approcha malgré tout, attirée par leurs rires et leur bonne humeur. Deux gars et une fille l'invitèrent à prendre le repas de Noël à la *Maison de l'Anse*, le lendemain.

Le cinquième jour, elle découvrit les étrangers de l'île. Ils venaient chercher ici la chaleur, le soleil ou un baume à leurs maux. Ils avaient quitté la solitude d'un appartement ou d'un couple pour se retrouver, s'aider à remonter la pente. Apprendre la vie. C'était le cas des gens de la *Maison de l'Anse*. Parfois la mort. C'était le cas des condamnés du sida punis pour avoir dévié de la voie dite normale. Ces derniers habitaient une maison victorienne tout au bout de la pointe de l'île.

On les avait accueillis avec hésitation. Le médecin qui accompagnait le groupe eut raison des réticences du Conseil en expliquant les modes de contamination de la maladie. En raison des craintes, le Conseil imposa une condition: l'isolement. On leur loua un terrain dans un coin inhabité de l'île, là où les eaux calmes et vertes de la mer intérieure rejoignaient les eaux bleues et mouvementées de l'océan. Ils venaient de Montréal, de New York ou de San Francisco. Mais ils savaient qu'ils n'y retourneraient plus. Ils voulaient oublier, simplement se détacher, simplement mourir. En se faisant le plus petit possible.

Les gens de la *Maison de l'Anse* n'avaient jamais eu accès à cette maison, la plus luxueuse de l'île, la plus mystérieuse aussi à cause de son architecture, la plus isolée. Soumise aux grands vents et aux chants lugubres des sirènes des navires, les jours de tempête, elle prenait l'allure d'un grand bateau oscillant entre les brisants de la mer. Sorte de Titanic menacé. Iceberg funeste.

Le soir, derrière les fenêtres éclairées, le désarroi se lisait sur le regard et sur le corps des hommes au désir brisé, la panique montait, les verres se fracassaient dans la tourmente, juste avant la résignation. La fin inexorable.

On ne rencontrait jamais ces hommes. Les seules femmes qui pénétraient dans cette maison étant apparemment des parentes ou des amies. Une fois, lorsqu'elle s'était aventurée à proximité de leur plage, la propriétaire de la *Maison de l'Anse* avait vu un couple deviser calmement. Ils n'avaient rien de commun avec ces machos moustachus bardés de cuir qui faisaient des ravages dans les discothèques gays auprès des jeunes éphèbes intimidés. S'ils l'avaient déjà été, ils avaient perdu leur suffisance. Devant la mort, on ne fait plus de cinéma. Les rôles tombent. On se retrouve avec ce qu'on est. Simplement.

Le matin même, au travers de la brume naissante, Anaïs No avait cru reconnaître la silhouette longue et dégingandée d'un homme déjà rencontré. Il portait une chemise blanche aux larges emmanchures qui, dans le vent, lui dessinait des ailes cassées. Elle pensa à l'aigle dessiné dans *Le Livre d'or*, au tableau de l'archange triomphant. Mais à voir de plus près le visage émacié, le crâne dégarni et le regard vitreux, elle crut qu'elle s'était trompée. Et puis, elle se méfiait de sa mémoire trouée. Il ne la vit pas. Il suivait, la tête penchée vers le sol, les pas de ceux qui le précédaient. Troublée par cette image, elle passa son chemin.

Elle soupa à la *Maison de l'Anse*, chez Louise, cette fille de Chicoutimi rencontrée à l'arrivée du bateau. Celle-ci l'accueillit dans sa belle maison ouverte. C'était une fille qui avait dans le regard et le geste une lumière qui attirait. Elle vivait avec un agriculteur de l'île aussi brillant que charmant. Autour de la table, il y avait surtout des Québécois de classe moyenne, des gens visiblement en harmonie avec eux-mêmes, d'autres en rupture, souvent à la suite d'une peine d'amour ou d'un échec. Il y avait là des spécialistes de bioénergie, de shiatsu ou de do-in, même une danseuse-chorégraphe originaire des îles qui avait déjà étudié le ballet à New York.

Il y avait aussi, parmi les gens venus suivre ce stage-vacances, une femme qui s'évanouissait dans son texte lorsqu'elle lisait en public, une autre qui renversait les mots quand elle parlait de son obsession de l'enfant-cochon, un homme qui écrivait des romans dans sa tête quand il courait, un autre qui avait passé le dernier été dans une cabane à bateau et un écrivain, portant un chapeau de paysan sud-américain, qui mâchouillait toujours un brin d'herbe dès qu'il mettait les pieds à l'extérieur de la maison. Il y avait là aussi une femme du prénom de Elsa qui rêvait d'écrire un livre sur l'amnésie.

Cette femme maintenait que toute personne blessée ou société ayant échoué dans ses rêves cherchait à oublier sa douleur dans la morosité et le défaitisme. Ce qui pouvait expliquer de nombreux cas d'amnésie et d'Alzheimer. Généralement, à moins de se retrouver dans un état de morbidité ou de léthargie avancée, on s'en relevait. Le mouvement vers la réalisation de soi pouvait se poursuivre en alternant les périodes d'action-réaction avec les périodes d'accalmie apparente ou de résolution de problèmes. C'était ce qui était en train de se passer dans leur pays. Et elle reprit cette phrase d'un sociologue reconnu: «On ne peut pas fermer l'histoire. Il faut la laisser ouverte ou mourir.»

Anaïs No se sentit piégée. Tous les regards étaient pourtant orientés vers l'autre femme. Elle ajouta alors sans qu'elle ne sut comment cela lui vint: «L'histoire se cache dans les chambres de nos cerveaux, derrière des portes closes, à l'intérieur de labyrinthes parcourus de couloirs qui nous font avancer, d'impasses qui nous font reculer, d'enfers à faire damner et de jardins suspendus à faire rêver. On peut bien les laisser fermées, ces portes. Elles finissent par s'ouvrir et laisser passer le secret.»

Les autres la fixaient. Également Elsa. Il lui semblait qu'elle avait déjà vu cette femme. Il lui semblait qu'elle ne l'avait jamais vue.

Elle ferma les yeux un instant et aperçut, au-delà de la terrasse, au-delà de la mer et du ciel étoilé, un hôtel sur Mars et une série de portes s'ouvrant les unes après les autres sur des chambres de passage, diverses et anonymes. Blanches ou noires. Avec des fleurs de myosotis sur du papier peint ou du contre-plaqué près de rideaux ou de couvre-lits rouges, verts ou indigo. Des chambres grandes comme des déserts, exiguës comme des cellules de prison, enivrantes comme le désir, désertiques et mortelles.

Chapitre 2
L'ACCIDENT

Une sirène crie dans l'air glacé. L'ambulance file dans les dédales de la ville, direction sud, franc sud, sous un ciel de carbone balayé de rayons rouges, entre des blocs de béton aux fenêtres givrées.

Une main sur mes jambes. Peut-être un peu de sang. Peut-être un peu d'alcool. Claudia à côté. Jean-Claude à l'arrière. Vu la croix illuminée. Imaginé la dernière tentation du Christ et Marie-Madeleine. Lothaire Bluteau sur la montagne. Jésus de Montréal. Un premier choc. Un lampadaire éblouissant venant sur nous comme un œil. Le *big bang*. Le début ou la fin du monde? Le métal qui casse. Des éclats de verre. La voiture qui pivote, capote, roule comme tonneau ivre au bas du ravin. Et puis s'arrête. Et puis plus rien.

Un homme en uniforme la dépose sur une civière. Sa tête, ses jambes se disloquent. Une porte glisse. Une lumière rouge tournoie, devient blanche, très blanche. Un lit roule sur un plancher de terrazo. Un long plafond pâle qui ne finit pas de se dérouler. Couloir. Porte. Couloirs étroits. Passages infinis. Le long des murs des humains en lambeaux sur d'autres civières. Qui passent. Qui passent. Certains pleurent. D'autres pas. Une autre porte s'ouvre et l'avale.

31

Du côté de Verdun, le ciel a pris la couleur du feu. Un vieil édifice à logements brûle. On entend encore le hurlement des camions de pompiers et des ambulances. David Bourdon, journaliste au *Gardien*, aime la couleur du feu. Il prend des notes. Il y a quelques heures, un homme a tué sa femme à coups de revolver, rue Christophe-Colomb. Il a vu un corps inanimé sous un drap blanc. Du sang sur le carrelage de la cuisine. Demain matin, les lecteurs retrouveront la photo de la femme assassinée, heureuse dans sa robe de jeune mariée, à côté du mari souriant.

David Bourdon déteste ce genre d'assignations. De toute façon, il n'a pas le goût de dormir. Il a vadrouillé toute la soirée entre le journal, les cocktails, les bars et les cafés. Puis, le beep-beep du journal a sonné à nouveau.

Des geysers de feu jaillissent de l'édifice. Sur le pavé, des enfants pleurent, suspendus à leurs parents, serrant contre eux une poupée ou un ourson en peluche. Un vieillard stupéfié attend sur son balcon. Une poutre derrière lui s'écroule. Un pompier tend les bras du haut de son échelle. L'homme s'y jette. Le photographe du *Gardien* arrive, vêtu comme un pompier. Il a juste le temps de prendre une photo du brasier et du visage apeuré de l'homme que l'on dépose sur une civière. L'étage supérieur de l'édifice s'écroule. La télévision, en retard comme d'habitude, a raté les meilleures images. Son reporter assaille le vieillard. Comment vous sentez-vous? Avez-vous perdu des parents? Racontez-nous. L'homme détourne la tête.

Une mère éplorée, portant son fils dans ses bras, crie qu'on lui ramène son mari. Un homme tente de rentrer dans l'édifice. Une femme, gravement brûlée au visage, sort enfin soutenue par un des pompiers. Deux ambulanciers l'introduisent dans un fourgon.

On a sauvé Yvan, le mari de la femme éplorée. Aucune perte de vie. Rien que des blessures mineures et quelques cas d'asphyxie partielle. Les dégâts matériels sont estimés à près de un million de dollars, précise le concierge. Une affaire banale. On ne couvre plus ce genre d'histoires à moins qu'il y ait des morts ou des blessés graves. Une affaire courante. La troisième à survenir dans le quartier depuis quelques semaines. Le même scénario. Cinq minutes avant la conflagration, des locataires reçoivent l'ordre d'évacuer.

Basile Léger aurait dû enquêter là-dessus au lieu de croupir au milieu de ses chiens écrasés, songe David Bourdon. Les pompiers ne savent rien. Pas le temps. Ils sont sur la ligne de feu. Il faut demander au chef. Léger aurait pu interroger les locataires, les propriétaires de tous ces édifices incendiés dans le quartier. Il serait remonté jusqu'aux chefs, chef de pompier, chef de police, conseillers, fonctionnaires, jusqu'au maire.

À Montréal, comme à New York, des pans entiers de la ville sont débarrassés de leurs logements pauvres pour se métamorphoser en quartiers huppés. Édifices à bureaux sophistiqués, condos de luxe pour yuppies. Il aurait découvert des noms connus, sans aucun doute associés à la caisse d'un parti gouvernemental et des cocktails-bénéfices.

Il file sur l'autoroute Ville-Marie dans sa BMW, enfile un long tunnel de béton fluorescent. La radio parle du crime de la rue Christophe-Colomb, de l'incendie de Verdun et d'un accident qui vient de se produire sur la montagne. Il aurait mieux valu qu'on l'assigne à cet accident. Deux femmes blessées, un mort. Il commençait à ressentir la fatigue, avait hâte de faire ce papier et de retrouver le lit de son appartement de l'Île-des-Sœurs.

La salle de rédaction dort encore. Le chef des nouvelles, Gilbert Potvin, s'affale devant son café, ses cigarettes, les dernières dépêches des agences de presse. Il a l'œil torve, la bouche amère. Il boit beaucoup depuis que sa femme menace de le quitter en lui laissant un de leurs enfants. Il fréquente les bars louches ou les *peep shows*. Vaut mieux ne pas entamer la conversation.

Le journaliste tape deux textes courts. Il le faut depuis que le journal est tabloïd. Une brève sur les dégâts matériels et une nouvelle d'intérêt humain. Un *lead* de deux phrases relevé de quelques détails piquants qui résume l'essentiel. *«Un incendie d'origine suspecte survenu dans la nuit d'hier a détruit un édifice à logements de la rue de l'Église, jetant à la rue...»* On dirait une répétition du bulletin radio. Puisque c'est ça la fonction d'un journaliste: la répétition! Il tape de plus en plus rapidement. Il faut constamment attiser la curiosité émoussée des lecteurs. *«Pour la plupart des locataires le réveil a été brutal. Plusieurs sont sortis du brasier à peine vêtus, un ou deux enfants dans les bras...» «J'ai rampé un bon moment»*, a raconté Marcelle Duguay, *une mère de famille qui a subi des brûlures au visage et aux bras. Je ne voyais plus rien. Je pensais juste aux enfants...»*

Les faits se précipitent à la vitesse des mots, des phrases sur l'écran vert. Jusqu'à ce qu'arrive le chiffre 30. Chiffre-symbole. Chiffre-convention qui rappelle aux journalistes du monde la mort d'un des leurs, devant le clavier, ses doigts figés sur les fameuses touches. *It was the last line. It is the dead line.* Il n'ose y penser. Et puis il tape encore. Un bas de vignette accompagnant la photo du vieillard devant l'édifice en flammes. Une bonne photo. Très bonne photo. Dramatique.

— Il faudrait enquêter là-dessus, dit-il à Gilbert Potvin qui s'occupe dans ses feuilles. Il y a trop d'incendies dans le même quartier. C'est louche! La police dort comme d'habitude...

— C'est le domaine de Basile Léger! rétorque celui que l'on surnomme le chef depuis sa nomination.

— Il le fera pas! Il s'est toujours contenté de rapporter la nouvelle comme un bon chien-chien pas plus... tu le sais!

— Léger fait ce qu'il a à faire. Au moins, lui, il souffre pas de l'enquêtomanie comme tous ces jeunes blancs-becs qui se pensent les meilleurs parce qu'ils ont fait communications ou sciences po.

— T'es irrécupérable Gilbert Potvin! Un dinosaure de l'information... C'est pas ce que tu disais quand t'étais avec nous!

David Bourdon s'en veut. Encore une fois, il s'est emporté. L'autre lui en fera baver. Il tourne les talons, se presse vers la sortie en attrapant son blouson de cuir. La voix ironique du chef l'interpelle.

— Ah! oui... tu sais pas. Ils ont besoin de quelqu'un à *L'Observateur* pour remplacer Anaïs No.

— Comment ça?

— Un accident!

— Quel accident!

— L'accident sur la montagne... Excuse-moi! Je savais pas qu'elle était si importante...

— Où est-elle? insiste-t-il agacé, revenant vers le bureau du chef.

— T'énerve pas!... Est aux soins intensifs... À l'Hôtel-Dieu... Dieu s'occupe d'elle.

David reprend le volant de sa voiture, se dirige sur Sherbrooke. Les trottoirs sont déserts. Seuls les taxis vont et viennent.

Et les ambulances. Une ville en état d'urgence. Il rate deux feux rouges. Un frisson lui parcourt le dos. Il l'a vue pourtant, il y a quelques heures, chez *Kirks*. Le lancement d'un luxueux livre d'art sur papier vélin ivoire répertoriant les objets et bijoux de la collection de la Maison. Il y était à cause de la présence annoncée de l'insaisissable ministre des Affaires culturelles. Il y avait là le gratin culturel, le jet set westmountais et outremontais parlant anglais ou cassant un français BCBG, chichement parisien. Les *sophisticated ladies* scintillantes d'or, d'argent et de strass et leurs caniches de poche. Ceux qui n'accordent jamais d'entrevues et dirigent le pays.

Il s'était promis de coincer la ministre, celle qui évitait les événements de peur de subir devant caméras la contestation publique sur le laxisme gouvernemental concernant l'affichage bilingue. Elle était entrée accompagnée d'un homme et d'une femme. Il avait oublié sa question et la ministre. En haut de la montagne, la croix toujours illuminée. Devant lui, les voitures n'avancent pas. Il klaxonne, navigue entre une voie et une autre.

Il y avait aussi des vedettes de cinéma. Carole Laure, superbe dans sa robe noire, Jean-Paul Belmondo, don Juan prolongé et désincarné dont il avait du mal à saisir le charme. On les photographiait, on les regardait béats d'admiration déguster le caviar ou siroter le champagne. Qu'avait cet homme pour que toutes ces femmes s'enroulent autour de lui? David Bourdon se savait plus beau, plus jeune aussi. Sa mère avait tenu à l'appeler aussi Michel-Ange en raison de sa tête blonde et bouclée quitte à ce qu'il soit la risée du monde.

Il aurait pu faire du cinéma et plaire aux femmes sans faire d'effort. C'était cependant la résistance des plus farouches qui le stimulait. Quand Anaïs No était entrée, il avait oublié Laure, Belmondo et la ministre inaccessible.

Elle aussi savait briller, même dans un imper. Elle avait sa tête de fauve sombre indompté. Cette fierté dans le regard qui savait tenir à distance et, sur les lèvres, cette sensualité moqueuse qui donnait envie de lui parler ou de la désirer. Il s'était contenté de la regarder converser, puis aller de l'un à l'autre, puis se faufiler habilement jusqu'à la ministre. Visiblement, elle avait ses entrées, bénéficiait du prestige de son journal.

Anaïs No avait décidé d'investir toute sa vie dans le travail. Le travail, qu'y a-t-il d'autre quand il n'y a rien d'autre? Le travail et la reconnaissance publique. Avec la baise de temps en temps. Elle n'avait pas d'amant régulier sauf, depuis peu, ce scientifique obscur qui travaillait dans un laboratoire de recherches.

Il la regardait parler, bouger, vivre devant lui. Il l'avait dans la peau malgré leur rencontre avortée, malgré ce silence entre eux. Depuis cette conférence de presse donnée par le premier ministre, le lendemain de la nuit des longs couteaux. Sa crinière folle, ses yeux en amandes, son chandail rouge, sa nuque fine lorsqu'elle s'était tournée pour brancher son magnétophone. Ses hanches qu'il devinait sous le tailleur. Cette jupe qu'elle faisait sauter après la conférence pour apparaître en costume de motarde. Elle l'avait intrigué, lui avait plu immédiatement. Il lui avait plu aussi. Elle lui avait dit. Une nuit sur une plage du Maine. Ils avaient une passion commune pour le métier. Que s'était-il passé après cette fin de semaine? Elle ne lui devait rien. Elle le lui avait dit. Il n'avait pas insisté. À la faveur d'une conférence ou d'un cocktail, il avait tenté de se rapprocher. Discrètement. Il n'avait obtenu qu'un bonsoir neutre appuyé d'un regard distant. Il quitta les lieux sans même essayer d'obtenir une déclaration de la ministre.

UNE PORTE S'OUVRE. ON ME GLISSE SUR UNE TABLE, SOUS UNE LAMPE RONDE ET AVEUGLANTE. UN VISAGE SANS CHEVEUX ET SANS BOUCHE. UN MASQUE DE COTON VERT. DES YEUX NOIRS ET PÉNÉTRANTS. DU SANG DANS LES MIENS. UN TABLEAU DE VLAMINCK. VERT ET ROUGE. UNE SERINGUE. JE M'ACCROCHE À DES COULEURS. DES CHEVAUX JAUNES. DES LÈVRES DE STATUES AMÉRINDIENNES. DES REGARDS OUVERTS COMME DES FENÊTRES. DES CORPS CHAUDS EN CAVALE. DES MOTS. DES GESTES. DES COULOIRS SANS FIN. DES LABYRINTHES ET DES CHAMBRES. ELLE ÉTAIT L'OCÉAN, IL ÉTAIT LE SOLEIL. NOUS ÉTIONS LE FEU QUI BRÛLE AU-DESSUS DES DÉSERTS ROUGES, DES TERRES MOUVANTES ET AVALANTES. UNE ÉTOILE ET UN QUASAR S'ACCOLENT L'UN À L'AUTRE. UNE COMÈTE TOURNE AUTOUR DU SOLEIL, SA LONGUE CHEVELURE ENTRAÎNANT LA VOIE LACTÉE LOIN, TRÈS LOIN.

***

Le soleil traverse les persiennes noires d'une cuisine blanche comme un laboratoire. Les croissants grésillent dans le micro-ondes. Une odeur de café voltige dans l'appartement, dans la chambre de Mélanie qui trace au khol le contour de ses yeux et décoche des simagrées au miroir. Le téléphone sonne, écorchant une sonate de

Schubert sur fond de giclement d'eau qui anime ce matin pareil aux autres.

— Lui pis sa musique bâtarde, bougonne-t-elle en se traînant vers l'appareil. Patrick! Téléphone! s'écrie-t-elle, après avoir décroché le combiné sans laisser l'interlocutrice parler.

L'adolescente hurle en cognant contre le mur de la salle de bains. Le gicleur se bloque. L'homme s'empare de la serviette de bain et sort de la pièce saturée de vapeur en grimaçant. Il n'aime pas qu'on le presse, le matin. Il n'aime pas qu'on interrompe ses rites mais avec sa fille, il a appris la tolérance.

Bon Jovi s'égosille sur les ondes d'une station de radio. Il a peine à entendre la voix neutre d'une infirmière. On n'a pu rejoindre personne d'autres. Il doit se rendre à l'hôpital. Et cette expérience importante qu'il doit mener avec un collègue! Les araignées ne peuvent attendre. On leur a injecté une substance hallucinogène. Elle est inconsciente. Alors que pour les araignées... La musique l'assaille.

— Mélanie, ferme-moi ça! ordonne-t-il. Anaïs est à l'hôpital. Un accident grave! ajoute-t-il.

— Les nerfs! Les nerfs! Patrick Mercure. Tu penses quand même pas que j'vais endurer ta musique de fous! J'ai pas quarante ans, moi!

Il met la table en silence pendant qu'elle retire ses quatre toasts de farine enrichie du grille-pain.

— Mélanie! Anaïs est à l'hôpital. Tu entends?

— Non j'entends pas... Qu'est-ce que tu veux que ça me fasse, moi? Qu'est-ce qu'elle a eu? Un accident de voiture. Où ça? Quand ça? Est blessée? Où ça? ...Est pas morte!

— Je sais seulement qu'elle est dans un état grave. Aux soins intensifs.

— Où est-ce qu'est blessée?

— Est-ce que je sais, moi? On me l'a pas dit.

— Eh! que t'es bête. T'avais qu'à le demander! Ton Anaïs NoNo moi, tu sais, j'm'en fous!

— T'as pas de cœur, Mélanie!

— Va la voir, toi, si t'en as du cœur! Qu'est-ce que tu fais ici? Tu penses rien qu'à tes expériences. Qu'est-ce que t'en sais, toi, du cœur?

— Arrête! Tais-toi! Pis mange.

— Non non non! J'arrêterai pas. Non, je me tairai pas! Non j'mangerai pas! J'suis bien mieux avec ma mère. Au moins elle m'écoute, elle!

L'adolescente se lève, furieuse, bouscule la table, laissant une assiette pleine de fragments de pain grillé et d'un magma de confitures et de beurre fondu.

— Qu'est-ce que t'attends? Vas-y la voir ta mère!

— Nono! Comment veux-tu que j'aille la voir? Est en voyage.

— Sois polie, Mélanie.

— Moi au moins je dis ce que j'pense. Je fais

pas quarante détours parce que j'ai peur des autres.

— Tu la fermes... Mélanie Mercure!

— Je m'appelle Mélanie Durand... Mercure. Et puis j'la ferme pas. J'suis pas rien qu'une porte ou une radio pour la fermer.

L'homme ne peut s'empêcher de sourire.

David Bourdon déniche un café à proximité de l'hôpital. Elle est en radio, sous le scanner. On lui a dit de revenir plus tard. Cette nuit n'en finit pas. Il s'assied au comptoir, face à un miroir, à un homme qui a la mine défaite, la barbe longue. Cette image ne lui plaît pas. Pas plus que le regard de cette serveuse blonde qui lui donne l'impression d'être une denrée à consommer. Repoussant même l'idée de lire les journaux, il s'en va avec son café s'asseoir sur une banquette devant une immense affiche. Un paysage méditerranéen. Images du passé surgies de la mer. De jeunes dieux chevauchent les vagues écumantes, les crêtes écailleuses. Ils chavirent, tombent comme le font les humains et ils en rient.

Ils s'étaient laissés couler dans la mer, loin, très loin, une planche de surf accrochée à la cheville. Avaient échangé leur premier baiser. Un baiser improbable tellement l'atmosphère était survoltée depuis la conversation de la veille. Il ne se rappelait plus. Il devait s'agir du métier. Il fréquentait peu les intellectuelles. Les longues discussions entre hommes et femmes créaient un climat de tension peu propice au désir. Le trajet entre la ville et la mer s'était déroulé sans paroles, sur un fond de flûte de Paul Horn qui arrivait difficilement à atténuer le bruit du moteur, particulièrement lorsque après avoir plongé au creux des monts, la vieille voiture de Anaïs No reprenait son élan vers les sommets.

L'insoutenable désir qu'il avait d'elle. Elle le rendait vulnérable, lui qui se croyait stoïquement irrésistible. Il avait vite réalisé qu'elle n'était pas femme à se laisser conquérir par le code habituel. Il se sentait comme une boussole qui avait perdu le nord. Une aiguille folle.

Ils étaient remontés à la surface, avaient ri un bon coup et puis étaient à nouveau disparus. Les planches, dont on n'apercevait que les ailerons, poursuivaient leur course. Le gardien de plage siffla l'alerte.

Derrière leurs lunettes roses ou noires, les vacanciers, bien ancrés dans leurs transats, avaient quitté leur lecture. Armés de jumelles, les surveillants du haut de leurs tours continuaient à balayer l'eau, évaluant s'ils devaient envoyer du secours ou pas. Ils annulèrent l'alerte lorsqu'ils les aperçurent à nouveau à la surface. Un long soupir parcouru de petits rires secoua le rivage et les hommes et les femmes retournèrent à leur *Playboy*, à leur Harlequin.

«La division des mondes se perpétue ici sur ce bord de mer», avait-elle simplement dit. Délestés de leur carapace de caoutchouc noir, ils s'étaient alors enlacés avec insolence à quelques pieds d'un couple qui les observait. Ils avaient alors décidé de rentrer à l'hôtel en courant accomplir ce qui leur restait à accomplir.

Maintenant, chaque fois qu'il essayait de se rappeler ce petit hôtel donnant sur la mer, dans cette fin de saison touristique, la mémoire parvenait à peine à retracer quelques images vaguement floues, vaguement surréalistes. Son regard, dont il n'était plus sûr de la couleur, au milieu du grand miroir rectangulaire. Sa bouche ronde qu'il avait dévorée comme une pêche. Ses cuisses longues. Leurs corps emportés par la vague dans un océan de coton blanc. Cette liaison furtive que le temps avait effilochée. Il l'avait tant de fois imaginée, même dans les bras d'autres femmes, qu'il n'arrivait plus à partager le réel de la fiction.

Cette histoire de préservatifs avait perturbé leurs gestes. Une sorte de picotement autour du sexe, prémisse d'une crise d'herpès, l'avait saisi soudainement. Il avait omis les condoms qu'il gardait dans une poche intérieure de son attaché-case ou de sa veste. Il avait cherché, farfouillé. Son sexe se dégonfla. Il était honteux.

Elle fut prise d'un rare fou rire qui contribua à dédramatiser la situation. Il lui dit «C'est ta faute... plutôt c'est ma faute». Elle le rassura. Ils pouvaient faire preuve d'imagination. Ils parcoururent quand même les rues du centre-ville à la recherche de drugstrores, puis de drugstrores ouverts le samedi soir, puis de condoms sûrs, enfin de condoms tout court.

Il sut, ce soir-là, que l'amour n'était pas sa préoccupation. Elle avait bien assez de son travail et des rencontres de passage qui ne laissaient ni blessures ni marques. Les soirs de manque, disait-elle, elle se contentait de frayer dans les bars de Prince-Arthur, devant un aquarium, dans l'attente que le désir vienne la surprendre avant l'aube.

Elle s'était servi de lui. Il évita de lui dire qu'il faisait de même dans les bras d'Alexandra, de Béatrice, de Claude ou de Zoé. Il évita de dire qu'il était un peu las de cette vie qui le grugeait. Peut-être vieillissait-il? Il le réalisait quand il regardait ses cheveux collés à sa brosse le matin. Sa libido s'émoussait-elle? Il découvrait le goût d'aimer une personne à la fois.

Ils demeurèrent deux étrangers, même après cette fin de semaine à saveur de shortcake aux fraises et d'eau salée. Il l'avait appelée à la station de radio, le lendemain, mais elle avait quitté pour des vacances. Ils s'étaient rencontrés au mauvais moment.

Avec le temps, il découvrirait ce secret qui le fascinait et l'éloignait d'elle. Elle ne pouvait mourir. Elle semblait libre et invulnérable. La serveuse s'approche avec du café. À la une de *L'Observateur*, la photo de la ministre et de l'édifice en flammes. À la une du *Gardien*, la photo de la femme assassinée souriante dans sa robe de mariée à côté de l'homme souriant.

Suis plus là. Presque plus là. Suis dans un ailleurs. Ailleurs. Nous filons sur les rails d'un manège, d'une montagne russe à une vitesse folle. Je tourne, voltige, spirale. Lui et moi, l'un contre l'autre. Avec les ailes du désir. Nous filons au-dessus de la mer verte, touchons et le soleil rouge et la lune blanche aux cratères de nacre. Une charrette de pêcheurs tirée par un cheval jaune passe sur la plage. Une tête d'Indien encerclée par la marée. Un air de saxophone dans l'été. Nous glissons serrés comme de grands oiseaux fous dans le vent bleu. Des nuages ardents au-dessus de la ville. Un grand drapeau et une croix rouge. Leur ombre sur les maisons, sur les tours. Un grand fleuve d'huile. Soudain, tu chavires et tu tombes. Dans l'eau.

Je veux mourir. Un train m'emmène avec d'autres passagers. Derrière moi, devant moi, des êtres au regard vide et froid. De l'autre côté de la fenêtre, un paysage passe. Ce pourrait être

L'HIVER NUCLÉAIRE, HIROSHIMA II MON AMOUR. LE SOLEIL ROUGE COMME UNE ORANGE VERTE, APRÈS LE CHAMPIGNON. UNE INFIRMIÈRE ROSE POSE SA MAIN SUR MON ÉPAULE. UNE PORTIÈRE S'OUVRE. DES CORPS ROULENT EN BAS DU TRAIN. LA TERRE LES AVALE. DES VIDANGEURS, VÊTUS DE MASQUES ET DE COMBINAISONS DE POLYÉTHYLÈNE, RAMASSENT CEUX QUI NE SONT PAS TOMBÉS DANS LA FOSSE. NOUS NE SOMMES PLUS QUE DIX DANS LE WAGON. PLUS QUE CINQ. UN TRAIN PLEIN D'ENFANTS RIEURS FILE EN SENS INVERSE. À CONTRE-COURANT. À CONTRE-TEMPS. EN CONTRE-CHANT. LEURS RIRES SONORES FONT MAL.

UNE VILLE EN FORME DE TRIANGLE. JE DEMANDE, SUPPLIE QU'ON ME LAISSE DESCENDRE. PEUT-ÊTRE CHANGER DE TRAIN, PRENDRE CELUI DES ENFANTS AVEC DES RIRES SONORES. L'AUTRE TRAIN NE VIENT PAS. LA GARE EST DÉSERTE COMME LA VILLE.

DES RUES SANS NOM. UN IMPOSANT MANOIR DE PIERRES GRISES AUX PORTES CLOSES, UN PETIT HÔTEL AVEC UNE ENSEIGNE BLEUE EXHALANT UNE ODEUR DE MYOSOTIS FANÉS ET DE CIGARETTE, UN HÔTEL BLANC PRÈS DE LA MER ET UNE FEMME AVEC UN PARAPLUIE ROUGE.

UN GRAND VENT SYMPHONIQUE SOULÈVE LE SABLE ET LA MER, LA POUSSIÈRE DE LA VILLE, LES RIDEAUX DES CHAMBRES CLOSES. UNE VOIX, UN SOUFFLE CHAUD M'ASPIRE DANS UNE BULLE OÙ JE FLOTTE LONGUEMENT, AÉRIENNE, AVANT DE COULER À PIC DANS UN PUITS PROFOND OÙ UN BEL OISEAU NOIR M'ATTIRE. ET PUIS, PLUS RIEN. RIEN. J'AI OUBLIÉ ENCORE.

Chapitre 3

L'HÔTEL BLANC

Une infirmière au visage d'ange passe, furtive, près de lui et s'évapore comme une aile au bout du couloir. Était-ce en raison du costume virginal ou de l'image maternelle qu'elles incarnaient qu'il se plaisait tant, quand il était jeune, à venir s'asseoir dans les cliniques externes ou les salles d'urgence pour les regarder aller, ces femmes, en repérer quelques-unes puis passer à l'abordage? Parfois, il venait seul, parfois avec un copain. L'objectif n'était alors pas tant de passer à l'acte, de posséder ces corps de jeunes femmes que d'évaluer son pouvoir de séduction.

Il attendait à la sortie de l'hôpital, fixait un rendez-vous auquel il ne se présentait généralement pas. Il invitait la fille chez lui et, après l'avoir bien appâtée, désignait le lit où elle pouvait s'étendre. Il se retirait dans sa chambre, mesurant le temps qu'il faudrait avant qu'elle claque la porte ou vienne le retrouver. Il tournait le dos pour dormir, ne rêvait jamais d'amours privilégiées ou de relations exclusives. À l'enfer monogame et aux dimanches mortels, il préférait l'*aventura* ou le jeu de l'agace-minette. Et cela marchait! Elles étaient souvent jalouses et cela flattait son ego.

C'était le temps des risibles amours, du donjuanisme kundérien... disait un copain. Séduire, c'était conquérir, se croire le plus fort. Même s'il se savait gâté par la nature, il se pliait à des régimes spartiates: séances de musculation, crème Budwig et repas protéinés, pas d'alcool, pas de drogue. Le temps et le féminisme lui avaient enlevé cette assurance que certaines auraient qualifiée de primaire ou pire de primate. Il comprenait que le monde était en train de changer. Un collègue avait qualifié ce mal du mâle de *syndrome du bourdon*.

Les petites infirmières étaient devenues des femmes. Elles avaient vieilli, avaient perdu cet air de disponibilité. Leurs pas étaient maintenant comptés, leurs actes chronométrés. Parfois même, pour protester, elles s'habillaient de noir. Elles étaient devenues des machines à donner injection sur injection, à opérer prélèvement sur prélèvement. Et ne souriaient plus, pas plus que les machines.

Était-ce un signe des temps? Il ne recherchait plus les fatmas, les jeunes poupées ou les tourterelles roucoulantes. Il aimait les musclées, les rockeuses, les revêches. Et puis, il y avait eu ce 6 novembre 81. La veille, ils étaient près de douze à la table. Parmi eux, il y avait quelques traîtres. Ce fut la dernière Cène de cette conférence constitutionnelle. Le sauveur avait cédé au grand frère ennemi le droit de veto du Québec. Lévesque, crucifié par ses pairs, avait convoqué, la mort dans l'âme, une conférence de presse où il se livrerait en pâture.

Anaïs No faisait sa première couverture pour une station de radio montréalaise. Elle était une des rares femmes. Il l'avait repérée quand elle s'était déplacée pour brancher son magnétophone. Il s'était renseigné auprès de son voisin. Agacée, elle s'était retournée et l'avait fixé d'un regard venimeux. Sa nuque était fine et brune. Il avait senti qu'elle partageait avec les journalistes francophones l'humiliation du premier ministre. Comme lui, nombre d'entre eux avaient essuyé les sarcasmes de Trudeau, même subi, à Radio-Canada, une enquête sur leurs allégeances indépendantistes.

Les appareils photos cliquetaient. Les caméras tournaient. L'homme devant eux ne badinait pas même s'il avait commencé par une boutade. Des poches cernaient ses yeux bleus engrisaillés. Ses vêtements étaient encore plus fripés, sa voix plus rauque, sa couette dissimulant sa calvitie encore plus rebelle. Le mouton noir était sorti de la bergerie blessé, encore plus qu'au lendemain de la défaite référendaire. «Le Québec se retrouve tout seul encore une fois... mais le mépris n'aura qu'un temps», avait-il repris, rabattant sa longue mèche de cheveux gris. Le

Québec ne se laissera pas faire. Il ne devra jamais oublier. Jamais oublier cet affront. Notre amnésie serait suicidaire.

Le scepticisme inhérent à la profession avait repris ses droits. Impartialité oblige. Questions pièges. Questions prétextes. Questions matraques. Réponses en coups de poing.

— Mais, Monsieur le premier ministre, que faisiez-vous durant cette nuit?

— Je dormais, monsieur, et vous...

— Mais c'est vous, monsieur Lévesque, qui avez cédé le droit de veto. Un droit que vous n'avez d'ailleurs jamais eu, soutient Trudeau!

— Monsieur Trudeau devra nous accorder en retour un droit de retrait avec pleines compensations financières, je vous l'ai déjà dit. Nous prendrons tous les moyens...

— Vous iriez jusqu'à la violence!

— Nous n'avons jamais prôné la violence. Vous le savez, monsieur Watson. Ce n'est pas nous qui la provoquons. La solution est politique.

— Vous savez bien qu'un jugement de la Cour suprême jouerait en votre défaveur! N'avez-vous pas été naïf de croire à une alliance possible avec les anglophones? Avez-vous oublié le Non du dernier référendum? Vous avez perdu, monsieur Lévesque. Le reconnaissez-vous?

Après avoir jeté un regard à la nouvelle journaliste, il s'était levé à son tour.

— Votre problème, Monsieur le premier ministre, n'est-il pas d'abord monsieur Trudeau? N'est-il pas à votre avantage pour cette raison de faire élire l'opposition lors des prochaines élections fédérales? À moins d'ici là que vous cédiez la place à un autre?

L'homme politique s'était renfrogné sous un nuage de fumée bleutée et puis, se retenant, il lui avait asséné comme ça un direct en tirant une longue bouffée de cigarette.

— Monsieur Bourdon, David je crois, attendez que je me rappelle... Quelle était donc votre question?

L'assistance avait rigolé. Il avait juste eu le temps de capter le sourire malicieux de la nouvelle collègue et d'en être blessé. Il s'était vite repris pour sauver son honneur.

— Monsieur le premier ministre, Lévesque... René je crois, attendez que je me souvienne, vous nous excuserez sans doute de simuler par la complexité de nos questions la complexité de vos réponses... Des journalistes s'étaient esclaffés. Le chef politique avait souri vaguement, presque grimacé. Elle, il ne savait pas. Sa réputation était sauve, mais il n'avait pas entendu la réponse.

Après la conférence, elle s'était précipitée au téléphone avec ses collègues de la radio pour faire son topo. Il l'avait attendue, dissimulé dans sa voiture au coin d'une rue adjacente. Il avait appris, de bonnes sources, qu'elle avait perdu un emploi dans un hebdo de province à la suite de pressions d'un député fédéral insatisfait de la couverture de ses interventions politiques. Il l'avait vue sortir, monter une moto de type Yamaha et disparaître dans le trafic de la rue Dorchester.

Il avait cherché à la revoir, mais aimait bien se fier au hasard. Un an plus tard, lors d'un congrès de la CSN, il l'avait aperçue dans un atelier portant sur la négociation des droits parentaux. Un atelier surtout fréquenté par des femmes. Penchée sur son calepin, elle écoutait attentivement la conseillère syndicale. Elle prit des notes jusqu'à ce que l'apercevant, elle se lève et vienne s'asseoir dans la rangée juste derrière lui. Il fit semblant de scribouiller quelques mots, puis reprit son envol.

La journée se termina dans un chassé-croisé entre les ateliers. Il avait perdu le contrôle d'un jeu dont la fin demeurait imprévisible. Ils faillirent se harponner en fin de journée quand elle sortit de la salle de toilettes vêtue de sa cuirasse de cuir noir, portant d'une main son casque gris acier, de l'autre son matériel de reporter. Ils éclatèrent de rire. Une manche était gagnée. Elle lui offrit d'aller prendre un verre au bar de l'hôtel, le temps d'une pose avant d'entrer à la station.

Accoudés au bar, dans une atmosphère de fin de congrès, plus ou moins propice au flirt ou aux confidences, ils avaient parlé de tout. Ils s'étaient affrontés lorsqu'elle avait maintenu que la liberté de presse n'existerait pas tant que les journalistes ne se reprendraient pas en main. La liberté d'expression n'appartenait qu'aux chefs et aux puissants. Avec le temps, les journalistes étaient tombés dans l'information-publicité et l'information-propagande des communiqués et des conférences de presse, étaient devenus les amplificateurs d'un discours préfabriqué par une manne de relationnistes dont les conditions de travail dépassaient celles de bien des journalistes. On ne posait plus de questions. On parlait à l'élite au nom de l'élite.

Il ne partageait pas cette analyse. Il avait toujours cru en la fonction essentielle de la presse, particulièrement du journalisme d'enquête. Mais il préférait écouter, la relancer, la regarder dans ses gestes jusqu'à ce qu'elle se fatigue de son monologue. Il laissa passer un bref silence, le temps de glisser un large sourire et de lui poser cette question qui le brûlait:

— Mais alors que fais-tu dans ce métier?

Elle sembla désarçonnée. Échappa un rire bref qui avait l'air d'une grimace, enfila le reste de son verre, se retourna et ajouta sur un ton grave:

— J'existe parce que je crois encore que l'on peut changer les choses. Sinon ça vaudrait pas la peine...

Pour détendre l'atmosphère acide, il se présenta pompeusement en trinquant.

— David Bourdon. *Le Gardien*. Trente ans. Célibataire, propre, honnête, affectueux et disponible. Et vous?

Une fin de semaine sur le bord de la mer. Le temps était au chaud et à la couleur dans les arbres. Elle avait offert d'aller le chercher en moto, mais il avait grimacé, prétextant les changements climatiques, la longueur du trajet. En fait, il avait peur de chevaucher ce genre d'engin à 120 kilomètres heure avec une amazone dont il imaginait la fougue au guidon. Sa voiture devait rentrer au garage, il avait insisté pour en louer une. Elle avait refusé. Sa Volks ferait le voyage.

Les pas de l'infirmière. Sa silhouette imposante de colonelle. «Ça devait être une belle femme», pense-t-il. Il appréhende le jour où l'on dira la même chose de lui. Elle est à l'heure. Elle l'enjoint sèchement d'attendre la docteure Clara Claude. Le médecin est une femme. Toute l'offensive qu'il avait préparée tombe. Clara Claude lui défile un bulletin de santé sur un ton de compassion solennelle. Anaïs No souffre de multiples contusions, d'une fracture du crâne avec risque de complications. Elle est inconsciente depuis plusieurs heures et il est possible qu'elle subisse une intervention chirurgicale, le lendemain. De courtes visites accompagnées sont autorisées. David Bourdon, bouche bée, se laisse entraîner dans cette chambre qui répand une odeur ressemblant à celle de l'agonie.

De grandes fenêtres éteintes, quatre lits de métal étroits où gisent des vivantes immobiles, reliées à la vie par un amas de tuyaux de plastique. Clara Claude lui indique un être méconnaissable sous les pansements qui lui enveloppent le crâne et le menton. Cette femme ne peut être Anaïs No. Il finit par reconnaître le galbe des paupières, les joues saillantes et le nez frondeur. Des liquides pénètrent dans son corps et s'en extirpent. Un goût de mort lui assèche la bouche. Il ne sait plus parler, voudrait tellement la toucher, lui dire de revenir. Il tente de l'appeler, de se ressaisir, ne serait-ce qu'à cause de Clara Claude. Il a vu tellement d'accidentés le long des routes, de corps désarticulés, de regards vitreux immortalisés sur négatifs. Tant de noyés aux corps enflés, de suicidés aux visages bleus. La morgue du journal en est pleine.

Sur le mur, face aux lits, une immense horloge. Dix heures. L'aiguille des secondes ne cesse de tourner. Il sort, tremblotant, avec une envie de vomir.

— Y a-t-il des chances...? parvient-il à demander d'un ton suppliant.

— Oui, répond la médecin. Il y a un... espoir.

Il refoule les larmes, ne pense qu'à fuir, qu'à se tapir dans son refuge. Il s'étonne de voir ses pieds avancer dans le souterrain à la recherche d'un numéro de stationnement perdu. Il s'est trompé d'étage, repère l'auto rouge, embraye, sort du stationnement en faisant déraper ses pneus, fonce dans une allée au soleil sans voir les voitures, la mort le frôler de près à quelques reprises. Il va trop vite pour s'en rendre compte, pour cesser ces dépassements non signalés sur les voies multiples, répondre à ce type à la crinière longue et blonde dans un vieux *pannel* qui lui carabine des grimaces de chimpanzés. Il brûle, il brûle un feu rouge comme s'il était saoul, complètement saoul. Il oubliera tout de la route qui sépare l'hôpital de l'appartement de l'Île-des-Sœurs, tout de son arrivée dans l'appartement froid et lumineux. Un scotch double ingurgité cul sec. Il se rappellera simplement ses pleurs convulsifs sur l'oreiller bleu.

Les aiguilles noires de l'immense horloge ronde et blanche indiquent 16 heures. Patrick Mercure s'est assis sur une chaise droite près du lit numéro quatre. Anaïs No, alignée perpendiculairement au mur blanc et parallèlement à une large fenêtre d'où émane une lumière tamisée par des rideaux de toile jaunâtre. Quatre personnes en état d'urgence et de sursis. L'une a le crâne chauve des cobalthérapisés.

Une vieillarde gémit et cela ressemble au lamento des grands cygnes. Une infirmière s'approche et lui injecte une dose de morphine. La femme se tait.

Les candidats au cancer démontrent une tendance à ravaler leurs émotions, énonçait un de ses professeurs de psychologie. Ils produisent des hormones dont l'accumulation entrave le système immunitaire. Il serait un de ces candidats que cela l'étonnerait, lui qui intercepte les émotions avant même qu'elles se créent. Avant la douleur ou l'euphorie, très tôt, il a compris les pièges du cerveau limbique, cette partie du cerveau où se développent les émotions. Il a appris à le contrôler, à miser davantage sur le néocortex plus évolué. Seule Mélanie peut le faire sortir de son néo-cortex.

Anaïs No muette et fermée sous son masque de coton hydrophile, réduite à une faible pulsation, à un désordre métabolique inscrit dans la chimie du cerveau. Il ne sait s'il pleurerait si elle mourait. Il ne se souvient pas avoir déjà pleuré, pas même sa mère morte quand il avait cinq ans. On l'avait réveillé en pleine nuit pour l'amener à son chevet. Sans vie, les humains, comme les insectes ou les bêtes, sont sans intérêt. Autant que ces roses sur la table de chevet. Offrir des fleurs en voie de décomposition, quelle coutume surannée! Qui a pu? Pour certains, les fleurs ont un langage. Ce sont des roses blanches.

Il préfère l'odeur d'éther plus enivrante, plus euphorisante. Cela lui rappelle l'atmosphère des laboratoires, permet de flotter au-dessus des phénomènes terrestres et parfois de faire l'amour délicieusement. Avant de collaborer à des expériences génétiques, il s'était amusé à répéter l'expérience du pharmacologiste Peter Witt sur l'effet de diverses drogues sur les araignées. L'araignée ayant absorbé de la pervitine n'avait tissé qu'une petite surface de sa toile. Une autre, ayant avalé de la caféine, avait fabriqué un réseau désordonné de fils. La troisième, ayant consommé de l'acide lysergique, une substance tirée de l'ergot de seigle et ayant des propriétés hallucinogènes, avait créé une toile d'une perfection plus grande que nature.

Son objectif était de trouver la substance qui aiderait à réaliser des objets parfaits et des œuvres parfaites. Et pourquoi pas des humains parfaits! Il imaginait un monde ordonné, discipliné, efficace et perfectionniste, à l'abri du chaos, de la folie autodestructrice, de la mort, si possible. Le grand rêve réconcilié des pacifistes et des techno-productifs où s'équilibreraient les forces d'inertie et les forces de changement pour le grand bien de la planète.

Il n'avait pas parlé de ce projet à Anaïs No. Il avait peur de sa réaction et de ses réflexes de journaliste. Elle avait été pourtant fascinée par cette expérience de domestication de petits singes qu'il avait menée avec des collègues, impressionnée de voir un paraplégique devenir presque autonome au contact de Maïa, une jeune guenon qui savait ouvrir et fermer les lumières, faire son lit, préparer son boire, lui servir jus, café ou repas préparé. Elle avait fait un reportage qui lui avait valu leur premier dîner en tête à tête. Depuis, il avait appris à prévoir ses angoisses sociologiques. Il avait cessé de lui parler de ses expériences lorsqu'il avait constaté qu'elle s'interrogeait sur la protection des droits des animaux, les abus, les gestes dégradants que pourraient commettre certains dégénérés.

Il était normal que l'homme domine la bête, y compris celle qu'il avait en lui. L'impression de contrôle lui apportait une satisfaction qu'aucun humain ne pouvait lui donner. Ni Mélanie ni même Anaïs No: ces êtres inattendus qui, parfois, le fascinaient, parfois l'exaspéraient. Il ne pouvait rien contre la vitalité rebelle de l'une ou la révolte adolescente de l'autre parce qu'il n'en comprenait pas le mécanisme. Au fond, elles se ressemblaient. Parfois, il se disait qu'il était tombé comme un vulgaire puceron dans une toile.

En la regardant respirer faiblement, le sang transfuser par ses veines, il se rappelle le premier affrontement des deux femmes. Le matin où Mélanie l'avait surprise dans son lit, sous le regard scrutateur d'un Einstein laminé.

— Qu'est-ce qu'elle fait là? avait-elle lancé avant de retourner dans sa chambre en claquant la porte.

— C'est qui, elle? Est même pas belle! En tout cas est moins belle que maman! avait-elle décrété par la suite.

Au déjeuner, elle avait tout fait pour prendre la place, couper la parole, interrompre une discussion animée sur l'irradiation des futurs aliments.

— Papa, quand est-ce que tu m'amènes au ciné? ...Quand maman reviendra-t-elle? Elle était belle le jour où on l'a conduite à l'aéroport, hein? Aujourd'hui, je termine ma bibliothèque. ...Ce soir, je fais un party. J'espère que ça vous dérange pas!

— Et moi, est-ce que je te dérange, Mélanie? avait demandé soudainement Anaïs No.

— Toi, oui.

Il y avait eu un grand silence. Mélanie bougonnait en grignotant. Anaïs No penchait la tête au-dessus de son bol de café au lait. Et l'accident s'était produit. En saisissant le pot de confiture, l'adolescente avait percuté le bol de café. Anaïs avait échappé un cri de douleur. Il s'était choqué.

— Je vous déteste! avait-elle crié avant de fuir dans sa chambre pour pleurer de rage.

Toute la journée, elle avait cogné du marteau, joué du couteau et de la scie. Ils ne l'avaient revue qu'au souper, mais de peur de devoir affronter une gang d'adolescents déplaisants et criards, ils avaient décidé d'aller voir *Les enfants du silence*. Elle pour William Hurt, lui pour ce que ces mots lui inspiraient.

Il craignait la fin d'une relation à peine amorcée. Il en était à son deuxième échec depuis Julie et n'avait pas l'énergie de recommencer. Il savait Anaïs No entêtée. Séduire Mélanie, s'en rapprocher, pouvait représenter pour elle un défi. Elle disait se souvenir de son adolescence et comprendre. Elle lui reprochait de ne pas être intervenu avant l'incident du bol de café. Qu'y pouvait-il? Il n'était pas homme de passion.

Julie était persuadée, comme cette sexologue qu'ils avaient rencontrée avant leur séparation, qu'il avait un problème avec les sentiments. Il n'aimait pas les conflits. C'est pourtant ce que cette femme cherchait en lui: le calme après la passion, le charme inconnu de l'impassibilité. Même s'il faisait bien l'amour – il avait tout appris du plaisir clitoridien dans le rapport Hite –, il était convaincu qu'il était davantage un animal à sang froid, d'où son attrait pour les insectes, les reptiles et les dinosaures des temps anciens.

Maintenant l'animale à sang chaud a basculé dans un univers apparemment froid et neutre, avec ces roses coupées de leurs racines, en plein milieu du corps.

Il se lève et saisit le carton blanc dissimulé dans la gerbe de fleurs. «David» inscrit en lettres noires. Ce nom n'a pour lui aucune référence, aucune signification, sauf celle de ce petit combattant biblique tuant son adversaire avec une simple fronde. Il effleure la main un peu froide de Anaïs No et sort.

La voiture longe une allée bordée de cèdres. Le long du fleuve, un hôtel tout blanc, tout en longueur, avec des fenêtres donnant sur le jardin au sud, sur le fleuve au nord. David Bourdon demande la chambre sept, celle qu'il a réservée avant son départ de Montréal. Grâce à la complicité d'un copain du journal, il a mis la main sur l'agenda de Anaïs No, un calepin de notes et une liste de chambres d'hôtels. Une première phrase a soulevé sa curiosité: *«Ma vie est une chambre d'hôtel... vide et anonyme. Entre mes murs se cache une histoire.»* Puis une autre: *«Un texte n'a de signification que dans le lieu et le temps où il a été écrit.»*

Il a hésité avant de fouiller le bureau d'une collègue, mais il a aimé la sensation. Chaque fois, il a l'impression de se retrouver dans *Les hommes du président* avec Bersntein et Woodward. N'empêche qu'au moment d'utiliser un passe-partout, il n'était plus aussi convaincu que le droit à l'information avait préséance sur le droit à la vie privée, que la fin d'informer et d'être informé pouvait justifier certains moyens. En quoi Anaïs No était-elle d'intérêt public? Ses derniers reportages avaient pu déplaire à certains individus dont elle avait révélé les pratiques plus ou moins licites. Cet accident pouvait être suspect. Même si Anaïs No conduisait bien, très bien, même si elle avait parfois le pied lourd, il pouvait y avoir une piste.

Il s'empara des documents, les enfouit dans une mallette et quitta les lieux. Il ne vit personne, sauf le nouveau gardien de fin de semaine qui ne connaissait pas encore tous les membres autorisés à fréquenter cette grande boîte de béton armé aux fenêtres étroites. Il le salua de son sourire le plus ouvert.

Durant les jours qui ont suivi, il ne put s'empêcher de penser à ces mots, à ces phrases qui lui tournaient en tête: *«Ma vie n'est qu'une chambre d'hôtel... entre mes murs se cache une histoire.»* Et il éprouva l'envie soudaine d'aller voir ce qu'il y avait dans ces chambres, ce que

Anaïs No pouvait bien y cacher. Il profita d'un dimanche ensoleillé pour prendre la route du Bas-du-fleuve.

Une frénésie le saisit lorsqu'il entre dans la petite chambre donnant sur le bord de la plage. Il ne cède pas à l'envie d'ouvrir la fenêtre pour sentir l'odeur de la mer et du varech. Il ouvre la radio qui déverse son flot musical entrecoupé de messages publicitaires et déballe sa trousse à outils.

Il ne détecte rien du côté du parquet en chevrons, des boiseries et des plinthes, aucune épaisseur suspecte derrière les tableaux ni dans les boîtes électriques. Le miroir au-dessus de la commode lui renvoie une image de voyeur dévoyé ou de voyou fou. Même les grands journalistes ont quelque chose du voyou. Il est un voyeur public, un guetteur de femmes, un surveillant.

Il caresse un instant la couverture de cretonne blanche qui recouvre le lit, prend l'oreiller dans ses bras, la serre contre lui. La mer devant la fenêtre se confond avec le ciel et dérive vers le large dans cette lumière bleutée de septembre parsemée d'écume grise.

Un jour de fin d'été sur les côtes américaines. Il est de ces images qui durent. Il était resté marqué par cette sensation de recommencement. Il était le premier homme, elle était la première femme. Quelque chose ou quelqu'un était intervenu après ce jour, brisant le rêve.

Un rocher sur la grève, la silhouette de dos d'une femme de pierre. La femme de Loth condamnée à devenir une femme de sel parce qu'elle a regardé l'interdit. Cette ville, ce passé derrière. Il ouvre le tiroir de la commode. La bible à tranche dorée, la Bible des Gédéons. Il palpe le plat de la couverture, effleure le papier vélin. C'est là, à l'envers du plat verso qu'il décèle une saillie. C'est là, sous le papier décollé de la jaquette, à l'aide de son canif tranchant comme un scalpel, que David découvre le premier fragment du journal d'Anaïs No.

Seule à une petite table de la salle à manger d'un grand hôtel blanc. Avec la marée qui vient. Sa respiration dans la mienne et le soleil rouge derrière de gros nuages. Gris.

Autour des tables, des vieux. Beaucoup de vieux parlent, s'agitent. Des vieux rieurs. Des vieux pleureurs. Des vieux se taisent, renfrognés derrière leur carapace, leur peau calcifiée, leurs yeux éteints. Ceux-là ne peuvent plus rire. Ne peuvent plus pleurer.

Des hommes, des femmes surtout. Des veuves qui apprennent la vie avec la raideur et la douleur au creux des articulations. L'image du temps qui a parcheminé le tissu délicat des corps. Peau de fruit flétri.

Encore vingt ans, encore trente ans. Le der-nier sursis avant que ce soit mon tour. Après le leur. Encore un peu de temps de jeunesse et de beauté. Encore un peu d'ivresse. On ne devrait pas vieillir. On ne devrait pas mourir. Un dieu et une déesse en nous se meurent. Les chats eux et les oiseaux cachent leur fragilité sous leurs peaux de plumes ou leurs fourrures marbrées de lignes belles et colorées. Toujours douces, toujours bel-les à caresser.

Un ciel en peau de chagrin. Une grève en attente de marée d'eaux-fortes. Un chat jaune traverse la plage. Une femme longe la rive sous un parapluie rouge. La femme de l'hôtel. L'autre femme de l'hôtel. Devenue folle à faire ce que les autres ont voulu qu'elle fasse. Une mère ou une amoureuse devenue étrangère à elle-même et aux autres.

La femme au parapluie rouge ne sait si elle va partir. Des hommes à bottes jaunes attendent. Les capelans doivent rouler ce soir. Ils ne rouleront pas. Les mouettes fuient vers l'ouest. Le chat, les oiseaux et les humains en chasse. Ce soir, le petit poisson couleur d'acier ne viendra pas s'échouer et mourir à la recherche de son pareil ou de sa pareille. Il restera dans les profondeurs de la mer à frémir de désir. Des vieillards gris. Des hommes à bottes jaunes. Une femme sous un parapluie rouge et un chat à pelage jaune.

Je suis dans un bel hôtel blanc, entre le cimetière de Sainte-Luce-sur-mer et le phare de Pointe-aux-Pères. Pas très loin de Métis-sur-mer. J'ai faim. Et j'attends. Le garçon s'approche, découvre le plat de service, dépose sur un lit de riz et d'épinards des petits poissons, des capelans meunière du golfe Saint-Laurent.

Les gens de l'âge d'or parlent bas. Un chuchotement, une faible rumeur parfois entrecoupée par le bruit des ustensiles râpant les assiettes, la chute du vin dans les verres. La chair blanche a un goût d'amande.

Il s'assied en face de moi, à une table près de la fenêtre, avec un couple de vieillards et il me regarde. Effrontément. Je le dévisage. Il a des yeux incolores comme ceux des poissons. Des cheveux châtain clair, courts et frisottés. Des picots plein la face. Taches de rouille. Et des lèvres minces, presque absentes.

Ce n'est pas mon genre. Trop fade, trop drabe, trop mat. Je dois faire une sale gueule, mais il ne baisse pas les yeux. Habituellement, ils finissent par céder. Il a du caractère ou de l'entêtement. Ce petit jeu m'ennuie. Je détourne la tête.

La brume se lève. La femme au parapluie rouge repasse au travers des effilochures. On dirait une forme blanche et fluide se mouvant au ras des lames de la mer. Au-dessus d'elle, une volée de mouettes. Les hommes à bottes jaunes ne sont plus là. Lui, il est toujours là.

Il me fixe. Je commande un café. Il m'énerve. Il y a des gens que l'on préférerait ne jamais avoir vus, ne jamais avoir rencontrés, ne jamais avoir connus. Ils sont seuls, désemparés. Mais moi, leur besoin d'amour... Qu'ils se masturbent! Le désir est sélectif. On choisit sa vie comme on choisit les êtres qui nous entourent. Pas toujours. Il est des hasards qui vous tombent dessus comme un grand bonheur ou comme un cataclysme et vous écorchent à vif et à vie.

La marée monte, gruge la rive, abîme ses coquillages vides, ses algues séchées, les repousse et les ramène à elle. Comme le chat avec l'oiseau mort. Le chat jaune n'est plus là ni la femme au parapluie rouge. Je me lève, passe à côté de la table de l'homme, sans le voir, indifférente à sa vie et à la mienne.

Il reste une heure avant le téléjournal obligatoire. Une heure à passer dans le boudoir étroit. Devant le téléviseur, près du foyer de pierres grises dans un fauteuil de rotin blanc. Des images de Carole Laure alias Normande St-Onge schizophrénique ou Maria Chapdelaine masochiste. De Gérard Depardieu alias Martin Guerre. De Patrice Dewaere ou Nowhere retrouvé mort pour cause de suicide. Un nom qui dit non comme le mien.

La fille tricote dans son fauteuil. Nue. Une idée originale et inédite du réalisateur français.

L'homme fade s'approche, s'assoit sur le divan à côté. Le genre collant à mouches. J'ai envie de monter à ma chambre. Je ne le ferai pas. J'ai le droit autant que lui d'être ici. Il a droit autant que moi d'être là. Et de regarder la télévision.

— Tu es en vacances? s'enquiert-il mielleusement.

— Et vous? Vous êtes en chômage!

L'homme se renfrogne. La fille tricote toujours. Triste, à demi nue dans son lit.

— Elle est belle, hein? Autant que vous.

— Charriez pas. Vous ne m'avez jamais vue nue!

L'homme rougit, se tait.

— Ce film doit avoir une dizaine d'années. Elle aussi...

— Vous voulez dire que les femmes changent en vieillissant. Pas vous?

L'homme, de plus en plus mal à l'aise, se tait, le regard fixé sur l'écran. La cloche de la porte d'entrée sonne. Qu'est-il advenu du chat jaune et de la femme au parapluie rouge?

Raoul décide que sa femme Solange couchera avec Stéphane. Alors Solange baise avec Stéphane, entre une maille à l'endroit et une maille à l'envers. On voit Laure dans le lit, torse nu. Le réalisateur l'exige. On ne voit pas les fesses de Dewaere.

— Est-ce que tu vas souvent au cinéma? risque à nouveau l'homme aux cheveux frisottés, profitant d'une pause commerciale.

— Et vous?

— J'ai un foyer de pierres chez moi, mais il est deux fois plus gros que celui-ci avec une belle peau d'ours polaire devant... Puis-je vous inviter un jour?

— Je suis contre la chasse des espèces en voie de disparition.

— Vous êtes spéciale.

— Je suis ce que je suis.

La femme baise et tricote toujours. Avec le mari, avec le copain. Ils se la renvoient de l'un à l'autre. C'est une balle de ping-pong. Un ballon de football. Un sac. Elle, elle ne dit jamais rien. Elle consent puisqu'elle ne dit rien. Plutôt elle perd connaissance. Ne veut plus quitter l'hôpital. Ne veut plus rentrer à la maison. Vite le téléjournal!

L'homme n'ose plus poser de questions. Il fume nerveusement. Je pourrais lui demander d'aller fumer ailleurs. Ne le ferai pas. Cet homme n'a rien du méchant loup. Simplement un p'tit gars ben ordinaire, juste un peu achalant, qui a la malchance de rencontrer une femme qui a perdu le sens de la tolérance.

Le réalisateur a mis un enfant de treize ans dans le lit de Solange qui retire sa robe de nuit. On voit les seins, le pubis de Laure. Les p'tits gars, comme les grands, n'ont pas de fesses ou de seins. Seulement les grandes filles. Le film se termine bien. Elle tricote encore. Enfin heureuse. Je rigole au grand étonnement de mon voisin. Elle a terminé le chandail de son mari. Le chandail de son amant et le chandail du petit garçon qui sera assurément le père de son futur enfant.

Il faudra que Derome apparaisse à l'écran, froid, neutre, imperturbable devant la catastrophe ou l'adversité, énigmatique, flegmatique jusqu'à la fin – plutôt juste avant l'anecdote de la fin qui lui arrache un sourire presque complice – pour que je retrouve mon sérieux. Une succession de scandales continue de menacer le parti au pouvoir. C'est au tour des moules d'être contaminées. Après les bélugas, après les lacs et les forêts. Les drames de la terre et de l'eau réunis.

La porte s'ouvre. Une cloche. La femme au parapluie rouge passe sans nous voir. Monte à sa chambre. J'aimerais marcher sur la plage. Mais il pourrait me suivre. Comme il pourrait ne pas me suivre. Je n'irai pas. Je me lève en le saluant d'un bonsoir formel et sans sourire. Les sourires sont parfois trop engageants pour qui ne sait pas les lire. Je m'engage dans l'escalier de bois peint blanc. Les marches craquent. La rampe est douce, presque chaude. Son regard me suit, s'accroche à ma nuque, à mes épaules, à mes fesses et à mes jambes.

Suis dans une petite chambre d'un grand hôtel blanc. Seule. Loin de tout, dans une chambre en forme de cellule. Cellule de couvent, de prison. Une abeille bourdonne dans son alvéole. Dans son miel, dans sa glu. Au mitan de sa vie, à la fin de... Au début de, au milieu de nulle part. Dans un no woman's land. Dans un couloir. Les vieux dorment dans leurs chambres. Seuls. On ne devrait pas vieillir, on ne devrait pas mourir... Dans une petite chambre d'un grand hôtel près d'un couloir où sèche un parapluie rouge.

Le soir tombe. Un grand rideau de brume l'enveloppe. David Bourdon n'a pas vu le chat jaune sur la plage ni les hommes à bottes jaunes ni le chasseur de désirs dérisoires. Il n'a pas goûté aux capelans meunière. Une odeur de varech pourrissant, un goût de sel humide sur les lèvres et la marée efface ses pas à grands coups de langue. Il se sent triste tout à coup. Seul aussi. Avec cette peur qu'il n'ose avouer.

Elle a écrit: *«Il y a des êtres que l'on préférerait ne jamais avoir rencontrés...».* Et s'il était de ceux qui ne savent pas lire les signes? La rejoindra-t-il jamais? Il marche des heures jusqu'à ce que la mer se retire au loin, aspirée par quelque force qui laisse une longue étendue de sable mouillé et visqueux.

Les vieux ont regagné leurs chambres. De

l'autre côté du comptoir, la gérante fait semblant de ne pas l'écouter parler au téléphone. Une voix d'hôpital. L'état d'Anaïs No est stable mais demeure critique. Il raccroche sans dire un mot, grimpe l'escalier, rouvre et verrouille la porte, s'écroule sur le lit étroit pour y pleurer tout son saoul. Une dernière fois. Il se jure que cette fois sera la dernière.

Cette nuit-là, lorsque la lune aura percé la bruine et métamorphosé les ombres, au travers des rideaux de la fenêtre ouverte, il se lèvera et, face au fleuve, sur lequel s'étire un long trait de lumière, il se masturbera en ne pensant à rien.

Chapitre 4

LE MANOIR

La masse sombre du manoir surplombe une falaise de granit que les grands érables ont couvert de feuilles d'or et de sang. L'image est médiévale comme celle du seigneur qui l'habite. Il y a quelques années, un homme est mort ici, sous les coups des policiers. C'était un soir de fête, un soir d'Halloween. Anaïs No et David Bourdon y étaient comme des centaines de journalistes. «C'est vendeur! avait proclamé Gilbert Potvin. Je veux de l'action. Du *feature*. Des sentiments.»

Il n'avait pas résidé au manoir mais dans une petite auberge des environs. Elle n'avait pas voulu dire où elle logeait, mais il avait appris qu'elle avait passé au moins une nuit au manoir afin de connaître le point de vue des scabs. Le commis à la réception ne veut rien entendre.

— C'est impossible, monsieur! Il doit y avoir erreur. De plus notre client a dû retarder son départ. Nous vous offrons en compensation une chambre que nous réservons aux invités de marque. Vue sur le fleuve et suite princière. Pour le même coût, Monsieur!

Au téléphone, il avait pourtant insisté pour avoir la chambre numéro six. L'appareil sonne sans arrêt. Un groupe se précipite au comptoir. Il se résigne en maugréant. Le vestibule bourdonne comme lors d'un congrès, à la fin d'un repas. C'est l'heure où les clients font une excursion dans le parc ou les jardins. Quelques-uns prennent un verre au bar. Des centaines d'autres, tous de la célèbre famille Tremblay paraît-il, envahissent l'immense salle de réception. C'est le moment!

Le long couloir couvert de tableaux et d'une moquette aux motifs anciens est désert. Aucun bruit du côté de la chambre six. Pas de carton. La poignée cède. Aucune chaîne ne résiste. Il entre dans une sombre caverne. David Bourdon se dirige à tâtons vers le fond de la pièce où se trouve une fenêtre dissimulée par d'épais rideaux. Il se cogne contre une table. On mugit dans la chambre voisine. Une étonnante plainte d'amour jouée en duo s'amplifie, monte et descend lentissimo moderato cantabile prestissimo, puis s'interrompt. Une voix de femme.

— Mathieu, quelqu'un est là.
— Mais non... minou.
— J'ai entendu du bruit.

Une chambre avec suite. Il n'a pas le temps de faire demi-tour. Toutes les lumières s'allument. Celles du plafonnier, des appliques murales au-dessus des tableaux de jungle africaine, des lampes de table à stalagmites de cristal. Une femme nue rigole dans le lit en le voyant stupéfait et rougissant. Un colosse d'allure simiesque, tellement le poil abonde sur le poitrail et les extrémités, se dresse devant lui. Par réflexe, David Bourdon lève les bras tel un malfaiteur pris en flagrant délit.

— Qu'est-ce que tu fais là toé?

— Excusez-moi... je me suis trompé de chambre.

— Tu veux rire de moé! s'écrie le colosse en l'empoignant par le col.

— Vous n'auriez pas une bible?... Il n'y en a pas dans ma chambre.

— Cou'donc es-tu idiot? Témoin de Jéhovah, je suppose! raille l'homme qui soutire le volume de son tiroir et le lui lance à la manière d'un ballon de football. Voyeur! Tiens la v'la, ta bible. Pis sors d'icitte si tu veux pas que mon pied au cul te fasse monter au ciel!

La femme s'esclaffe. Il saisit le bouquin au vol et se précipite dans le couloir. Le gorille retourne sur ses pas à la vue de son image dans le grand miroir qui couvre le mur au fond du corridor. David Bourdon s'engouffre dans l'ascenseur en se demandant s'il n'a pas fait un voyage dans la préhistoire.

Une femme attend dans la salle du poste de police. Elle ne sait pas ce qui se passe derrière cette porte. Seuls les policiers et le médecin peuvent y entrer. Depuis deux heures qu'elle attend. Son homme est mort, lui dit-on, étouffé par ses vomissures. Il gît ventre ouvert sur une table de métal pour fin d'autopsie. Toi, tu questionnes les témoins. Les policiers qui ne veulent plus parler. Les manifestants qui parlent trop. Et tu décris les réactions de cette femme.

Un homme est mort. Une femme pleure. Jadis, elle était serveuse ou servante au château. Ils étaient des centaines à déambuler au bas de la falaise déguisés en loups-garous, en l'absence du seigneur enfui de l'autre côté de l'océan. La nuit était noire. Les lampadaires curieusement éteints. Un policier en civil avait jappé des insultes aux manifestants, à l'époux de cette femme. L'homme avait répliqué avant d'être molesté. On ne sait pas s'il est mort dans la voiture de police, à la centrale de police ou à l'hôpital. Toi, tu cours au téléphone, tu n'arrêtes pas de courir. Tu tournes au compteur. Et tu prends des notes.

Une femme entend les cris de ses frères et sœurs dans la nuit. Là-haut, au château, sous la lumière des grands lustres, d'autres frères et sœurs devenus ennemis accomplissent un travail qu'ils ont effectué des années durant. Le grand chef syndical accuse les policiers d'avoir tué cet homme pendant que le ministre du Travail dit que l'État n'est pas là pour défendre les travailleurs comme cela se fait en Pologne. Le seigneur dort les poings fermés dans un grand lit d'un hôtel de Londres.

Et toi, installée dans une de ses chambres, devant ton ordinateur, tu n'y peux rien. Tu ne peux dire ce que tu penses de la bêtise des uns, de l'impuissante rage des autres. Simplement les faits, les versions de ces faits. Les journalistes n'agissent pas, ne pensent pas. Ils écrivent des faits.

Qu'advient-il de toi, Anaïs No? Toi qui as si longtemps cru au pouvoir des mots. Où vas-tu? Tout doit-il mourir quand on n'a plus rien à dire? Quand on ne peut plus rien changer?

Un homme est mort. Une femme pleure. On en parle au téléjournal. Des journalistes, des photographes entourent la femme au regard gris. Ils la questionnent, la harcèlent de leurs appareils-photos. On lui demande de résumer les derniers événements, de tenir une photo de son mari dans ses mains, de pleurer et elle pleure parce que c'est tout ce qu'elle a, des larmes. Et tu participes à cette mascarade. Ils se serviront aussi de toi, tu verras. Ils saisiront ton matériel pour que justice soit faite. Un homme est mort, une femme pleure et la vie s'en va. Ta vie s'en est allée avec sa musique. Tu t'étourdis du spectacle et tu demandes seulement que ton désir meure avec ta mémoire.

Une barmaid au bustier clinquant s'agite derrière le bar. Des membres de la famille Tremblay se rappellent le temps passé, autour d'une table. D'autres discutent fort. La voix de Fabienne Thibeault chante qu'elle a peur du vieil adage «Loin des yeux loin du cœur». Un verre de scotch à la main, assis devant le miroir qui surplombe le bar, David Bourdon triture le texte de Anaïs No dans ses poches. «*Et toi tu prends des notes... Tu participes à la mascarade... Tu ne fais rien... Tu attends que ton désir meure. Que ton désir meure...*» Il y a des êtres qu'on aime d'autant plus qu'ils sont insaisissables. Il n'avait pas vu sa tristesse. Elle lui en avait voulu de sa couverture axée sur la veuve de la victime.

Il avait entendu parler de cette colère qu'elle avait faite au retour. Elle avait remis un texte lourd d'accusations, d'atmosphère et d'émotions. Le chef de pupitre l'avait refusé. Elle avait répliqué. Il avait rétorqué qu'elle n'était ni éditorialiste ni chroniqueure pour avoir des humeurs. Elle devait se contenter de rapporter les propos et les émotions des autres. Le chef de pupitre avait changé de lieu. Le directeur de l'information l'avait invitée à passer dans son bureau. Personne n'avait su ce qui s'était dit derrière la porte close.

Il fallait briser l'image, transgresser les apparences. Ne serait-ce que pour exorciser sa passion. Il commençait à peine à cerner l'inavouable et le secret.

Anaïs No dans le miroir! Sa crinière de fauve indompté. Ses yeux, sa bouche, ses épaules nues, son cou où brille un fin collier de strass. A-t-il trop bu? Trop fumé? Elle le dévisage et il se retourne.

— Ne cherchez pas, dit-elle en s'asseyant, un martini à la main.

— Étrange. Vous me rappelez quelqu'un. Vous avez sa tête et même plus. Vous n'avez pas une sœur?

— Je n'ai ni sœur ni frère. Je cherche quelqu'un qui vous ressemble.

— Vous devriez vous méfier. Je n'ai rien d'un grand frère.

— Et puis après!

— Je suppose que vous êtes de la grande tribu élargie qui occupe ce manoir.

— Je ne suis ni Tremblay ni Simard. Je n'ai pas de nom. Je n'ai ni famille ni pays. Je ne suis rien, même si l'on dit que j'ai réussi. Comme si réussir au travail était réussir sa vie. Je voyage sans arrêt d'une ville à l'autre, d'un pays à l'autre à la recherche d'un... alter. À la recherche d'une histoire.

— Et vous les cherchez dans les bars!

— Et vous?

— Oh! moi, je ne cherche personne... sauf

que vous ressemblez à une femme que j'aimais bien.

— Désolée, mais j'existe, je vous désire presque... déjà.

— Le désir...

— Ah! ces yuppies blasés par tant de libido émoussée. C'est vrai, il y a quelque chose d'usé en vous. Attention! Habituellement personne ne résiste à mes avances.

— Excusez-moi, mais je suis mauvais comédien.

— Je sais que vous aimez jouer, séduire. Ne faites pas l'innocent! Vous êtes en panne d'amour... en peine d'amour. Vous auriez préféré faire les premiers pas, me prendre désarmée. Avouez! Moi, je préfère l'envers des choses.

— Je ne demande qu'à apprendre.

— Vous voyez! Vous jouez. Alors, je ne vous attire pas.

— Vous lui ressemblez tellement... Trop.

— La séduction est un jeu. Jouez! Dites-vous que je suis elle. Je me dirai que vous êtes cet homme que je cherche. Que nous sommes réunis par la fatalité, le hasard ou la nécessité. Nous avons tout le temps de nous raconter des histoires. Il y avait une fois un grand seigneur qui aimait beaucoup ses enfants. Il les aimait tellement. L'une s'appelait Elsa... Elsa, c'est mon nom.

Une femme prend soudainement place près

de David. Elle enjoint la barmaid de lui apporter une bière à sa table.

— Amélie... Je suis au bar, pas sur le plancher.

— Ma maudite! Apporte-moi une bière à ma table sinon c'est moi qui va te mettre au plancher.

— Amélie Tremblay! Du respect, veux-tu!

— Du respect, t'en mérites pas, ma maudite! Après la job que tu m'as fait perdre.

— C'est pas de ma faute si le boss n'a pas voulu de vous.

— T'avais qu'à pas appliquer! Ça faisait dix ans que je travaillais ici. Mon mari aussi. Maintenant, on est dans la marde jusqu'au cou. Avec les enfants, par ta faute, espèce de scab!

— Je suis pas responsable du patron. Et puis t'étais cuisinière, Amélie Tremblay, pas barmaid.

— Y a jamais personne de responsable. Le gouvernement est pas responsable, le patron est pas responsable. Vous autres non plus! Je suppose que c'est le syndicat!

— J'ai jamais dit ça!

— Alors tais-toi, ma chriff, et puis fais ton travail. Donne-moi à boire!

— Tu demanderas à Pierre.

— Baveuse avec ça. J'ai dit: Apporte-moi une bière!

La fille derrière le comptoir essuie les verres. Amélie Tremblay, d'un geste rapide, arrache le collier de perles qui roule sur le zinc puis sur le parquet. Pierre, le serveur, arrive, sépare les deux femmes et tente de calmer la cliente éméchée.

— Calmez-vous, madame Tremblay. Vous allez pas nous en vouloir comme ça durant vingt ans! Ça n'a aucun sens. Venez avec moi, je vais vous servir un café.

Des camarades posent un manteau sur les épaules courbées d'Amélie Tremblay et l'entraînent vers la sortie. L'atmosphère est survoltée comme si toute l'électricité de la baie James était descendue du nord. Fabienne Thibeault a cessé de chanter.

L'œil et l'oreille tendus, David rumine un papier. «*La tension monte au village de Pointe-aux-Pics. Les familles se déchirent et le seigneur, exceptionnellement, se barricade derrière un mur de silence selon les recommandations de ses conseillers en relations publiques.*»

— Tu l'écriras jamais ce papier!

— Qu'est-ce que t'en sais? réagit-il.

— Le travail tue le désir ou le remplace.

— Le désir tue le travail.

— Ça pue ici. Allons jouer ailleurs.

— Puis-je, Madame, vous proposer...

— Vous préférez donc que je dispose!

— Je vous offre, si vous préférez, ma chambre et rien de moins que mon insoutenable légèreté.

— Kundera... Vous aimez? Moi pas... ça me

ressemble trop. Pourtant, j'aime bien Érica Young, sa profondeur légère. Je n'ai jamais compris cette contradiction.

Elle l'entraîne le long des couloirs avec l'insolence d'une gagnante. Une porte de chambre s'ouvre sur un salon spacieux avec des boiseries anciennes, des canapés et des tentures de satin rose, un foyer de marbre et un large tapis chinois à motifs de dragons stylisés. Une lumière aveuglante pénètre au travers des voilures des fenêtres.

— Vous vous êtes trompé de chambre ou quoi?

— Ce doit être cela. Une question de hasard ou de nécessité, comme vous dites...

Elle s'anime devant l'immense lit surmonté d'une tête capitonnée de satin bleu comme les tentures qu'éclaire un luminaire de cristal.

— Je m'habituerai jamais. Je ferais des cauchemars. Un lit de princesse au bois dormant attendant le baiser du chevalier errant... Non merci!

— Vous n'aimeriez pas être réveillée par un beau roi du pétrole, un riche fils à papa ou un de ces confortables *sugar daddies?*

— Ces êtres m'ennuient à périr. Je préfère les hommes simples qui ont du cœur... quoi que vous pensiez, cher ami!

— Oh! moi, je n'en pense rien, dit-il, devinant que cette aventure ne mènera nulle part, mais tant qu'à s'ennuyer au bar...

Il commande du champagne à la réception.

— Avec du crabe, de l'avocat et de la sauce mayonnaise! lance-t-elle avec un clin d'œil.

— Avec de l'avocat et de la sauce mayonnaise, répète-t-il machinalement, saisissant l'allusion aux jeux lubriques des *Parachutes d'Icare*.

— Dites donc, qui êtes-vous? demande-t-il, de plus en plus intrigué.

— Quelle importance? Je suis comme vous, insoutenablement légère, parfois lourdement insoutenable, et cela me plaît ainsi. Je veux m'amuser. Les créateurs et les acteurs font partie de la même famille. Ne cherchez surtout pas au-delà de ce que moi j'ignore.

— Vous avez quelque chose à oublier?

— À quoi sert le passé s'il détruit le présent? Nous sommes d'une race qui passe son temps à nier son passé en l'idéalisant, puis en l'oubliant. Je ne vous l'apprendrai pas. Face à l'impuissance, l'amnésie soulage et l'imaginaire aide à continuer. Les enfants rêvent du futur, les jeunes du présent et les vieux du passé. Je dois être encore bien jeune... Malgré votre âge, vous êtes vieux, mais vous me plaisez.

Elle l'enlace avec l'énergie d'une passionnaria. Ils se laissent tomber sur le canapé en s'embrassant à coups de becs sur le nez, sur la bouche et dans le cou.

— Tu sens bon.

— Tu es belle.

David a envie de celle qui ressemble à l'autre dans son corps, dans le geste, sans en avoir le parfum. Une tension inattendue les soude l'un à l'autre. Leur sexe est au zénith quand le chasseur frappe et entre.

— Vous n'avez pas d'avocat? note David, la mine déçue. Dommage, vraiment je ne comprends pas. Du caviar, cela conviendrait? demande-t-il à sa compagne.

— Je vous en apporte, monsieur, si vous le désirez! insiste le chasseur.

— Non, non laissez! corrige David, étonné de lui.

L'homme empesé et visiblement mal à l'aise salue bien bas en les quittant à reculons. La porte se referme et le couple éclate de rire.

— Nous sommes chiants! échappe David avec une grimace coupable.

Le pouvoir des seigneurs. Il se rappelle le refus méprisant qui a accueilli sa demande d'entrevue. Pierre Nadeau et Georges-Hébert Germain avaient obtenu ce privilège. Le «toffe de la Malbaie» à la une des magazines de papier glacé, souriant en complet noir devant son château, aura aussi raison des médias. Il s'était pourtant juré de ne plus mettre les pieds dans cet établissement.

— T'en fais pas, dit-elle. Ce serveur nous oubliera. On oublie tout. En attendant, il pourra rire avec ses copains de ces petits parvenus de la chambre 230. Et nous? Est-ce qu'on va s'amuser enfin?

— À quoi veux-tu jouer? Au docteur? fait-il, narquois, alors que le bouchon de la bouteille de champagne saute et que l'alcool pétille dans les verres.

— Avant de jouer au docteur, les enfants jouent à faire des imitations ou à raconter des histoires. Il y avait un grand seigneur qui aimait beaucoup ses enfants. Il les aimait tellement qu'il tenait à coucher avec eux. L'une d'elles s'appelait Elsa. Elsa, c'est mon nom... Et Mata-Hari, c'est ma sœur. Alors gare à toi! dit-elle, amorçant avec ses bras et ses hanches les mouvements d'une danse orientale.

— Un jour les tigresses rencontrent leur chasseur. Attention!

Il s'imagine arpentant la jungle épaisse entre les anacondas et les grandes lianes. Elle le repousse. Les coupes s'entrechoquent et se fracassent sur le parquet, au milieu d'un lagon de champagne.

— Tu te prends pour Indiana Jones!

— Comment fais-tu pour deviner mes pensées?

— L'approche bête franchement, ça marche plus!

— Tu l'aimerais pas, mon croco... t'es sûre? Ou mon tigre...

— Tu pourrais pas trouver autre chose?

— C'est quoi, ton jeu? Tu veux ou tu veux pas, Mata Hari?

— Je t'imaginais différent. Y avait quelque chose en toi qui m'inspirait.

— Prends-moi comme je suis.

— Tu crois savoir qui tu es.

— Tu veux tout contrôler, c'est ça ton problème. O.K.! Ça suffit! Tu me fais penser à une fille que j'ai connue qui va de chambre en chambre. D'hôtel en hôtel...

— D'accord, tu me laisses cette histoire! Ça ne te concerne pas!

David ne comprend pas. Une goutte de sang sur son index. Elle l'essuie de son doigt mouillé, le porte à ses lèvres, lui propose de changer de lieu. La bouteille de champagne est vide. Il la suit dans sa chambre. Ils prennent une douche, ingurgitent plusieurs eaux minérales, tentent par le rire d'abolir ce qui a eu lieu. La tête n'y est pas. Le corps refuse de s'ériger dans cette sphère qui permet l'échange des plaisirs.

Le sexe de la femme est sec comme un désert. Le sexe de l'homme à plat, la larme à l'œil. Et ils assistent, impuissants, à une crevaison au beau milieu du désert.

— J'suis pas capable, dit-elle, en s'esclaffant.

— Moi non plus, dit-il, en imitant son rire.

— Suis la dernière femme.

— Suis le dernier homme. Le couteau électrique à la main. Circoncis, complexé, castré.

— Tu me caricatures, vil freudien. Tu m'accuses, tu me minimises et tu refuses de comprendre. Tu penses que je suis folle. Sais-tu que dans le mot Érica il y a le mot Icare? Suis tombée de haut, moi aussi, de très haut, sans parachute. Je me protège comme je peux...

David ne sait de quoi elle parle. Quel est ce passé? Cette histoire qui ne le concerne pas? Au lieu de l'immobiliser, les interdits le stimulent. Il a déjà la tête dans celle d'une autre femme. L'étrangère ne prendra jamais place au creux de sa mémoire, pas plus que ces femmes de passage. Il s'est mépris. Elsa ne ressemble en rien à Anaïs No. Ni sa chevelure qu'elle avait plus anarchique ni sa bouche ni son âme. Elle n'est que la projection de son désir. Une apparence blonde.

Il remarque, à la sortie de la chambre, un parapluie rouge à demi déployé près de la console. Troublé, il file sans faire de bruit et prend la route de Montréal. C'est lundi, il est six heures du matin.

Chapitre 5

LE FLAMANT ROSE

Il fait nuit. Dans son délire, on l'a vue tenter de chasser des êtres imaginaires ou quelques mauvais esprits, marmonner des sons et des mots indistincts. Il fait nuit. Elle s'accroche à la noirceur, à ce temps, à cet espace tactile, aux aiguilles de l'immense horloge lumineuse indiquant quatre heures. Le reflet rouge d'une veilleuse dans le couloir, une voix de femme qui gémit à côté d'elle, des plaintes venant du fond de la pièce. Et cette douleur sous la peau. Que fait-elle là? Attachée, muselée par un étau autour de la tête. Trou noir, lumière, trou noir, lumière. Lumière.

Un trou noir l'a aspirée. Il y avait des êtres et des chants ensorcelants. Ces êtres l'attiraient. Sa douleur s'amenuisait, son corps se liquéfiait. Elle résista d'abord, mais la douleur reprenait. Il ne fallait plus résister. Elle s'abandonna longtemps, errant entre l'obscur et la clarté dans un espace sans fin où elle ne ressentait ni douleur ni joie. Elle entendit une voix chaude et rauque. La voix disait de revenir. Elle avait un centre dur avec une périphérie et elle pouvait choisir. Elle entendit encore la voix chaude et aperçut une lueur au loin, fragile et vacillante. La lumière devint éblouissante. Elle décida de revenir. S'accrocha à des plaintes, à cette douleur sous la peau.

Une ombre passe. L'ombre allume une lampe portative. L'ordre de cette fin de nuit est revenu. Anaïs No se rendort, puis se réveille encore. Il fait jour. Des femmes toutes branchées à un appareil. Une vieille dame pleure. L'alarme sonne. L'ombre arrive en courant. Replace les tubes, caresse la main flétrie, un instant, un court instant. La sonnerie n'en finit plus de sonner. On n'entend plus les pleurs. Les mains de la vieille dame tremblent sous les couvertures.

Une femme vêtue d'un sarrau vert s'approche. Elle a un visage doux et souriant.

— Bonjour! Je suis Clara Claude, votre médecin. Vous avez eu un grave accident de voiture. Tout va bien. Vous avez repris conscience. Nous devons cependant vous opérer ce matin pour colmater une légère hémorragie à la tête. C'est le docteur Karl Miller, un neuro chirurgien et mon ex-professeur, qui vous opérera. Vous verrez, tout ira bien.

Anaïs No ne réagit pas.

— Vous reviendrez, Anaïs No. Maintenant que vous êtes sortie de ce coma, vos chances sont bonnes. La guérison dépend souvent d'un état d'esprit. Tant que l'espoir est là, tant que vous résistez. Vous avez le cœur et le corps solides... On s'occupe bien de vous. Vous voyez, on vous apporte même des fleurs. Vous n'avez pas vu! C'est signé David. Vous connaissez?

Clara Claude s'en est allée, une gerbe de roses fanées à la main. À cause du monoxyde de carbone, elle a dit.

Le corps étendu d'Anaïs No franchit les couloirs froids et blancs. Une porte de métal s'ouvre et claque en se refermant. On la manipule, la couche sur une table. Une sphère lumineuse aveuglante. Autour des visages masqués. Un colosse au crâne chauve et aux sourcils broussailleux. Un homme plus jeune avec de grands yeux inexpressifs. La femme au visage doux et souriant.

Une autre femme déroule de longues bandes de tissu qui emprisonnent sa tête, arrache les compresses tachées de sang. Elle ne sent rien. Ni cette odeur d'alcool mêlée d'éther qui se répand. L'homme aux sourcils comme des plumes de coq la tâtonne en disant que tout ira bien et qu'elle ne doit pas avoir peur. Elle se sent de moins en moins rassurée.

L'homme au regard inexpressif lui injecte dans le bras une solution. Du penthotal, il a dit.

— C'est la journaliste! s'exclame le neurologue. Elle est aussi jolie que sur la photo ou à la télé. Bon, par où est-ce qu'on commence ce matin? Les seins, les ovaires, le vagin?

Anaïs No rouvre les yeux quelques heures plus tard. Dans son corps, il y a des nœuds et dans sa tête, un grand trou. Deux femmes surgissent de l'ombre. L'une devant l'autre. La plus petite sourit, l'autre pas. La plus petite a des cheveux noirs et bouclés. Des sons sortent de sa bouche.

— Bonjour, Anaïs No. Comment allez-vous?

On prend son poignet gauche, on le tâte, lui ouvre l'œil. Elle se laisse faire à cause du sourire et des dents blanches.

— Anaïs, vous m'entendez? Vous me comprenez... Vous vous rappelez de moi? Je suis Clara Claude, votre médecin.

Légèrement en retrait, la grande femme filiforme et musclée à l'air étonné.

— Vous vous souvenez? L'infirmière en chef Bénédicte Langlois.

Anaïs No ne sait pas. Elle n'est pas d'ici, ni d'ailleurs. Des gouttes de sueur sur sa peau. Sa tête s'alourdit. Son corps sombre et son esprit s'abîme.

Un grand oiseau noir l'accompagne. Quand elle se réveille, elle est dans une salle avec des êtres aux visages multiples et impassibles. Certains dorment, d'autres contemplent le vide. Une femme va et vient, tire un rideau, en ressort avec un bassin. Une autre affublée d'un ventre énorme lance:

— J'ai une faim de loup. Ce cancer, c'est pas lui qui me bouffera. C'est moi qui le boufferai.

La femme qui va et vient entre les rideaux

sourit en lui tendant une poignée de petits objets ronds.

— Vous êtes faite pour vivre jusqu'à cent ans, madame Labonté. Votre opération a très bien réussi.

— Vous savez ce qui est le plus dur, garde? C'est de pas pouvoir rire!

À côté de la grosse femme, un être maigre, bien maigre, et défait. Une vaste ecchymose qui ne regarde personne, ne voit personne.

— C'est grave ce que j'ai? baragouine-t-elle.

Le rideau se ferme.

— Vous êtes en mauvais état, murmure l'infirmière. La rate perforée. Des lésions au foie. Des lacérations multiples. Il vous a pas ratée cette fois. Vous vous en tirerez.

— Ce n'est pas ma faute... Pourquoi il me fait ça?

— N'y pensez plus, madame... Cela vous fait mal inutilement. Pensez qu'à guérir. C'est tout ce qui compte. Tournez-vous, je vais vérifier vos pansements.

La femme crie.

— C'est déjà mieux. Votre plaie se referme. Tournez-vous, je vais vous faire une injection.

Le rideau s'ouvre et se referme.

— Bonjour, madame! Ariane No, c'est ça? Je suis l'infirmière de service pour la journée. Je m'appelle Julie Fontaine.

Elle vérifie les pansements, enserre le haut du bras d'un caoutchouc.

— Vous vous appelez Anaïs No. Ariane, c'est votre autre nom, corrige-t-elle, en examinant ses dossiers. Ça va, madame No? Vous m'entendez?

L'infirmière la quitte pour une jeune fille aux jambes dans le plâtre, au cou engoncé dans un haut col rigide avec une tête couronnée de cheveux roux et courts. Puis, pour une petite fille recroquevillée. L'ombre du grand rideau autour du lit retombe et Anaïs No se rendort.

David tourne en rond. Patrick feuillette une revue, se concentre sur un article portant sur les nouvelles techniques de reproduction. Mélanie piétine en fixant ces adultes ternes. Elle tapote sa montre au large bracelet de cuir noir comme sa veste et compare le temps à celui indiqué par l'horloge de la salle d'attente. Elle fait le décompte. Encore deux minutes, une minute, trente secondes, quinze secondes, cinq, trois, deux, un, zéro. *Cue!* Top son. Une sonnerie stridente soulève les visiteurs qui foncent vers les couloirs. On choisit un couloir jaune, un couloir rose, un couloir blanc. Celui qui mène à la chambre d'Anaïs No est vert. Ils sont les premiers à franchir la porte d'acier.

Les deux hommes se toisent d'un coup d'œil furtif, légèrement inquiet. Ils ont deviné. Ils se déplaisent. Face au lit d'Anaïs No, ils échangent leurs noms, un maigre sourire et une vague poignée de mains avant de prendre place de chaque côté. Mélanie contemple, horrifiée, les pansements et les plâtres, les tubes reliant le corps à une bouteille, à un robinet ou à un bassin-égout, saisissant pour la première fois ce qui peut s'extirper du corps et ce qui doit y pénétrer pour vivre.

— Yeurk! Ça m'écœure! dit-elle en se retournant vers Patrick.

Le spectacle de la douleur charnelle la fascine tout autant que la mise en scène de cette douleur. Cette fausse tristesse ou cette pitié bienveillante qu'arborent son père et ce visiteur. Pas mal, cet homme, pour un vieux! On dirait une vedette de cinéma. Le spectacle l'intéresse, mais ne la touche pas. Deux hommes aimant la même femme. Aucun de ces êtres ne la touche. Elle les méprise parce qu'ils la méprisent. Ce père aux genoux de cette femme qui doit faire semblant de dormir et cet inconnu qui ne l'a pas remarquée. Elle retient un fou rire, les mains sur la bouche. Elle cherche une approbation du côté de l'enfant, près de la fenêtre, davantage intéressée par la *Mafalda* que lui ont apportée ses parents granola recyclés.

— Anaïs, je suis là, répète David.

Patrick l'imite. Mélanie pense au grand *call* de l'orignal, à un affrontement de panaches vu à la télé. Elle regarde ailleurs en sifflotant. La femme bouge, ouvre lentement les yeux, fixe, l'air égaré, les deux hommes.

— Bonjour, Anaïs. Tu te rappelles de moi? Tu te rappelles de l'accident? avance prudemment David. Jean-Claude et Claudia? La montagne, votre voiture a capoté. Tu te rappelles? Tu es à l'hôpital depuis.

Elle le dévisage de son œil noir, sans une réaction.

— Tu te rappelles? Toi, *L'Observateur* et moi, *Le Gardien*. On a déjà couvert les mêmes événements. L'affaire du manoir. Ton dernier reportage sur les serveuses de bars... La mer... nous deux... Tu te rappelles?

Aucun signe. Aucun geste. Aucun mot. Elle regarde la fille. Une fille rit, un homme pleure, un autre querelle la fille. Son masque la tenaille. Elle balance la tête. Ils se lèvent. Elle sent une douleur lui mordre le crâne, envahir tout son corps. C'est chaud et salé autour de l'œil, le long des lignes du nez, autour des lèvres.

On la fixe. Le grand gars en blouson et jeans de cuir noir près de la jeune fille au collet monté. Des enfants. La femme au gros ventre. L'infirmière tire les rideaux tout autour.

***

Demain, il rencontrera Clara Claude. David

Bourdon n'ose dire le nom de ce mal qui lui fait peur. C'est comme un mauvais film. Il marche dans les rues environnant l'hôpital jusqu'à ce que la nuit allume les hauts lampadaires et les néons. Ce dépôt de voitures accidentées qu'il a inspecté avant de se rendre à l'hôpital. Toutes ces carcasses qu'une machine a compressées jusqu'à les réduire en galettes. Il a enfin retrouvé la Peugeot au milieu des carrosseries de diverses couleurs après un interrogatoire sans fin. Le propriétaire de l'entreprise répétait qu'il n'avait pas le temps de parler, de chercher ses anciennes factures. Le marchand de fer a finalement cédé lorsque le journaliste a prétendu qu'une de ses amies avait été victime d'un accident criminel et que la police s'en mêlerait s'il ne lui donnait pas d'information. David connaissait les vertus de ce type de chantage dans certains milieux même s'il savait que la voiture détruite, toute vérification ou expertise demeurait quasi impossible.

Il avait aussi repéré les nombreux transformateurs et contenants d'huiles contaminées au BPC dissimulés derrière le garage. Le marchand avait finalement relevé la facture faite au nom du garagiste remorqueur de la rue Papineau qui lui avait vendu le véhicule pour la tôle et les pièces. Il avait pouffé de rire lorsque David lui avait demandé si l'on pouvait redonner à la Peugeot sa forme initiale.

— Vous êtes fou, Monsieur. Êtes-vous capable, vous, de donner la vie à un mort? Moi pas, avait riposté l'homme agacé qui lui avait remis deux cassettes et un parapluie rouge, seuls vestiges de la catastrophe.

Il s'est assis devant le zinc cerclé de tubes de cuivre. Le *Flamant rose* brille de tous ses feux même si la soirée est précoce et les clients rares. Il ne sait pas s'il est sur une fausse piste, quelque part sur cette frontière qui sépare la réalité de la fiction, victime de son imagination trop fertile. Il y a cet espoir qui s'obstine à connaître la vérité malgré les apparences, malgré ses propres doutes et ce Potvin qui refuse une enquête sur l'accident. Il n'abandonnera pas. Il imagine un titre: *«Une journaliste victime d'un acte criminel»* ou mieux *«Qui a voulu tuer Anaïs No?»*

Il étale *L'Observateur* devant lui, un exemplaire paru il y a quelques semaines. En manchette: *«Dans certains bars, les patrons t'engagent pour ton corps.»* Au-dessous, légèrement en retrait sur la gauche, la photo d'Anaïs No et sa signature. La barmaid à la chevelure prodigieuse s'approche. Le sourire tombe à la vue du journal.

Condition d'emploi: être jeune, sans expérience, belle, parfois beau, se soumettre au harcèlement des clients et aux avances du patron, participer à des partouzes organisées pour des clients privilégiés. Le *Flamant rose* organise des ventes aux «en-chairs».

La serveuse cache mal son malaise, quitte un instant, revient, demande s'il veut un autre scotch.

— Puis-je voir le gérant? Monsieur...? s'enquiert-il d'une voix faussement doucereuse.

— Monsieur Pilon... est pas ici.

— Je m'excuse, Mademoiselle, mais je crois l'avoir vu.

— De la part de qui?

— Patrick Mercure, répond-il machinalement.

— À propos de quoi, Monsieur?

— Êtes-vous sa secrétaire ou sa confidente particulière? fait-il, narquois.

— Non, c'est ce que monsieur Pilon demande.

— Il vous en demande des choses... Dites simplement que c'est par affaires. La barmaid rougit. Le tenancier apparaît après s'être fait attendre. Il souffre de l'embonpoint de ceux qui ont consommé trop de bière et pris l'allure de la bouteille. L'œil torve roule, luisant sous les sourcils épais, noirs et la perruque de cheveux blonds, lui donnant un faux air de jeunesse avec cet anneau accroché à l'oreille.

— Puis-je vous parler?

— Ça dépend, fait-il en grimaçant. Si vous êtes journaliste, je veux rien savoir.

— Je suis pas journaliste.

— Alors qu'est-ce que vous faites avec ce sale journal?

— Je me demandais si vous aviez pris des mesures pour que cela ne se reproduise plus.

— En quoi cela vous intéresse? Qui êtes-vous?

— J'suis comme vous. La police a reçu des plaintes. Elle a enquêté sur mes serveuses. J'ai dû en mettre quelques-unes dehors. J'ai l'impression d'être toujours surveillé, j'ai...

— Tu peux le dire. Si quelques-unes ont trop parlé. Si j'ai des preuves, elles vont y goûter.

— Connais-tu la journaliste qui a fait ça?

— Ni vue. Ni connue. Est même pas venue me voir, la salope. C'est mieux pour elle d'ailleurs.

— Sais-tu qu'elle est à l'hôpital? Un accident, y paraît.

— Non... Pas vrai!

— Penses-tu que quelqu'un a pu...

— J'pense pas. Cou'donc es-tu de la police? Des visages à deux faces, y en a partout.

— Téléphone à police... si tu veux.

— Es-tu fou?...Mercure, c'est ça, ton nom!

— Je veux savoir si vous avez l'intention de prendre des mesures contre la journaliste. Requête en diffamation ou autre...

— J'ai pas l'habitude de ces méthodes-là. Faudrait demander au président de l'association, Bob Lebrun... Quel est le nom de ton bar? demande le tenancier un peu sceptique.

— *L'Éden* de Laval. Une compagnie à numéro. On vient de fermer. Faillite...

— Frauduleuse!

— J'ai décidé d'ouvrir dans un autre quartier. Je voudrais renouveler mon personnel. T'en as pas comme elle? fait-il, clignant de l'œil en direction de la barmaid.

— Sont belles hein? Ben choisies. Ben faites. Ah! j'ai l'œil, j'ai l'œil, ajoute-t-il. Celle-là, je l'appelle mon soleil de minuit. J'en prends soin à part ça... Hein? Ginette. Apporte un autre verre à Monsieur.

La serveuse s'exécute. Le patron lui frôle une fesse d'un coup de hanche.

— Monsieur! fait la fille, l'air offusqué.

Elle retourne à l'autre bout du comptoir vers les clients de plus en plus nombreux.

— Ginette, c'est notre bébé. La plus farouche. C'est pas bon, les filles qui paraissent faciles. Les clients les préfèrent comme ça. Pour l'impression de la conquête, t'sais je veux dire. Y a un règlement dans la maison. Y faut qu'elles soient toujours sexy. Et puis qu'elles sortent pas avec un gars. J'les veux toutes à moé. Et puis elles sont ben avec moé... hein? Ginette, s'exclame-t-il d'un air lubrique.

— T'as bien raison, Claude!

— Tu connais mon nom, toé?

— C'est ta serveuse qui me l'a dit. Claude Pilon, c'est ça? reprend le journaliste.

— Bon, tu m'excuseras. Y faut que j'aille travailler. Si tu veux revenir, mon Pat, t'as bien beau. Patrick Mercure... c'est bien ça?

— Dis-moi. J'ai un problème avec ma voiture. Tu connais pas un bon garagiste pas trop loin de mon secteur, près de Papineau?

— Je regrette. Connais pas! Le gérant tend une main pâteuse, frôle à nouveau la serveuse qui ne doit pas avoir plus de seize ans.

— Vous aimez ça travailler ici? demande David.

— Oui..! dit la fille. Je commence dans le métier. J'ai rien à dire...

***

«L'amnésie est une perte de mémoire temporaire ou permanente, totale ou partielle. La mémoire à court terme élimine ou conserve les informations. La mémoire à long terme emmagasine celles que nous jugeons utiles. Une fois qu'elles y sont introduites, elles n'en sortent pas à moins d'un choc grave, d'un dommage cérébral causé par une intoxication, une inflammation, un traumatisme crânien ou une dégénération du cerveau. La mé-

moire peut aussi cesser de se souvenir à cause d'inhibitions émotionnelles ou d'un choc affectif.»

Dans son bureau sans fenêtre, Patrick révise ses notes, referme le vieux cahier noir et le range méticuleusement dans le classeur. Il a mal dormi. Sa visite à l'hôpital lui a donné mal à la tête. La présence de cet homme. L'attitude de Mélanie. Une brève inhalation d'éther le rend euphorique. C'est John Irving qui lui en a donné l'idée. Autrefois, quand il était étudiant, à la veille des examens, il prenait des amphétamines, des *pep pills* et se riait de ceux ou de celles qui optaient pour la marijuana nuisible à l'acquisition et à l'enregistrement des données, encore plus des *freaks* qui planaient au LSD. Son esprit se tenait en état d'éveil soixante-douze heures durant. Il se sentait bien, sûr de lui. Il avait cessé quand il avait coulé un examen. Curieusement, il s'était endormi.

Quelques semaines plus tard, un conducteur de fardier, consommateur lui aussi, perdait subitement conscience sur l'autoroute, provoquant un accident spectaculaire et de nombreuses pertes de vie. Il n'osait pas vérifier si l'éther pouvait affecter le cerveau. Il se sentait mieux et c'est ce qui importait.

Face aux terrariums, il a l'impression que c'est là que se construit l'avenir du monde. L'une des araignées, celle à qui il a injecté un liquide à base d'amphétamine, ne réagit plus au toucher du coton-tige. Morte probablement d'une *overdose* au milieu de son dédale inachevé. Celle qui a dessiné une toile parfaite a fait des petits. La vision est saisissante. Une multitude de minuscules points noirs descendent de l'ouvrage en filigrane puis remontent.

Il imagine la terre couverte d'une immense toile et des milliards d'humains attachés à des fils invisibles qui descendent et remontent incessamment. Un jour d'ennui, l'araignée-mère décide de rompre le fil. Ses enfants basculent dans le vide et pendant la chute, fabriquent des toiles imaginaires, des réseaux de communication complexes. Ils se tissent une pensée, un langage, une mémoire qu'ils peuplent de victimes et de bourreaux, d'amours et de haines, de succès et d'échecs.

Il y a là leur histoire personnelle et collective. Il suffit d'un choc, d'une simple erreur pour que tout s'anéantisse, pour que le vide s'infiltre dans le cerveau d'Anaïs No. Il doit l'aider.

«Tu te rappelles la mer... nous deux», disait l'autre avec ses fleurs coupées. Il se découvre jaloux lui qui a toujours trouvé ce sentiment trivial et cela le ranime, lui donne le goût de réparer même l'irréparable. Il doit bien y avoir des drogues ou des médicaments contre l'oubli. Des chercheurs étudient la possibilité d'injecter des molécules de mémoire.

***

La salle de rédaction aux fenêtres étroites est déjà sèche et enfumée. La situation s'est aggravée dès l'aménagement dans ce bunker de béton. Depuis l'installation des micro-ordinateurs, plusieurs se plaignent de maux de tête et d'affections de la peau. Le syndicat a essayé d'obtenir des conditions comparables à celles de la chambre des machines, avec température et humidité contrôlées, mais vainement.

Le directeur de l'information et le rédacteur en chef sont dans leurs aquariums. Les secrétaires dans leurs cubicules. Chaque journaliste est devant un café, un chip, un beigne ou un bigmac. Quelques-uns feuillettent les journaux, assis devant leur écran. Ceux du sport visionnent l'enregistrement vidéo du dernier match de baseball.

Basile Léger, à demi sourd, est branché à la radio de police qui annonce le meurtre d'un sexagénaire dans une conciergerie. David, agacé par ce grésillement, l'enjoint de mettre ses écouteurs. Gisèle Roy décoche un clin d'œil complice. L'homme s'empare de la radio, de son calepin, de son magnétophone et quitte la salle.

La radio et les journaux, comme autant d'amplificateurs, répètent les mêmes événements. *Le Gardien* insiste sur l'histoire d'une femme battue, violée et tuée par des voleurs en fuite. *L'Observateur* parle plutôt de libre-échange. Les syndicats et les agriculteurs sont contre, les gens d'affaires et les premiers ministres pour. *Le Gardien* n'a pas couvert la manifestation contre l'irradiation des aliments. Les environnementalistes énervent le pupitre.

Gilbert Potvin, accroché au téléphone, affiche sa mauvaise humeur. David sait qu'il subira la crue de ses eaux vengeresses. À cause de son absence à la conférence de presse des Camions inc. Gilbert Potvin raccroche et l'appelle d'un doigt impérieux.

— T'as pas à répéter ton boniment. Je le sais par cœur et tu connais le mien aussi, prévient David. As-tu une assignation plus intéressante, ce matin?

— J'veux te parler!

— J'aime tellement ça te parler... Mais pas ici. Au *Troquet* à midi.

— La taverne d'à côté à midi trente. Pour toi, à dix heures: conférence de presse à l'hôtel de ville sur la fluoration de l'eau.

Il déteste cet endroit. Les femmes l'ont en horreur. Gisèle Roy surtout. Une taverne sordide où l'on mange son steak-frites devant des clients solitaires qui ont le regard fixé sur un vidéo porno.

Gilbert Potvin énumère les récriminations de la matinée. Le relationniste de l'entreprise de camions de transport se plaint, menace d'annuler un contrat de commandite. On publiera le communiqué. L'attaché de presse du député Garceau reproche au journal d'avoir publié la photo du député provincial plutôt que la sienne.

— Des niaiseries! commente David. On se mettra pas aux genoux de tous ces *kids kodak*!

— Ne dévions pas. À midi, c'est de toi dont on parle. Tu refuses les assignations. T'as l'esprit ailleurs. Ce serait pas à cause d'el...?

— Ça me tente pas de faire du Basile Léger, du Lionel Petit ou du Gisèle Roy. C'était une bonne journaliste quand le féminisme était rentable! Elle remportait des prix. Aujourd'hui, vous la confinez à la mode! Elle s'ennuie là-dedans! Qu'est-ce qu'elles sont devenues, vos promesses?

— On n'a pas le choix. On peut pas faire de miracles avec trois journalistes au général.

— Il y a quatre ans, on était huit.

— C'est pas moi qui gère les budgets.

— C'est toujours bien toi qui détermines ce qui va être couvert ou pas.

— Tu viendras pas me dire comment faire ma job. O.K.? Ça fait plus longtemps que toi que je fais ce métier!

— L'expérience n'empêche pas le déclin.

— Aucun journal ne te permettra d'enquêter à temps plein. Même pas *L'Observateur*!

— Pourquoi pas à temps partiel? Tu me feras pas croire que des enquêtes comme l'affaire

Oerlikon, des reportages sur la pauvreté dans la ville, c'est pas rentable! Et puis merde, ça vaut même pas la peine d'en parler! Ça sert à rien!

— *L'Observateur* a dix fois nos effectifs. T'es pas réaliste. Et puis les incendies criminels, qu'y a-t-il de neuf à ça? Quant à l'accident d'Anaïs No, s'ils n'ont pas enquêté, je vois pas pourquoi on le ferait.

— La police veut rien savoir.

— Sa famille n'a pas fait de plainte!

— Elle a pas de famille. Juste un père très vieux, il paraît. C'est un accident louche qui a des conséquences graves. Anaïs No est amnésique. Sa voiture a été broyée comme si quelqu'un voulait faire disparaître les traces le plus rapidement possible. À peine un jour après l'accident. Des tenanciers de bars lui en veulent à cause de sa série de reportages. Je connais une serveuse congédiée. On lui a fait des menaces, on a saboté sa voiture, on a pillé son appartement. Maintenant, elle se cache, elle ne veut plus parler, mais je pourrais trouver d'autres témoins. Sûr, si tu me donnes le temps!

— Tu l'aimais bien, Anaïs No, pas vrai?... Qu'est-ce que t'en penses? Un reportage sur les dessus et les dessous de la vie d'une star de l'information! Ça se vendrait. J'suis sûr.

— Vendre. T'as jamais pensé devenir agent d'assurances?

— Ce serait d'intérêt public... dépendamment de ce que tu trouves, bien sûr!

— Et aussi très jaune.

— Il n'y a pas de sujets mineurs. Il n'y a qu'une façon mineure de les traiter. Là-dessus, je te donne carte blanche. Penses-y!

Quand ils rentrent au journal, Martin Vandal et Claude Legault jouent à Rambo avec des mitraillettes en plastique, visent les bureaux vides de la direction, la tête d'Albert Lamarche, le chroniqueur culturel, que l'on affuble du surnom d'Alberte Feluette.

L'homme, impassible devant son écran, semble ne pas s'en apercevoir. Il se fait les dents sur une jeune romancière. Il n'aime pas les femmes, hormis les perverses et les lesbiennes. Il concocte un titre. Il a pensé à *«L'insupportable grenouillage du bénitier féministe».* Il travaille maintenant à associer les velléités de l'auteure aux mots tricot et critique. Il pianote sur son clavier en souriant *«Quand cesseront ces hystériques tricritiquaillages?»* En se retournant, il reçoit un plein jet d'eau dans l'œil.

Chapitre 6
L'ÉDEN

C'est un lieu décoré de fontaines, de statues gréco-romaines et de colonnades stylisées. Au centre, une estrade illuminée servant au défilé des danseurs et des danseuses ou des mannequins en maillot de bain. Le *Casa Bacchus* fait partie de ces bars identifiés dans le reportage d'Anaïs No. Un repaire de proxénètes, un lieu de repêchage de jeunes prostituées ou de trafiquants. Les serveuses se succèdent au-dessus des clients gouailleurs pour la vente «aux enchairs» popularisée par le propriétaire du *Flamant rose.*

Debout, parmi la foule, il regarde les filles. Une d'elles passe, un plateau à la main, l'air déluré, dans un costume minimal, tourne sur elle-même pendant que l'encanteur décrit ses charmes dans une description obscène et commerciale, genre publicité pour autos. Une autre, très jeune, refuse de gravir l'escalier à la dernière minute, éclate en sanglots et va se cacher au fond de la salle.

Surgit Bob Lebrun, le patron, sorte de Bacchus dégénéré de type «Elvis Gratton», cheveux permanentés épais et courts, yeux globuleux, jeans serrés laissant paraître le ventre rond à la frontière du polo rayé trop petit. L'homme s'entretient avec l'employée qui refuse le jeu, revient vers celle qui tourne en maillot sur le podium, des chaînes dorées aux chevilles et à la taille. Anaïs No parlait des marchés d'esclaves.

Un homme offre 50 $. Un autre 100 $. L'encanteur compte 200 $ une fois, deux fois, trois fois. L'acheteur, costaud comme un gars de bicycle, jubile et sort sa carte de crédit. Il obtient le droit d'amener la fille au restaurant *La belle Fourchette*, de l'inviter, si elle y consent, dans une chambre de l'*Hôtel Colonial*. Le champagne fourni, une gracieuseté de la maison *Bacchus*.

La foule applaudit, réclame un baiser en frappant les bières contre les tables. La serveuse cache son malaise derrière un sourire tordu. L'homme l'embrasse goûlument sur la bouche sous les acclamations déchaînées. David Bourdon ne rencontrera pas Bob Lebrun, ce soir. Il doit localiser la chambre. Cet homme l'a remarqué; il l'a vu à son regard bovin.

La pièce est sordide. Des rideaux de chenille pelée jaune or comme le couvre-lit d'une propreté douteuse. Un tapis élimé et moustaché de couleurs indéfinies. Des murs de carton tachés de bière, de pisse ou de sperme. David a peine à croire qu'elle a pu vivre là. Le livre, dissimulé au fond du tiroir de la commode de contreplaqué brun, est souillé de marques de doigts et de café.

J'ai vu Dieu au milieu de l'enfer, je l'ai vu sous les blacklights *avec sa tête de Christ aux yeux doux et au sourire d'ange, marcher sur les eaux noires, lointain et proche. Stéphanie, Caroline et les autres, je vous le dis, il m'a regardée comme Marie-Madeleine. Moi, la pécheresse, la pauvresse. La zombie. La droguée. Et il m'a parlé pour me laisser parler. Il ne m'a pas jugée. Ne m'a pas fait de sermon sur la montagne. Ne m'a pas dit que j'étais sa dernière tentation. Il m'a écoutée. Ne m'a pas demandé qui j'étais, pas questionné sur ce que nous consommions ou vendions pour résister à la cadence. Il a deviné ma misère, notre misère. Et il m'a dit que je pouvais trouver le plaisir de vivre, qu'il vivait dans un lieu où il n'y a qu'une règle, celle de l'amour universel, de la communication entre les êtres et la nature, que dans ce lieu on accueille tous ceux qui veulent changer leur vie, malheureux ou bienheureux. Cette nuit, je ne penserai plus à mourir, ne rêverai plus d'égorger ces porcs, ces cochons nourris à même nos chairs roses. Demain, je serai loin d'ici, demain je vous oublierai. Je vous le dis. Adieu, Stéphanie, Caroline et les autres.*

Il a beau l'imaginer en cocaïnomane ou en

Jesus freak, il n'y arrive pas. Pas plus qu'il n'arrive à se revoir étudiant révolutionnaire haranguant les assemblées au nom de la justice, de la disparition des classes sociales. Il a eu sa phase marxiste-léniniste. Qui peut dire aujourd'hui qui il a été? On passait ainsi d'un niveau de conscience ou d'inconscience à l'autre sans trop comprendre. Dans le stationnement, la BMW gît sur ses pneus crevés.

***

Claudia doit sortir bientôt de l'Hôpital général, une jambe fracturée et une lésion à la hanche en voie de guérison. Elle a rencontré David Bourdon lors d'un congrès. Il l'avait interviewée à titre de directrice de CLSC favorable à la pratique de l'avortement. Elle l'a revu la veille de l'accident, à ce cocktail. Son air ténébreux l'avait intriguée.

Il est là, à côté de son lit. Elle apprécie cette visite inattendue d'autant plus que le temps est long à l'hôpital. Que c'est inoccupé que l'on réalise sa solitude et rumine ses peines. Le choc de la mort de Jean-Claude, cet ancien amant sympathique et chaleureux demeuré ami. La gravité du mal d'Anaïs No.

Le journaliste lui fait part de ses soupçons. Elle sait simplement que son amie a eu des téléphones anonymes, quelques semaines avant l'accident. Des appels obscènes d'abord, menaçants par la suite. Anaïs No ne semblait pas s'en préoccuper et se contenta de prendre un numéro confidentiel.

Quant à l'accident, il s'est produit si vite. Il n'y a pas eu d'explosion, elle en est sûre. Les freins pouvaient avoir fait défaut. L'automobile a tournoyé dans les feuilles mortes avant de s'écraser contre un arbre. Et puis plus rien. Rien qu'un long silence. Puis les sirènes.

Elle ne connaît qu'un épisode de la vie d'Anaïs No. Elles se voyaient peu, le travail prenant tout le temps. Elle la connaissait assez pour sentir que sa vie ne tournait pas rond. Rassurée sur les intentions de David, elle lui fait le récit de cette période de leur vie.

— Nous nous étions retrouvées, dit-elle, dans une commune des Cantons de l'Est. L'ancienne ferme, à des kilomètres de toute habitation, pouvait accueillir une dizaine de personnes. La maison était grande. On l'appelait l'Éden parce que c'était là que le monde recommençait, disait Gabriel-Emmanuel, baptisé ainsi le jour de ses trente ans.

Claudia s'arrête et, après avoir bien scruté le regard de David, lui offre le cahier bleu que lui a apporté sa sœur. Une trentaine de pages d'une calligraphie remarquable.

— Si je vous remets ce texte, c'est parce que les mots sont une mémoire. C'est aussi parce que je crois pouvoir vous faire confiance.

Bien calé dans la banquette de sa voiture, quelque part rue Saint-Laurent, au milieu du va-et-vient quotidien, David Bourdon parcourt le texte en diagonale. Une histoire de verger, de bible, de lentilles... avec des personnages: Jean, Mathieu, Daniel, Suzanne, Judith et Ève. On mentionne rarement le nom d'Anaïs. Il est réfractaire à ce type d'écriture ampoulée, fortement descriptive et sans action.

Il y avait un verger, avec tout au fond un arbre de la connaissance qui produisait des pommes succulentes d'une espèce hybride rare que les hommes et les femmes du groupe pouvaient consommer nus, sans risquer d'être pénalisés par quelque dieu vengeur. Adam pouvait tendre la pomme couleur d'or et d'écarlate autant qu'Ève et aucun serpent ne venait interrompre ce rituel, hormis un oiseau vif ou un chat grimpeur. Nous avions l'impression, en mordant dans cette chair mi-acide mi-sucrée, d'atteindre la connaissance avec l'amour et tous ses plaisirs.

David soupire, jette un regard sur la rue qui lui fait penser à un vaste bazar avec sa faune hétéroclite qui circule, entre et sort des boutiques, des pâtisseries, des charcuteries, des cafés et des pharmacies. De l'autre côté de la rue, près d'une église, un cinéma met à l'affiche un film porno. Une géante écartelée à demi vêtue, portant des chaînes autour des chevilles et un boa autour du cou, surmonte la devanture. Des hommes s'engouffrent dans l'édifice.

Nous savions que le temps venu, nous ferions probablement des enfants, nous travaillerions pour assurer nos besoins modestes mais que cela ne se ferait pas dans une ambiance d'auto-flagellation. Nous avions atteint la Terre promise et Moïse était notre sauveur. La seule règle, c'est l'amour universel, il répétait. Nous faisons partie du grand corps cosmique. De l'arbre de vie aux racines riches de terre nourricière, au tronc chargé de sève et de lumière, aux ramilles porteuses de fruits rares. À la fois terriens, marins et aériens et nécessairement complémentaires.

Le sectarisme religieux ou idéologique, le racisme de même que le sexisme étaient interdits. Nous étions égaux. Différents mais égaux. Le crucifix et les images saintes de l'ancienne maison avaient cédé la place à des sculptures ou à des affiches de maîtres zen, de Gandhi, du Christ non crucifié, de Bouddha, de Marashi Mahesh Yogi, de Shiva et Kali, seule héroïne féminine de ce panthéon.

«Toutt' est dans toutt'», «Allo tout le monde» chantait Duguay, le doux barde amoureux à

grande barbe porté par l'arc-en-ciel magnifique. Un arc-en-ciel de satin fabriqué par les membres de la commune drapait le mur du salon comme un symbole inépuisable, antidote à l'existentialisme et à l'angoisse du vide. Par la méditation, le retour à une vie plus saine, on pouvait découvrir l'essence des êtres, le sens profond des choses. Une simple goutte de rosée ou de pluie perdue dans le creux d'une feuille de lupin, la réfraction de la lumière au travers des prismes de cristal accrochés aux poutres de la maison pouvaient déclencher cette reprogrammation du bonheur. Et c'était dans ce bonheur-là que nous puisions notre raison d'être et notre mission: abolir la déchirure du monde et du moi, de la planète et du cosmos, de la raison et de la sensibilité. Reconstruire et se reconstruire.

— Pas possible. Qui a idée d'écrire comme ça? songe David Bourdon, un sourire au coin des lèvres. Ces gens-là doivent être d'un autre siècle.

Au coin de la rue, une dame en loques tire un panier chargé de sacs, écrase son nez sur la vitrine d'un restaurant où tourne un poulet rôti au milieu des pots de cornichons marinés et de piments bananes.

Il s'agissait pour nous d'un beau rêve. Si certains voulaient simplement vivre le trip du retour à la terre, d'autres, dont Anaïs No – qui ne tenait pas alors à ce que l'on fasse suivre son prénom de sa particule négative – n'en vécurent pas moins leur première expérience de communication et de chaleur humaine. Plusieurs étaient des êtres seuls ou perdus, des orphelins d'amour dont l'histoire n'était connue que du chef de la commune qui les avait recueillis à la suite d'une visite dans une gare ou un bar: hauts-lieux de solitude et d'attente.

Entrer en commune, cela signifiait pour nous rompre avec nos familles, nos amis, oublier jusqu'à sa propre histoire. L'attachement aux êtres et aux choses, aux objets du désir ou du plaisir, ne pouvait engendrer que souffrance. Je n'oubliai jamais le jour de son arrivée.

Elle surgit, un dimanche matin, accompagnée de Gabriel-Emmanuel, au milieu d'un vaste tableau champêtre, alors que Madeleine et Ève, vêtues de longues jupes de coton à volants rose et lavande et de chapeaux de paille, pelaient des pommes à proximité du verger lumineux. Elles lui ouvrirent leurs bras hâlés par le soleil de l'été et l'accueillirent avec des baisers sonores et rieurs. Accrochée au pommier, tel un de ses fruits, je regardais la scène comme s'il s'était agi de la rencontre de deux mondes. Et je me disais que cette étrangère au visage masqué de verres fumés, engoncée qu'elle était dans ses jeans moulés, ne tarderait pas, comme d'autres avant elle, à *changer et son intérieur et son extérieur.*

Le midi, on lui fit une fête autour de la longue table couverte d'une nappe blanche, et en son centre, d'une guirlande de lycopodes, d'asters lavande et rose et de verges d'or. On servit comme tous les dimanches de la moussaka, du vin et une croustade aux pommes à base de gruau, de germe de blé et de cannelle, la meilleure qu'elle ait mangée, se plaisait-elle à rappeler souvent. Merci pour cette nourriture faite avec amour, proclamait-on d'une même voix.

La clocharde n'a pas bougé de son lieu d'observation et le poulet tourne autour de la broche. Un vieillard courbaturé entre dans l'église de pierres grises. Passent les voitures, des gens indistincts, une femme en tailleur avec un attaché-case, des garçons portant la calotte juive, une Grecque d'allure sévère chargée d'un cabas, deux punkettes avec des écouteurs sur la tête, des croix de métal dans le cou et des bottes militaires aux pieds. Elle pourrait se retrouver parmi eux. Il l'imaginait en jeans moulés et blouson de cuir, plutôt dans un imper très ample. Seule. Cela ne pouvait être autrement. Elle pourrait passer à côté de la voiture. L'apercevoir. Il demeurerait figé, le cahier entre ses cuisses.

On se prépara ensuite pour le rituel vespéral: une sorte de cérémonie où les participants, vêtus de longues tuniques de couleur safran et assis en lotus sur des tatamis, récitaient des poèmes composés par eux, le célébrant lisant plutôt un texte philosophico-mystique, pendant que la lumière descendait du ciel par les lucarnes du grenier au-dessus des hauts lutrins de bronze porteurs du Baghavad-Gita, du Coran et de la Bible: symboles de la parole passée et du Livre d'or de la commune, symboles de la parole à venir, pendant que les effluves de patchouli encensaient l'air déjà parfumé et lourd d'essences de cette fin d'après-midi d'été.

Le décor, signé par un ancien adepte disparu, passionné de l'Inde et de Khata-kali, se composait d'un autel de plâtre blanc gravé sur ses piliers de deux plantes stylisées, l'une femelle et l'autre mâle, et surmonté en son centre des statues, de même pierre blanche, de Kali tenant dans ses mains ou des fleurs ou des fruits du jardin, et de Shiva, dieu de la destruction et de la méditation, pourvoyeur de cette herbe séchée que l'on ne consommait que les jours de déprime pour libérer la détresse en récitant les védas. Ce rituel donnait un sens à l'invisible et nous permettait parfois d'entrer en transes, comme dans une ivresse folle. Et nous répétions en chantant sur des airs de psaume chrétien: «Je suis le centre de l'univers. Saja jaya vijaya. Nous sommes le centre de l'univers. Saja jaya vijaya.»

Ce jour-là, le célébrant parla du Grand Véhicule qui servirait à rassembler le monde et empêcherait sa destruction. Armé d'un bâton, il fit le tour des fidèles et donna un léger coup sur l'épaule de chacun.

Jamais David Bourdon n'aurait pu imaginer Anaïs No la rebelle accepter ce genre de conneries. Un policier, arborant matraque et revolver, distribue des contraventions.

— Vous êtes dans une mauvaise zone, Monsieur!

— Je sais. Je sais, dit-il, se retenant pour ne pas répliquer.

La voiture démarre, franchit quelques intersections, s'arrête à la hauteur de Rachel, entre une file de voitures et de passants. Des Indiennes élégantes au front marqué d'un point rouge déambulent près des boutiques, un sac sous le bras, tenant un enfant par la main.

«Rappelle-toi que tu es poussière et que nous retournerons en poussière mais que la poussière du cosmos née du grand éclatement brille d'une aura au soleil», murmura Gabriel-Emmanuel. L'assistance en extase ronronna un interminable «oum» transcendantal jusqu'à ce que le soir venu, l'estomac gargouillant et les articulations endolories, la concentration perturbée par trop d'images et d'odeurs de couscous ou de végé-pâté devienne impossible. Ils se retrouvèrent alors dans la grande salle commune du premier étage, une

chandelle à la main, un sourire angélique sur les lèvres.

Jean avait préparé des lentilles. C'étaient les premières qu'elle mangeait. Et jamais nous n'aurions cru alors que nous cèderions quelque droit pour goûter à cette nouvelle vie! Ce pâté de lentilles, c'était pour nous l'image du bonheur communal. C'était cette famille que nous n'avions pas eue. C'était la fin d'un passage ou d'une épreuve. Et la nouvelle venue irisa comme les autres ce plat, qui lui avait d'abord paru fade, de tant de qualités qu'il s'affubla du parfum exquis des plus fines cuisines. C'en était fini de la période steak haché – pois verts – patates pilées, pizza all dress, *hamburger-frites ou poutine, pris à la sauvette au coin d'un comptoir* cheap.

L'homme sage et beau comme un christ siégeait à l'autre bout de la table. Il était le dieu inaccessible. Le père. Le premier qu'ils aient eu véritablement. Apparemment, il n'avait pas de compagne privilégiée. Du moins, c'est l'image qu'il voulait donner, mais nous ne devions pas tarder à réaliser que ni lui ni tous ces gens ne faisaient vœu de chasteté. Peu à peu, les derniers arrivants apprenaient à la faveur de la nuit que le groupe était formé, en plus de deux couples monogames, d'autant de célibataires dont la promiscuité était propice à de discrets libres-échanges. Le maître couchait au grenier dans une petite chambre attenante à la salle des cérémonies sur un lit en forme d'autel qui lui permettait d'exorciser les grands sacrifices de l'histoire entre deux très hauts chandeliers d'argent.

— En même temps d'initier les nouvelles..., s'imagine David Bourdon qui commence à avoir hâte de tomber sur un passage croustillant.

Gabriel-Emmanuel était prudent. Il n'a jamais cherché à apeurer ses ouailles. Quand Anaïs monta à sa chambre, ce premier soir, enivrée par les fumées de la marijuana, elle était ivre de tant de bonheurs simples qu'elle avait l'impression de renaître, de plonger dans l'univers ouaté d'une douce doudou. Le rythme des congas et du tamtam tribal battait encore dans sa tête, dans son corps dansant. Et elle s'endormit en souriant dans la chaleur moite de cette nuit de l'été des Indiens, dans la pleine lumière lunaire, sans entendre la porte de Ève s'ouvrir ni ses pas gravir avec précaution les marches de l'escalier menant au grenier, comme tous les dimanches...

On se levait tôt à l'Éden. Une musique suavement séraphique, très souvent du Pergolese ou du Marcello, envahissait la maison par tous les haut-parleurs en même temps que le soleil pénétrait par les fenêtres sans rideaux, grandes ouvertes sur une nature luxuriante dont la couleur variait selon les saisons du vert au bleu, du rouge au safran. Après les ablutions, sous les eaux de la vieille pompe de la cuisine, de la douche de la salle de bains ou de celle attenante à la maison à l'extérieur, c'était la méditation face au soleil d'Orient dont le déclencheur pouvait être son karma que l'on pouvait identifier seul ou avec l'aide de Gabriel-Emmanuel ou de Eve, femme de tête et de cœur, d'après la forme du premier nuage observé le matin suivant notre arrivée. Chat. Chien. Oiseau. Aigle. Lion. Pierre. Plante. Escargot. Serpent. Veau. Vache. Cochon. Ou mouton. Le karma changeant favorisait l'accélération du processus de réincarnation dans une même vie, la transformation de l'être jusqu'à son propre achèvement.

David lève la tête. Il n'y a pas de nuage dans le ciel. Pas de bête. Pas de forme particulière. Plutôt un vaste écran de smog. *Un jour, d'après certains signes, le guide statuait que l'on avait trouvé son karma définitif. Gabriel-Emmanuel avait choisi, comme symbole personnel, l'aigle aux grandes ailes, substitut du soleil dans l'ancienne civilisation égyptienne. Ève, le harfang des neiges. Jean, qui s'identifiait à l'énergie haute en voltiges de l'hirondelle, était persuadé que son corps se soulevait du sol lorsqu'il était en transes méditatives. Daniel, qui se prenait pour un lion à cause de ses ascendants bibliques, était persuadé que la méditation transcendantale ponctuée de mouvements yogiques lui ferait vendre davan-*

tage d'assurances car il s'était engagé comme d'autres à pourvoir à la survie de la communauté. Judith découvrait ce chien fidèle qu'il y avait en elle, parfois folle braque, parfois bouledogue ou bergère allemande, selon qu'elle avait envie de jouer, de lécher ou de mordre. Mathieu, proclamé mouton, était obnubilé par ce taureau caché qui l'aiderait à troquer sa chienne de commis dans une pharmacie pour celle de gérant.

— La ville, la terre, quel zoo! songe David en jetant un coup d'œil aux passants, vérifiant s'il n'y a pas quelque policier autour.

Suzanne ne voyait en elle qu'une pierre inerte que seules les forces de la nature pouvaient déplacer. Gabriel-Emmanuel l'avait rassurée en lui disant qu'elle devait accepter son karma pour pouvoir passer à un autre, qu'il n'y avait rien de négatif à être minérale, puisque la pierre constituait l'élément fondamental de la planète, qu'elle avait même la propriété, croyait-on, en tant que pierre philosophale, de transformer les métaux en or et de devenir pierre précieuse. Qu'y avait-il de plus beau que les yeux de Suzanne, ces algues-marines se muant en émeraude ou en turquoise selon les jeux du spectre solaire? Cette réflexion avait apaisé momentanément les angoisses de la femme, la convainquant de son utilité et de son esthétique.

Nous avions beau regarder les nuages, Anaïs

et moi, nous persistions à n'y voir rien du tout. Et à chaque échec, le fou rire nous prenait. Le guide qui, entre deux chandelles ou deux cobras, trouvait toujours réponse à tout, nous assura que nous avions besoin d'un certain temps pour nous désintoxiquer, nous couper de nos vies antérieures. «C'est par la foi que nous arriverons à vaincre la fatalité avec l'obsession du néant.»

On avait vu, au cours de l'évolution, des poissons devenir oiseaux, des singes devenir humains, des humains devenir prophètes, sauveurs ou demi-dieux. Anaïs se promit ce jour-là de devenir plus que le rien. Elle avait besoin de renouer avec des gens sains, de retrouver les gestes élémentaires en même temps que de vivre un grand rêve. Sans doute que la répétition de ces formules incantatoires du type j'aime mon corps et il m'aime et j'aime mon âme et elle m'aime ou la projection en soi d'un cinéma mental positif contribuerait à chasser ces ions négatifs pollueurs d'existences. Sans doute...

Une main cogne contre le pare-brise. Un poing ganté de noir. Un uniforme. Le même policier avec sa moustache grise.

— Vous n'êtes pas très collaborateur, Monsieur. Vos papiers! Cette fois, je vous remets un billet.

— Maudit de maudit! Pas moyen d'avoir la paix dans cette ville.

131

— Il y a des stationnements réglementaires, Monsieur.

— Je vous adore, chère police! Je vous aime autant que je m'aime, rétorque David Bourdon qui rêve de voir l'agent se métamorphoser en ver de terre. Et s'écraser sous une paire de Doc Martens.

Il pèse sur l'accélérateur en quête d'un lieu tranquille. Direction Saint-Laurent Nord. Des feux rouges. Des feux verts. La voiture s'engouffre dans un parc de stationnement. L'homme dans la guérite s'affaire avec des clients. Il en profite pour se ranger à une extrémité du parc et replonger dans sa lecture.

Et nous passâmes la journée et les journées qui suivirent à faire la lessive, à fricoter des plats inspirés de la cuisine purement végétarienne sans viande et sans regrets de Frances Moore Lappé à base de falafel grillé, de blé bulghur et de tofu, à cueillir les derniers fruits du jardin, à préparer les conserves, à faire sécher dans les armoires les bouquets de sarriette, thym et marjolaine, à traire les chèvres au champ sous les ruées de la plus rétive, à lire, dans le hamac entre les pommiers, Rabindranath Tagore, Marcuse ou Timothy Leary, la Bible ou Les Principes divins. Et à condamner avec Judith et Jean la société de surproduction-surconsommation et sa conformité unidimensionnelle.

Des femmes et des hommes ouvrent leurs portefeuilles, paient leur dû au préposé dans la guérite avant de reprendre leur voiture. Personne ne l'a remarqué. Il est seul dans la ville occupée. Et c'est bien ainsi.

Jean était un être charmant, sensible aux êtres et aux choses, qui en plus de savoir fabriquer un fromage de chèvre exquis, savait nommer les fleurs, les arbres et les oiseaux. On lui connaissait une passion: celle de la collection des choses. Objets hétéroclites cueillis dans les marchés aux puces, les dépotoirs devant lesquels il s'extasiait comme s'il s'était agi d'or, d'encens ou de myrrhe. Il était l'enfant, le petit roi et le mage de la tribu. Judith aimait rire et faire rire. C'était l'animatrice du groupe. La guide. La joie de vivre. Le soleil perpétuel. Suzanne demeurait secrète et mystérieuse sous son sourire lunatique.

Les autres gagnaient l'argent nécessaire. Gabriel-Emmanuel et Ève avaient renoncé à l'enseignement des maths et de l'anglais dans une polyvalente pour se consacrer à leur vie publique. Il donnait des conférences qu'il voulait publier un jour sur la pensée positive, l'art de métamorphoser les perdants en gagnants. Elle organisait ces conférences, s'occupait du marketing, de la vente des billets, des relations publiques, de la mise en scène. L'homme étant toujours vêtu de blanc, couleur d'équilibre, comme la nappe de la table décorée de violettes, couleur de méditation. Tout allait bien. Le public croissait. L'argent dont on ne voyait jamais la couleur matérialiste se multiplia. Les salariés devaient presque tout verser à la commune. Ève, femme de tête et de cœur, gérait ce portefeuille.

«Quel sujet de reportage!» pense David.

Et la vie continuait doucement, sans qu'aucune velléité ne survienne, aucune jalousie ou animosité apparente. La paix dans l'ordre et le partage des choses. Une paix qui, contrairement à la situation dans certains ashrams, refusait de mourir au plaisir. Nous croyions alors avoir atteint l'équilibre du yin et du yang.

«Jusqu'à ce que l'équilibre soit rompu par une vulgaire affaire de sexe!» suppose David.

Suzanne voulut, tout à coup, novembre venu, avoir un enfant pour combler le vide de sa vie de femme confinée à la pluie et à la maison. Les travaux domestiques l'ennuyaient plus que jamais, elle qui, en raison de sa formation, ne pouvait aspirer comme les autres à travailler dans la ville voisine ni même à y étudier, puisque l'on n'y donnait pas plus que le cours secondaire et qu'elle ne disposait pas d'une voiture pour se rendre au cégep le plus proche. Obnubilée par son karma, qui de pierre était devenu plante, elle avait l'impression que cette autre vie en elle lui permettrait de dépasser sa condition. Elle passait les journées à rêvasser, à s'extasier devant une chatte ou une lapine allaitant ses petits pour la suite du monde.

La suite du monde... David ne l'a jamais imaginée ainsi... avec une femme, des enfants, des chats ou un chien. Avant de s'occuper de la suite du monde, on ferait mieux de se préoccuper de la surpopulation. Trop de gens sur cette terre. Trop de gens dans des voitures vertes, jaunes ou rouges, des voitures accolées les unes aux autres, sans espace autour.

Mathieu s'opposait au projet de Suzanne prétendant qu'elle avait déjà trop à faire dans la commune compte tenu de sa santé affaiblie par de fréquentes crises d'asthme, qu'il valait mieux attendre que leur situation financière se consolide, qu'il soit gérant, ce qui n'arriverait pas tant que Roméo Raymond ne prendrait pas sa retraite ou ne subirait pas une autre crise cardiaque.

Les discussions à voix haute, les séances de cri primal n'en finissaient plus dans la chambre attenante au jardin et vinrent à troubler la quiétude des soirs d'hiver au coin du feu. N'y tenant plus, Gabriel-Emmanuel, après audition publique de l'argumentation de l'un et de l'autre, décida de donner raison à Suzanne. Un enfant serait le bienvenu. Il fallait respecter le besoin naturel de Suzanne de s'épanouir comme mère. Quant à l'argent, ce n'était que prétexte. Ce jugement de l'homme proclamé d'une voix grave, au bout de la grande table, amplifia le malaise au lieu de le résoudre. Mathieu se choqua. Suzanne devint boudeuse, garda le silence durant des jours et des semaines jusqu'à ce que son mari, tanné de faire chambre à part, excédé à l'idée de voir Gabriel-Emmanuel devenir père de remplacement, cède une nuit où la lune pleine ovulait comme sa femme, avec l'insoutenable doute que l'autre l'avait précédé.

— Et s'il les avait toutes passées! grogne David. Et Anaïs avec. Naïve et farouche, quelle proie elle devait faire!

Il l'appelait sa belle tourterelle triste malgré qu'elle fût aussi la plus rebelle d'entre nous. Une nuit... il pénétra dans sa chambre alors qu'elle dormait. Il était à genoux, à côté du lit, quand elle se réveilla médusée. Elle se leva, le prit par les mains, l'amena jusqu'à la porte, la rouvrit et l'en fit sortir tout simplement. Du moins, c'est ce qu'elle nous a raconté.

— Elle peut bien vous en avoir caché des choses! marmonne David. Vous étiez aussi sans doute bien naïve, chère Claudia. Et si c'était elle qui avait ouvert sa porte, pour la refermer ensuite? Elle m'a bien fait le coup.

La bagarre éclata lorsque Judith, à la faveur d'un hiver froid et long que n'arrivaient pas à remplir ni les tâches domestiques de plus en plus réduites ni cette œuvre en macramé représentant un soleil noir, voulut retrouver son travail de caissière à la Caisse populaire. Daniel s'objecta pour la même raison que Mathieu: elle était nécessaire là où elle était. Gabriel-Emmanuel, cette fois, appuya le mari prétendant que les dons qu'elle avait pour la cuisine et la création importaient plus que le travail répétitif et dévalorisé des caissières. Cette remarque fit hurler Judith avec toute la force de son karma.

Elle sortit de ses gonds, engueula son lion de mari et fixa de ses yeux-constellation aux lueurs topaze l'aigle aux grandes ailes qui s'en retourna dans son coin, l'air battu. Le groupe vécut alors ses premières velléités de rébellion. Si le chef avait appuyé les aspirations de Suzanne, pourquoi n'en avait-il pas fait autant pour Judith? Jean se rangea de notre côté. L'enthousiasme de Ève qui prenait conscience des frustrations de l'amante privilégiée commençait à flancher. La semaine suivante, Judith reprenait son travail. Anaïs se trouvait un emploi de journaliste dans un petit hebdo. Gabriel-Emmanuel annonça à Jean que, désormais, il ne pourrait plus se contenter de ses prestations d'aide sociale.

Ce que Jean fit en exploitant ses dons de collectionneur. Il deviendrait le brocanteur, l'antiquaire, le négociant, le marchand de fer du coin, acheteur de ferraille et de vieilles voitures. Il emmagasina d'abord tous ces objets et produits hétéroclites, vieux meubles, vieux téléviseurs, vieux pneus et vieux cossins dans la grange, puis dans le hangar, puis dans la cave de la maison. Le dimanche, les gens des alentours, stimulés par la curiosité que suscitaient ceux qu'ils appelaient «les granolas du rang Saint-Éloi», venaient aux puces.

C'était devenu un commerce prospère mais encombrant qui affolait surtout Madeleine, Judith et Anaïs. Le commerçant n'arrivait pas à tout vendre et accumulait de plus en plus de carcasses de voitures, de machines aratoires, de tuyaux de métal, de barils de pétrole, de réservoirs d'huiles contaminées, de barils de bois, de pneus crevés et tant d'autres objets que l'espace autour du jardin, sur les collines, prit l'allure d'un vaste dépotoir. Chancre, cancer au milieu de ce qui avait été un paradis. Il en vint même à se procurer un vieil autobus militaire qu'il prit soin d'installer sur une terre gouvernementale avoisinante afin de ne pas provoquer davantage la grogne des femmes.

Gabriel-Emmanuel fit une colère mémorable lorsqu'il revint avec Ève d'une longue série de conférences à travers le pays et qu'il s'aperçut de l'état des choses. Son rêve était trahi. Son univers envahi. Le soleil se mourrait au milieu de la ferraille.

David lève les yeux. Le gardien sort de la

guérite, monte dans une voiture, la déplace au milieu d'une autre rangée de voitures. Il s'approche.

— Tu sors pas, boss? Il faudrait que j'avance ton char.

— Écoute, bonhomme! J'suis venu ici pour avoir la paix. J'peux-tu l'avoir? Tiens, prends ça. L'homme avec un écusson de moto dans le dos s'empare du billet de 10 $ et rentre dans son abri.

Une réunion eut lieu. Il fut décidé d'expulser l'envahisseur. L'homme auquel le tarot faisait d'agréables promesses ne céda pas. Il déménagea de quelques mètres ses choses sur les collines des terres abandonnées et s'y établit comme un squatter, dans l'autobus. La guerre s'envenima. Les lettres d'Anaïs No, sa préférée, n'y firent rien. Ni cette parabole de l'hirondelle, transformée en vautour, mourant enseveli dans ses décombres. Ni celle des sept cavaliers de l'Apocalypse. Le beau rêve était achevé.

— L'hirondelle transformée en vautour! Les chevaliers de l'Apocalypse! Le beau rêve! Que ça m'énarve! grogne David Bourdon qui réagit à chaque ligne du texte.

Nous persistions à nous y accrocher. Avant de partir, Anaïs voulait vivre la naissance de l'enfant de Suzanne de plus en plus centrée sur elle-même et cet autre en devenir. Elle devait assister son accouchement avec Madeleine, ex-infirmière grande adepte des médecines douces, devenue récemment sage-femme. *Quant à Ève, elle s'était fait avorter à l'encontre de la Genèse et des curés-démographes-éditorialistes de tout acabit qui criaient à l'abolition de la nation, à l'égoïsme des femmes ou à l'irresponsabilité des criminelles avorteuses, à l'insu du groupe et de son amant qui ne s'en plaignit jamais. Seule, toute seule, elle avait pris l'autobus avec d'autres femmes vers une clinique américaine d'où elle était revenue, une semaine plus tard, transformée, muette et inaccessible.*

David songe qu'à une autre époque, ils auraient pu se rencontrer, baiser et Anaïs No tomber enceinte, obligatoirement sienne pour le reste de sa vie par les liens du mariage.

Elle décida de s'impliquer à l'extérieur de la commune dans un groupe de femmes du village qui travaillait à la dépollution du milieu et à la désexisation des manuels scolaires, au grand dam de Gabriel-Emmanuel, l'archange de son surnom, qui voyait ainsi une autre de ses ouailles préférées s'éloigner. Au lieu du règlement municipal espéré, interdisant l'implantation de dépotoirs à ciel ouvert, elles reçurent la promesse du gouvernement de faire des études sur la question, études qui aboutiraient à un livre blanc, puis à un livre vert, puis à un probable projet de loi.

C'est à ce moment-là que nous sommes de-

venues amies et complices avec Madeleine et Judith, passant de longues heures à jaser, à rire, à discuter stratégie autour d'une table, d'un café ou d'une bière au seul restaurant du village. Nous nous disions tout... ou presque. Nous nous plaisions à imaginer comment, avant de quitter, nous pourrions nous venger de l'homme qui se croyait maître de nos vies et tendait à abuser de plus en plus des règlements. Judith s'offrit pour lui couper la tête comme son homonyme biblique l'avait fait d'Holopherne, puis la leur apporter sur un plateau d'argent comme la fille sans nom d'Hérodias l'avait fait de Jean-Baptiste, symbole de notre asservissement collectif. Bien sûr, nous n'en avons rien fait.

Ce passage le fait sursauter. Anaïs No coupeuse de tête ou castratrice. Il est sûr d'avoir saisi l'origine du féminisme dans la désillusion. L'incommunicabilité des sexes. L'homme de la guérite approche. Il se surprend à se précipiter sur la fin du texte.

Les femmes pouvant difficilement utiliser ce type de violence, nous avons plutôt convenu de mettre en liberté les bêtes que Gabriel-Emmanuel affectionnait pour les fêtes carnivores des solstices: les lapins. Et nous avons ouvert les cages sans penser que l'apprentissage de la liberté prend un certain temps, surtout quand on vous a convaincues que vous possédez un karma de proie, d'animal domestique, de tourterelle triste, de biche, de chèvre, de chatte ou de chienne. C'est comme si quelque chose en soi résistait à être. Comme si un pays résistait à devenir possible. Le lendemain, nous avons retrouvé sur la route deux lapins morts dévorés à demi par les faucons de la montagne. Ils sont sortis de la savane flairant la fraîcheur du chemin de terre. Une voiture les a tués sur le coup. Éviscérés. Arraché leur fourrure, écorché leur chair, écrasé leur tête dans la garnotte. Quand on les a aperçus, il ne restait plus qu'un amas de fourrure blanche.

Et Gabriel-Emmanuel dit: «Ainsi finissent ceux et celles qui n'acceptent pas leur karma.» Au lieu de nous anéantir, la synchronicité des événements nous fouetta davantage. Judith prit la décision de se séparer de Daniel qui refusait de s'adapter à sa nouvelle situation de compagnon devant mettre la main à la pâte. Anaïs quitta un journal qui ne permettait pas à ses journalistes, même pigistes, de s'impliquer dans le milieu autrement qu'en faisant partie de la Chambre de commerce locale, du club Kiwanis ou d'associations religieuses. Son contrat n'était pas renouvelé à la suite de pressions exercées par un obscur député fédéral qui ne prisait pas ses chroniques qu'il jugeait trop autonomistes et engagées.

— Bill Garceau, sans doute! Ce type de dé-

puté qui ne meurt jamais parce qu'il sait tellement bien tirer toutes les ficelles, pense David
Bourdon en quittant le stationnement.

Il est déçu. N'a rien appris de la vie amoureuse de Anaïs No. Il lui faudra rencontrer
d'autres témoins. La voiture poursuit sa montée
sur Saint-Laurent, s'arrête face au 5377, un loft
au troisième étage aménagé il y a une dizaine
d'années. Les stores noirs des larges baies vitrées sont baissés depuis des semaines.

Chapitre 7
LA BÊTE HUMAINE

On a déroulé les pansements. Elle se sent nue. Elle s'était habituée à ce masque, cette peau qui ne peut se détacher sans que l'on soit écorchée vive. Un visage dans le miroir que lui tend Clara Claude.

— Vous reconnaissez-vous, Anaïs No? Rappelez-moi votre nom. Votre adresse. Votre lieu d'origine. Vous étiez journaliste? Pour quel journal?

Elle n'a jamais vu cette femme, ce crâne à demi chauve, ce front large, ces pommettes saillantes et ce regard sombre, ces trous noirs qui la fixent. Elle repousse le miroir, palpe du bout des doigts le cou effilé, le menton plat, le front lisse, la bouche ronde et les paupières bombées. Elle reprend le miroir. Et le repousse. Cela ne lui dit rien... Pas plus que ce corps sous la chemise blanche.

Elle rit d'un grand rire discordant et fou qui entraîne ses voisines: la femme obèse et rose, la fille au carcan de plâtre blanc et l'enfant près de la fenêtre. Puis, s'arrêtant brusquement, fixant avec gravité Clara Claude qui prend des notes, elle se dit: «J'ai un nom, paraît-il. J'existe, paraît-il. Et je suis personne.»

— Je trouverais ça épouvantable de ne plus reconnaître mes enfants, mon mari, clame Marie Labonté.

— Moi pareil, renchérit Diane. Ce serait perdre Frédéric. L'amour de ma vie.

— J'aimerais être comme elle, dit Hélène Troyat. Tout oublier.

— On est responsable de sa vie, énonce Marie Labonté. Il y a des gens qui font leur bonheur, d'autres qui font leur malheur.

— De toute façon, rétorque Hélène, vous et moi, on ne se comprendra jamais!

Anaïs No ne sait pas. De quoi parlent ces femmes? Que fait-elle au milieu d'elles? Il n'y a que sa tête qui hoche de gauche à droite. Ses mâchoires s'ouvrant, se renfermant, cherchant des mots qui ne viennent pas. Elle voudrait qu'elles se taisent et que le rideau se ferme. Non! Ce mot dans sa tête qui ne veut pas sortir. Alors surgit un cri sauvage. L'infirmière arrive, lui injecte un calmant et tire les rideaux.

Trois hommes. L'un se dit chercheur dans un laboratoire important de la ville. Il ne bouge pas. Il tient dans les mains ce qu'il appelle un journal. Il lui montre de son doigt, qu'il a long et fin comme les autres doigts, un passage. Une infirmière, apercevant la photo de l'animal tendant un verre de jus à une patiente, devient songeuse.

Cet homme soutient qu'elle l'a déjà aimé. Elle ne réagit pas. Déconcerté, se sentant examiné comme un spécimen, il cesse de parler. Puis recommence.

— La science peut faire des miracles, dit-il.

Il croit à un nouveau médicament à base de magnésium. Il réussira bien à convaincre Clara Claude. Anaïs No est agacée par cet individu et ce regard incapable de la fixer. Elle apprécie que l'infirmière lui demande de quitter les lieux.

Le deuxième homme. Il dit qu'il est un collègue et ami. Il lui remet des magazines en papier glacé dont les odeurs lui soulèvent le cœur. Également une petite boîte dans laquelle on peut insérer une autre petite boîte qui fait de la musique et des voix. Il pose momentanément les écouteurs sur sa tête. La musique est trop forte. La voix trop pénétrante. Comme un rappel des mondes obscurs. Il lui raconte une histoire en la regardant dans les yeux. Elle ne sait pourquoi il lui dit tout cela. Il parle d'un homme, d'une femme et de la mer dans le magazine. Il fait des gestes avec ses bras, des plongeons dans le vide et il sourit, une main sur le cœur, serrant contre lui l'infirmière passant par là. L'infirmière éclate de rire. Les autres aussi. Il jure avant de partir qu'il l'aidera à retrouver sa mémoire. Anaïs No n'y comprend rien.

Le troisième homme est vieux comme la

dame couchée le long du mur, celle que l'infirmière appelle Anna. Des larmes coulent de ses yeux délavés, striés de veinules rouges tout autant que son nez qu'il essuie parfois d'un morceau de tissu à petits pois. Il parle d'une femme qu'il appelle Marie, de l'envie qu'il a de la rejoindre dans l'autre monde. Ces mots la font tressaillir. L'autre monde.

— Elle était si bonne, répète-t-il. Si tu as un cœur, tu ne peux pas ne pas t'en rappeler, si tu as un cœur... Elle était si belle. Elle avait tes yeux et tes cheveux, avant.

Il dit avoir fait un jardin. Il a creusé la terre sur sa tombe et planté des géraniums. C'est le plus petit mais le plus beau des jardins de sa vie. Le feuillage tendre des laitues s'emmêle au feuillage dentelé des carottes, les fleurs jaunes des concombres et des citrouilles courent sur le sol. Il ne mange aucun de ces fruits, pas plus que les tomates flamboyantes gorgées de sève. C'est pour elle. C'était son premier cadeau, mais elle le refusait. Il n'a pas assez pris soin d'elle. Il le sait maintenant. Les fruits ont pourri sur le sol gelé.

Il dit qu'il en a assez d'être vieux, de faire du temps dans une cellule, pas plus grande qu'une garde-robe, avec une fenêtre donnant sur l'église qui n'est même pas du côté du cimetière. Il en veut à Dieu de le laisser seul. Il a beau l'engueuler, sacrer contre Lui, chaque jour à l'église, Dieu ne lui répond pas. Est-ce la preuve qu'Il n'existe pas? Il insiste. Dieu l'a tuée, rendue folle. Un jour des hommes verts sont venus la chercher.

— C'est ça que tu voulais, maudit christ, s'écrie-t-il au grand désarroi des patientes et des infirmières. J'ai compris ce jour-là que Satan, c'était toé. Puisque c'est tout ce que tu sais faire, ôter la vie après l'avoir donnée. Allez! Tue-moi... maintenant.

Dieu ne l'écoute pas et il pleure. Il lui reste une femme de bois. Elle ne parle pas. Elle le regarde. Il dit qu'il l'habille tous les matins d'une robe à petites fleurs, parfois bleues, parfois roses, parfois violettes, l'installe devant la fenêtre puis la déshabille chaque soir. Il dit qu'elle couche près de lui dans le petit lit de métal blanc. Anaïs No reste bouche bée. Elle est tout ce qui lui reste. Sa dernière chance, sa descendance, sa ressemblance.

— Si tu savais comme tu lui ressembles! Laisse-moé toucher à ton visage, dis-moé que tu m'en veux pas, dis-moé que tu m'aimes... un peu.

Anaïs No repousse l'homme. Il s'écroule en larmes, la tête dans les draps, les bras autour de sa poitrine. Elle sonne l'alarme et l'infirmière commande un taxi.

Elle attrape l'appareil sur la table de chevet, demande que l'on tire les rideaux, ajuste les écouteurs et s'enferme dans un chant puissant et sépulcral. Le deuxième homme a dit que c'était Klaus Nomi. Elle se laisse porter vers ces lieux étranges dont elle connaît les sortilèges. Elle sait, elle n'a plus peur. La seconde cassette la rend si triste qu'elle ne peut en terminer l'écoute. Comme une tension, un malaise indicible, une sensation déjà connue. La tête qui veut fuir. L'insupportable envie d'être ailleurs. Ailleurs. Quelqu'un l'attire au plus profond d'elle-même. C'est une voix grave et cassée, avec une guitare. *Don't give up. Don't give up babe.*

David Bourdon n'insiste plus. Il observe la consigne. Il a fait des démarches pour rencontrer la fille congédiée et menacée par les propriétaires du *Flamant rose*. Un numéro de téléphone confidentiel. Myriam d'Amour ne travaille plus, ne sort plus et s'enferme à double tour. Il la rattrapera bien un jour. Il interrogera d'autres serveurs, remontera la filière jusqu'à Bob Lebrun dont le casier judiciaire rappelle une affaire de fraude et d'abus de confiance. Il se réserve le tenancier pour la fin même s'il réalise qu'il a moins d'intérêt pour cette enquête que pour la vie privée de Anaïs No. Il lui reste quatre textes à rapailler. Il se dirige vers un vieil hôtel du centre-ville.

***

Une odeur de moisissure dans un vase clos. Je ne sais pas ce que je faisais dans cette chambre en ces temps de mesures de guerre, de panique et de confusion organisée. Face à un homme et à une femme que séparait un lit recouvert de chenille rouge. Ondulante, carmin comme les lèvres de la fille. Dans un quadrilatère préfabriqué de contreplaqué beige et terne. Beige et terne comme l'homme vieillissant. Un homme drabe, une femme noire aux lèvres rouges. Eux devant moi, moi devant eux. Le vertige, la peur de basculer. Entre le lit et la porte, il m'a ordonné de m'étendre. La femme ne disait rien. Elle avait les dents blanches, très blanches. Une bouche entre le rouge et le noir.

Il avait dit qu'il aimait l'exotisme des Africaines et des Amérindiennes. C'est un écrivain célèbre. Un autodidacte génial passionné d'anthropologie et de voyages. Le grand salon de l'université. Une réception en l'honneur du grand romancier qui lançait La dernière bête humaine. Verres à la main, la faune littéraire avait arpenté le salon, essayé de s'approcher de l'auteur. Ils étaient là les professeurs, les chroniqueurs, les critiques et quelques étudiants triés sur le volet. J'étais fascinée par cet homme peu ordinaire qui savait jouer avec les mots, recréer les mythes et les légendes autant que les réalités.

J'avais revêtu un pantalon de cachemire noir prêté par une amie, une chemise blanche et un veston de tweed gris. Pour être écoutée, considérée, il vaut mieux un costume qui amenuise les différences sexuelles. Lui, il portait un veston de velours cordé marron démodé et usé aux entournures du col et des poignets. Je l'imaginais plus mince et moins âgé. S'il était décevant physiquement, il n'en était pas moins captivant. Je voulais l'interroger sur l'écriture, le processus de création, sur sa perception du signifiant et du signifié, ou du signifiant de l'insignifié à travers les tendances littéraires formalistes, structuralistes ou modernistes.

La femme s'est approchée, m'a caressé les épaules. Son parfum de musc et d'épices. On a entendu les sirènes des voitures de police dans la nuit rouge. Il m'a ordonné de me déshabiller, de m'étendre sur le lit avec son index inquiétant. Un simple doigt. Gras et court. Son haleine d'alcool fermenté. J'avais pu enfin être admise à sa cour, au milieu de ce cercle restreint. Les autres, surtout des hommes, examinaient cette petite étudiante qui s'était aventurée près du saint des saints. Nerveuse, je n'avais pas retrouvé mes questions. J'avais osé quand même.

— Dans vos romans, les hommes sont des aventuriers, des êtres forts et mythiques. Les femmes, des êtres faibles sans épine dorsale, bonnes qu'à baiser et faire des petits. Pourquoi?

Ils se sont esclaffés. Et j'ai eu droit à un sourire malicieux et paternaliste.

— Mais, ma petite, regardez autour de vous! Étudiez l'histoire des civilisations. Enfin! Ce n'est pas moi qui vais vous apprendre que les femmes sont faites pour l'amour. Les hommes pour l'action. Les femmes attendent que l'Histoire se fasse. Les hommes la font. La libido est à la base de tout système politique, de toute oppression et de toute révolution. Regardez-là, la Belle province. Elle se fait actuellement royalement fourrer par le Maître. Mais on ne sait jamais si elle aime ça ou si elle a peur...

Quelques personnes ont ri.

— Freud et Reich l'ont dit. La sexualité est le ressort qui fait agir les hommes, la base de la création car elle détruit les règles, abolit les interdits et les tabous. Ce qui fait que dans le fond... ce sont les femmes qui manipulent les hommes. Elles ne sont que faiblesse apparente.

Une autre étudiante interrompt les rires.

— Vous ne croyez pas à l'amour?

— L'amour, connais pas. Il n'y a que le désir. Le désir et la mort.

— Et la mort vous fait peur? demanda un professeur.

— Pas vraiment. Un écrivain même bâillonné, même séquestré ne meurt jamais; vous savez cela. Un autre grand rire tonitruant avait secoué

153

le salon. La femme m'a caressé la nuque. J'ai résisté. J'ai dit: «Je suis là pour une entrevue.» Il a dit: «Tu n'es qu'une enfant. Une enfant désirable. Oui, c'est ça, tu es le désir. Les poètes ont besoin des muses, de leur corps pour être inspirés. Viens. Viens. Enlève cet uniforme ridicule. Nous allons jouer ensemble, jouer à se toucher, à se caresser. Je te regarde. Regarde-la: elle est belle. Elle est douce... hein? Elle a un corps superbe. Moi je vais simplement vous regarder.»

La femme a retiré sa robe, s'est collée à ma peau. Elle portait un soutien-gorge et des jarretelles. Je l'ai repoussée. Elle m'a repoussée dans les bras de l'homme en riant. Je suis tombée sur le lit. L'homme aux lèvres molles cherchait à m'immobiliser. J'ai senti son odeur fétide. Ses mains larges enserrant mes poignets. Son gros ventre contre le mien. Il ressemblait à un porc avec une tête de lama. Je l'ai frappé d'un coup de genoux dans les couilles. Cela lui a coupé le souffle.

Deux heures plus tôt, je m'étais naïvement approchée, le magnétophone sous le bras, pour tout enregistrer et immortaliser l'immortel. Deux heures plus tôt, j'avais bu les paroles de celui qui écrivait pour abolir le vide, créer à partir de rien. Un critique littéraire connu lui avait demandé s'il croyait participer de la modernité malgré son entêtement à écrire des romans avec une histoire. Il avait répondu que les étiquettes ne l'intéressaient pas.

Et je l'avais aimé pour cette phrase, pour ce refus global. Il avait dit: «Être moderne, c'est être de son temps et savoir dire non. Les écoles pétrifient les formes, les structures et les mots. Elles terrorisent avant de tuer. Je m'oppose aux Églises, aux chapelles. J'abhorre les normes, l'objectivité imposée ou l'illisibilité ordonnée. Je préfère la liberté aux grands commandements. Il faut devenir, par l'écriture, son propre dieu, sa propre vérité. Son fantasme. Rien de moins.»

Deux heures plus tard, le grand créateur, le dieu de la puissance sauvage, a pris une tête de grand-père croupissant en quête de fornication. Il bavait. Il rageait à cause du coup dans les testicules. La femme s'est emparé de mon magnéto. Je lui ai enlevé. Ai repris mon manteau.

— Salope! Putain! il a crié.

Il n'y a pas de mots tabous, il avait déclaré. «J'utilise des mots que la morale des bien-pensants pourfend. Que ceux qui m'aiment me suivent. Je n'oblige personne. Ce n'est pas de ma faute si les écoles sont peuplées de groupies.»

— Putain! Putain de salope! m'a-t-il craché au visage.

Cet homme avait le profil du lama. Mâchoires avancées, babines pendantes. Le lama a de beaux yeux. Lui, il avait des yeux petits sous des paupières gonflées.

Je ne sais ce que je suis venue faire de nou-

veau dans cette chambre morbide entre un lit et une porte. Ne jamais oublier cette fille aux lèvres sanguines, cet homme au visage drabe. Grotesque et loufoque.

Le micro tournoyait au-dessus de leurs têtes comme un lasso. Ils ont cherché à le saisir. Tout a été enregistré. L'envers de la médaille. Tout a été écrit. Un jour. Le monde saura. L'autre version des choses. Et les statues tomberont. Il a essayé d'attraper le fil. Il a dit: «Va-t'en.» J'ai agrippé la poignée de la porte. Il m'a assené un coup de pied. La porte s'est ouverte.

L'homme a annoncé que le titre de son prochain roman sera La dernière bête humaine en hommage à Zola. Derrière les rideaux rouges de la chambre se promène l'ombre de la bête. La bête rumine. La femme aux lèvres peintes se tait. En ces temps de guerre et de confusion organisée, les tanks envahissaient la ville, et une fille a survolé les flaques d'eau sale, un goût d'encre et de cendre dans la bouche. Il arrive que la passion et l'admiration pour les êtres doivent s'abolir. Dans ma gorge, des mots, des mots comme des flèches qui se tendent et s'arqueboutent. Des mots-torpilles.

***

David sent l'humiliation sourdre en lui, l'envie de faire un scandale médiatique. Réalise le ridicule d'une agression sur un vieil homme. Il ne connaît que deux ou trois écrivains québécois: Anne Hébert, Réjean Ducharme et Gabrielle Roy à cause des lectures scolaires obligatoires. Il lit peu, sauf les best-sellers américains qu'il juge plus près de sa réalité, à l'occasion, un ouvrage à la mode, un essai ou un roman policier. Il pense s'informer auprès de Albert Lamarche. Il se rend plutôt à la bibliothèque de l'université, découvre le nom de Claude Vincent, romancier, poète et chroniqueur littéraire né en 1920. Les archives ne disent pas si l'homme vit encore.

Au registrariat, on lui confirme, après maintes hésitations, qu'une Anaïs Naud a fréquenté le module des lettres en 1970-1971. Avec une autorisation spéciale de la direction, il réussit à consulter le fichier des étudiants. Au hasard, il note les noms de quelques filles et de quelques gars, le numéro de téléphone de leurs parents.

Il réussit à joindre un Pierre Moreau, professeur de cégep qui avoue, entre deux cafés, entre deux cours, qu'il a eu un faible pour Anaïs No alias Naud, mais qu'il avait déchanté. Sous des dehors timides, elle cachait, comme toutes les filles de sa classe, un côté féministe de plus en plus à la mode. Elle avait brisé la réputation d'un excellent romancier, en exposant sa tête à la place de celle du lama d'une affiche touristique chilienne. Dans l'ascenseur, au bas de ce collage, on retrouvait des graffitis du genre: «Méfiez-vous, les filles. La bête est dangereuse.»

Quelques semaines plus tard, à l'occasion du 8 mars, le commando rose diffusait à la cafétéria l'enregistrement audio d'une conversation entre Anaïs Naud et Claude Vincent. On ne pouvait être sûr. L'homme était grossier et le ton tranchait avec le conférencier. On n'entendit plus parler d'elles, Ginette Basque s'étant orientée vers les sciences sociales et Anaïs Naud ayant quitté l'université.

David Bourdon n'a qu'à suivre la filière. Il adore généralement sauf que cette fois, son plaisir est gâté par la sensation d'être un intrus. Jusqu'où peut-il aller? Ginette Basque travaille à la réhabilitation des hommes violents. Elles ont été de très grandes amies avant d'être séparées par la vie. Avec un groupe de profs et d'étudiantes, elles avaient suivi Claude Vincent dans un ascenseur jusque dans son bureau de professeur invité, l'avaient interrogé, puis obligé à écouter le témoignage d'une Anaïs en colère. Il s'était obstiné, entêté. Elles mirent leur menace à exécution. La direction était intervenue pour exiger le silence, à défaut de quoi elles seraient expulsées. L'écrivain ne remit plus jamais les pieds dans l'établissement. Quant à Anaïs Naud, elle trouva un emploi de serveuse. Elle était lasse de cumuler travail et études et de compter sur ses parents pour vivre.

L'enquête piétine. Pourtant, David Bourdon est content. Il a l'impression de mieux cerner Anaïs No.

Chapitre 8
ÉTERNITÉ

Des forêts d'érables vêtues d'or et de pourpre, des rivières et des lacs qui n'ont de pureté qu'une apparence bleutée, des pâturages fauchés par les grandes moissonneuses, il ne voit rien hormis cette route en méandres. Il n'a qu'une idée: susciter la confiance de Jean, s'arranger pour passer la nuit au domaine. Parler peu. Écouter surtout.

La maison juchée dans la montagne à demi effeuillée est d'allure victorienne, percée de fenêtres à carreaux et chapeautée d'un toit en larmier, seule concession faite à l'architecture d'influence franco-canadienne avec la galerie et la véranda de bois blanc. En contrebas, encerclant presque le domaine, une haute clôture de broche envahie de folles plantes grimpantes, une cour de ferraille donnant sur un vieil autobus de métal rouillé, vestige de la dernière guerre. Plus haut, près de la maison, le verger avec au centre le plus impressionnant des pommiers que David ait jamais vu. Tortueux, déchiré, avec des branches comme autant d'anguilles grisâtres surgies de quelque rivière souterraine.

L'autobus fait office de bureau. L'homme n'a rien de l'adolescent maigre et acnéique dont parlait Claudia. Il tient autant du renard roux que de l'oiseau. Ses cheveux mi-longs descendent comme de longues plumes sur ses épaules couvertes d'une veste de daim défraîchie. Il a les mains et les vêtements enduits d'huile et chausse des bottes de caoutchouc noir.

David croit revoir le personnage d'un film suisse ou allemand, un homme vivant au milieu d'un dépotoir et qui rêvait de devenir oiseau, sorte d'aigle en deltaplane qui finit par s'écraser sur une montagne.

Il parle de la beauté des lieux, de son intérêt pour les vieilles choses, lui qui a toujours préféré la ville, les décors modernes aux décors antiques. Il caresse, pour exorciser sa peur, une sorte de molosse qui tient du loup et du berger allemand. Il craint les chiens depuis que petit, il s'est fait mordre par un cerbère danois qui lui a arraché un morceau de peau juste à la hauteur des joues, lui laissant une cicatrice indélébile. La stratégie fonctionne. Le chien frétille de la queue. L'homme l'écoute parler de l'accident. L'homme l'interroge encore et encore, puis l'invite à la maison.

Une odeur de pâté au poisson le surprend agréablement dans la cuisine traversée d'une longue table de bois sculpté. Une citrouille a été placée au centre. Suspendues aux poutres, de longues bottes d'herbes séchées à odeurs de thym, de sarriette ou de romarin donnent à l'endroit l'allure d'un capharnaüm. Jean lui présente Pierre occupé à sortir du four un superbe koulibiac à pâte dorée et feuilletée, sa spécialité des samedis soir. C'est un quinquagénaire d'allure sophistiquée, aux cheveux très courts et argentés, au regard sombre souligné au khôl noir, tout aussi noir que ses vêtements de style *new wave*. Il lui tend une main fine, à la fois douce et ferme, le fixe. David baisse les yeux.

Affalé sur les coussins du salon, Jacques, une sorte d'enfant-adulte, ni homme ni femme, savoure une bande dessinée, sans réagir. Au-dessus de sa tête, pend une immense photo laminée des trois hommes se tenant par les épaules.

David essaie de ne rien laisser voir de son malaise. Pierre facilite les choses. Il est volubile, accueillant et maternel. Il dit être un haut-fonctionnaire mis à la retraite depuis le changement de gouvernement. Il lui tend une tisane de fleurs d'aubépines, de menthe et de verveine en l'assurant que ce mélange prépare au repas.

— C'était alors une période haute en promesses où l'espoir d'assumer sa souveraineté était encore possible. Toutes ces soirées à parler d'avenir! Mais la hantise de la victoire a détruit le projet en même temps que les grenouillages de la machine propagandiste fédérale. Maintenant on oublie. C'est l'heure bleue. Celle d'entre le jour et la nuit. On dort, on se noie dans le travail ou le confort et l'indifférence.

Il se considérait un homme de déclin, mais n'était pas amer. Il s'était résigné. Ce phénomène faisait partie de l'évolution d'une société vieillissante incapable de s'assumer.

— Peut-être sommes-nous devenus Alzheimer! Aussi bien en rire ou en jouir! Tu n'aimes pas cette tisane? Un pastis peut-être!

Le bruit de la douche s'arrête net. Jean apparaît souriant et propre. Jeans, t-shirt blanc comme ses espadrilles et cheveux lissés en queue de cheval. Il passe près de Jacques et lui pince une cuisse. Le jeune homme sourit.

— Quand est-ce qu'on mange, Pierre? demande-t-il d'une voix serinante.

— Bientôt, mon coco, répond le cuisinier affairé qui fixe Jean d'un œil languide. Il sort les chandelles, la nappe de dentelle, la bouteille de Muscadet frais, place *Carmina Burana* sur la table tournante. Des voix d'enfants, surgissant de quelque montagne secrète, emplissent la pièce.

Jacques ferme son album, s'étire, sorte de chat tenant de l'abyssin par sa peau couleur cuivre et la grâce des gestes. Il porte une camisole jaune signée Max. Il s'approche lentement de la table, s'assoit face à David qu'il salue.

Pierre sert le koulibiac et verse le vin. Jean, au bout de la table tout comme Pierre, raconte l'époque de la commune, son amitié pour Anaïs, cette fille fière et vulnérable, son admiration affectueuse pour Gabriel-Emmanuel, son père, son héros, son guide, celui qui l'a initié aux vertus de la libido, à la connaissance, à la douleur de l'abandon.

— On a exigé mon départ. On m'a accusé de contaminer l'environnement, moi qui voulais monter une entreprise de récupération qui maintenant fait l'affaire de tous. Finalement, ils sont partis et je suis resté. D'autres sont venus. Qui ne me jugent pas. Me prennent comme je suis.

— Ce qu'on ferait pas par amour! intervient Pierre en lui décochant une œillade. Pourtant, je n'ai aucune prédilection pour les dépotoirs ou les cours de ferraille. Je vous jure!

Jacques dévore, inconscient du regard de Jean posé sur lui. David se demande ce qu'il fait là, puis révise son plan.

— Et Anaïs là-dedans... que faisait-elle? risque-t-il maladroitement.

— Je l'aimais bien, répond Jean. Elle apportait de l'énergie, de la chaleur à la commune. Je crois qu'elle s'est tannée de tout partager, de s'occuper du ménage et de faire des confitures. Un jour, elle a cadenassé sa porte. Il s'est produit quelque chose avec Gabriel-Emmanuel. C'était devenu invivable... Quelques années plus tard, elle est venue avec un de ses copains, ami ou amant. C'était un musicien indien ou métis. Ce gars dont j'ai oublié le nom faisait dans le rock alternatif. Il avait produit un disque, joué aux États-Unis.

David n'écoute plus. Anaïs No amoureuse. Un homme secret. Elle était peut-être avec lui lors de leur rencontre. Cette musique dans la voiture, au retour, puis ce silence entre eux. Un solo de guitare. La cassette retrouvée par le garagiste avec celle de Klaus Nomi. Cette guitare et cette voix inconnues.

Dans sa tête, des questions surgissent, insipides et compromettantes. Un ravissant Saint-Honoré orne le centre de la table. Jean tranche, dépose dans son assiette une portion garnie de crème Chantilly. David s'enquiert des circonstances de la rencontre des trois hommes.

— Je suis venu ici par hasard, il y a bientôt quinze ans, un jour d'été, en pleine canicule. Souvent les dimanches, je prenais la route de New York, Ottawa, Québec ou Sherbrooke en quête de quelque jeune pouceux.

— Tu devrais plutôt dire puceau, glisse Jean, l'air malicieux.

— Ça me changeait du parc Lafontaine! Je rencontrais des jeunes de toutes origines. Cela me permettait de prendre le pouls du pays. Je me contentais le plus souvent de les écouter ou de les regarder. Je venais de faire descendre un jeune homme méfiant quand j'aperçus ce lieu. Un joli sentier avec des arcades d'aulnes. J'arrivai, après quelques minutes de marche, dans un endroit magique. Une chute haute et étroite s'échappait de la montagne pour s'écrouler dans un canyon profond. Sur les rochers découpés comme des jeux de blocs, les fougères et les mousses étaient abondantes. La rivière dessinait des bassins aux configurations rondes. J'étais ébloui. Lorsque je rouvris les yeux, j'eus la vision d'un homme jeune et sauvage se promenant nu au bas de la chute et sautant de rocher en rocher comme un cerf agile. L'homme escalada les rochers longeant un des côtés de la chute et disparut.

Je décidai de le suivre, mais je n'avais pas son agilité. Je glissais. Je tombais. Je finis par arriver au sommet. L'homme sauvage se baignait au pied d'une autre chute encore plus étroite et encore plus haute. Il se retourna quand il m'entendit glisser dans une flaque d'eau. Il continua son chemin. Et je me sentis ridicule. C'était... Jean.

Aussitôt Jacques échappe un rire fou.

— Vous m'aviez pas dit ça, mes cocos!

— Je revins tous les dimanches. Il n'était jamais seul. Presque toujours accompagné d'amis, hommes ou femmes, qui riaient de ma déconvenue. C'était comme si on m'accusait de pédophilie ou de proxénétisme. Je n'y pouvais rien. Un jour, je lui tendis la main. Il sauta sur un autre rocher qui permettait d'atteindre la rive. Nous nous sommes parlé pour la première fois. Il se rendit compte que je n'étais pas le vilain méchant loup des contes. Nous nous sommes vus en cachette le temps que la commune se dissolve. Depuis, je me contente de vivre ici, avec eux, et de prendre ce qu'il me donne.

Jean a écouté, les yeux plongés dans son assiette.

— Il faut préciser que nous ne sommes pas amants!

— Tu en aurais honte? remarque Pierre à demi railleur. Il est vrai que depuis, il y a le beau Coco. Jean et moi nous avons une relation purement platonique. De toute façon, j'ai l'âge de la fidélité.

Il se lève pour faire jouer un *Stabat mater*. Sur un ton faussement emphatique, il ajoute pendant qu'il se penche au-dessus de la table tournante: «*Et la mère se tenait debout pleine de douleur pendant que son fils agonisait dans ses bras.*» Montent les premières mesures. Le dos tourné, il prépare le café.

— Ah! Pierre, pas encore cette musique! fait Jacques en vacillant légèrement vers la chaîne stéréo. David... c'est bien ça ton nom. Ces deux-là se prennent pour Robinson et Vendredi. C'est pas aussi romantique que notre histoire, hein?

Jean. Nous, on s'est plutôt rencontrés dans un bain turc où il n'est pas nécessaire de faire de longs préambules. Il déambulait au milieu du sauna, une simple serviette autour de la taille. Je lui ai souri le premier. Quelques minutes plus tard, il me rejoignait dans ma chambre... Ah! oui, j'ai oublié de dire! Cela lui a pris du temps avant de comprendre que j'étais gigolo. Un serin entretenu par la colonie artistique. Ça ou danser nu sur les tables pour émoustiller les vieilles peaux!

— Tu exagères. Tu as changé! s'exclame Jean.

— C'est un fait, non? Je suis ton gigolo. Ton esclave consentant.

— Tu exagères!

— Pas sûr! Un p'tit gars de douze, treize ans, ça t'intéresserait pas?

— Douze ans. Cet âge où les fesses des gars sont les plus belles, disait le roi des aulnes, ajoute Pierre.

— J'm'en fous de Tournier ou de son ogre! réplique Jean. Pourquoi tout réduire au cul? Y a rien que ça pour vous deux, hein?

— Y a que ça, mon cœur! Je te plairais si je n'avais pas une belle queue?

— Jacques, je t'en prie! supplie Jean. Tu as trop bu.

— Ah! arrêtez, tous les deux! ordonne Pierre. David ne dit mot. Son embarras lui donne envie d'uriner. Dans la salle de bains, une affiche de Pompéi avec un faune noir exhibant son sexe comme une érection volcanique au-dessus des vestiges de l'ancienne ville.

À son retour, les hommes sont affalés sur les coussins du salon avec leur café. Madonna chante à plein volume *Like a prayer.*

— Baisse ça! réclame Jean, agressif.

Jacques ferme l'appareil. Jean tempère l'ambiance avec la guitare de Metheny.

— Magnifique Metheny.

— Granola! raille le plus jeune.

— Petit preppy! réplique l'autre.

— Preppy de mon cœur. Allez, cesse de bouder! demande Pierre. Je voudrais que tu danses ce soir. J'ai le disque qu'il te faut. Sensuel au boutte!

— Je ne danse pas avant... vous savez quoi.

— Dans ma chambre, tu trouveras tout ce qu'il te faut.

Le chien jappe. On frappe à la porte. Un homme à la peau faussement noire et affublé d'un masque de bois amérindien entre en hurlant des «bougalou-bougalou». Puis, une femme, cachée derrière un loup de velours turquoise, comme ses collants, se glisse à ses côtés. Elle porte autour de la taille une sorte de table recouverte d'une nappe rose et percée d'alvéoles. Les convives peuvent s'y installer comme à un bar. L'effet est spectaculaire. Un moine, le capuchon rabattu, s'y introduit, un verre à la main. Il a un couteau planté dans le dos. Un chat botté, arborant une capeline noire et des bottes jaunes, fait son entrée en exhibant une bouteille.

— C'est vrai! C'est l'Halloween, lance Pierre.

Jacques s'amène vêtu d'un simple pagne. Les arrivants éclatent de rire. David se rappelle ses cauchemars d'enfant. Ces fantômes, ces clowns sinistres aux visages d'emplâtre.

— Les connais-tu? demande Pierre.

— C'est vraiment réussi, les gars! Désolé mais je n'ai pas de bonbons, répond Jean, habitué à voir les gens du village prêts à tous les stratagèmes pour entrer dans la maison.

— On peut vous offrir un petit verre! dit Pierre amusé en leur tendant une bouteille de schnaps et des verres.

Après avoir fait cul sec, le chat botté leur offre un liquide aux couleurs de framboise. David et Jean refusent. Pierre et Jacques s'attablent autour de la femme qui les accueille dans ses bras roses. Stimulés par les cris, ils ingurgitent le nectar sucré à saveur exquise. Les visiteurs se retirent en chantant.

On dirait une ballerine, Narcisse caressant ce corps qu'il aime, ces muscles fuselés, cette peau d'huile douce à odeur de *Baby's Own*, ce corps qui se contemple dans le regard extasié des autres. David se retient pour ne pas rire. Des hommes salivent au son du sax alto, du sex alto. Il a déjà été friand de ce genre de spectacles mais avec des femmes. Voir un homme danser ainsi, juste à quelques pas de lui, le gêne. Jacques tourne à demi inconscient, presque en transes, puis s'affale. Enserré, embrassé, cajolé par ses deux admirateurs, le danseur se ranime tel un toréador mécanique dont on a remonté le ressort. Aux premières mesures d'un langoureux tango, son corps s'enflamme à l'appel de l'amore et du bandonéon autant qu'à l'appel du taureau.

— Olé! Le pagne! Le pagne! s'écrie Pierre, en frappant des mains, au moment où la musique atteint son paroxysme.

Fixant David, enfoncé dans les coussins, l'effeuilleur détache sa jupe fleurie rouge, un cadeau de Pierre au retour d'un de ses voyages en Polynésie, la laisse tomber à ses pieds puis la cueille comme une muleta, avec grâce, pour la passer sous le nez de David qui détourne la tête. Les autres rigolent et en redemandent. Le Boléro de Ravel. Cette œuvre qui simule l'acte d'amour, de la montée graduelle du désir, de l'excitation jusqu'à son accomplissement. David commence à pressentir le pire.

— La culotte! La culotte! exige Pierre à demi ivre.

Jacques se languit. Il aime être désiré plus

que désirer. Ce geste qu'il ne pose qu'à la toute fin de la pièce, aux mesures du dernier mouvement. Le danseur se sent soudainement mal. Une envie de vomir lui vrille l'estomac. Les deux mains sur la poitrine, il accourt vers les toilettes, soutenu par Pierre, chancelant.

— C'est leur boisson! s'exclame Jean. C'est le village encore! Le maudit village!

Dans la salle de bains, c'est le branle-bas de combat. Jacques régurgite puis ingurgite, le corps traversé de borborygmes. Pierre tend des serviettes trempées, s'affaire entre la vadrouille et le seau jusqu'à ce que, pris de convulsions, il doive partager le bol de toilettes. Jean maugrée, peste contre le village. Le chauvinisme. La discrimination. Le racisme sexuel. David éprouve des haut-le-cœur. Peut-être ont-ils été empoisonnés. À moins que ce ne soit le repas gargantuesque. Il sort. La nuit est noire et froide. Sans lune, sans étoiles. Le chien hurle, un coyote aux yeux jaunes rôde, le retenant prisonnier de cette galerie.

La panique a cédé la place à un calme approximatif. Les deux malades sont affalés sur les coussins, un verre de lait à la main. Jean prépare des tisanes, les apaise tout en se promettant de trouver les coupables.

— Ils ne m'auront pas, dit-il. Ils ne m'auront jamais. Il faut se méfier, toujours se méfier. Je vous l'avais dit. Ce sont des loups. L'homme est un loup pour l'homme. Je vous le dis, nous en crèverons tous, un jour. À cause de cette maudite peur. Peur de la différence. Peur du sida. On veut nous punir, nous culpabiliser, nous chasser. Je ne me laisserai pas faire. Demain, vous irez passer des tests à l'hôpital.

Le chien gémit. Les hommes dorment. L'ancienne chambre de Gabriel-Emmanuel se situe au grenier, dans une pièce attenante à la salle de contemplation, en tout point fidèle à la description de Claudia. Les livres sacrés trônent sur des lutrins éclairés par une lampe de sanctuaire. Sur le mur, un vaste tableau faussement primitif représente un homme avec des ailes et des traits d'ange.

— C'est Gabriel-Emmanuel. C'était plus qu'un ange. C'était un archange. Un archange qui avait les ailes du désir, dit Jean. C'est moi qui l'ai commandé à un ami. Viens que je te montre sa chambre. Je tiens à ce que personne d'autre que des invités occupe cette pièce.

La chambre est toute blanche avec un plafond en pente. Un simple matelas sur une base de bois recouvert d'une douillette à motifs rectangulaires noirs et blancs alternant dans une suite sans fin. De chaque côté, deux chandelles ancrées dans de hauts trépieds d'argent que Jean allume aussi cérémonieusement qu'un enfant de chœur.

— Ici j'ai aimé pour la première fois avec toute l'innocence du premier amour. J'étais si naïf. Je savais que cet homme n'appartenait à personne. Qu'il aimait comme le Christ. Autant les femmes que les hommes. Il y avait en lui quelque chose de sacré, quelque chose qui ne peut être connu ni nommé, quelque chose d'indéfinissable... Il aimait bien Anaïs avant qu'elle change. Du jour au lendemain, elle devint agressive, remit ses jeans et son blouson de cuir avec une lionne dans le dos. Elle s'acheta une voiture sport et devint une véritable furie. Elle roulait à plus de 150 km heure sur des routes de campagne, s'amusait à défier les gars des villages voisins. Aucun oiseau de feu Firefly ou Firebird, aucun cheval sauvage Taurus, Bronco ou Mustang n'était à son épreuve. Les machos n'avaient qu'à bien se tenir. Ils avaient trouvé leur macha... Dommage! Le rêve était si beau. Attends... je me rappelle. Nous devions abolir la déchirure du monde, disait Gabriel-Emmanuel. Recréer le grand corps cosmique, nous reconstruire avant de retourner au monde. Nous étions trop pressés. Nous n'avons pas su attendre. Et le rêve s'est aboli... Même si ça m'a permis de connaître mon attrait pour les hommes. Ce sont eux qui m'attisent. Je te fais peur?

— Pas du tout! se défend David.

— Jacques est superbe, tu trouves pas? Toi aussi... enfin je trouve... sûrement comme d'autres.

— Excuse, mais je ne suis pas ton genre! rétorque David qui ne sait quoi dire.

— Comment savoir? La vie est une question de circonstances. Allez, bonne nuit! L'homme l'embrasse vivement sur la joue avant qu'il ait le temps de réagir. Il referme la porte en soupirant. David déniche une lampe à l'huile, éteint les chandelles, se glisse habillé sous les couvertures trop fraîches. Attend que le silence vienne s'ajouter à cette noirceur qui n'existe qu'à la campagne et se lève.

Poursuivi par son ombre sur les murs, il se dirige vers les livres à épaisses tranches dorées, dépose, sur une console habillée d'un napperon de dentelle, la lampe, le canif et un pot de colle. Il palpe le Bahgavad-Gita, le Coran, rouvre le Testament. Tâte l'intérieur de la page couverture, le cœur battant comme devant le fantôme d'une femme. Il ne sent rien. Ni même le renflement caractéristique. Simplement au verso, une cicatrice laissée par un coin de papier déchiré qu'on aurait maladroitement tenté de recoller.

En bas, le plancher craque. Il a juste le temps de refermer le livre, de reprendre la lampe. Des bruits de pas dans l'escalier. Une lumière dessine une ombre humaine haute et mouvante sur les murs et le plafond de la salle. Il se précipite dans la chambre juste avant que l'ombre ne se précise, s'enfonce sous les draps, y dissimule ses outils, se saisit d'un volume posé là, par bonheur: *Gaspard, Melchior et Balthazar*. Il l'ouvre en plein milieu. *L'âne est un poète, un littéraire, un bavard. Le bœuf lui ne dit rien. C'est un ruminant, un méditatif, un taciturne. Il ne dit rien, mais il n'en pense pas moins. Il réfléchit et il se souvient... Il se revoit jeune taureau au centre du cortège... Il rêve à la vache. L'animal-mère par excellence. La douceur de son ventre...*

Quelqu'un frappe, quelqu'un entre.

— Tu lis? Tout habillé! David referme le livre avant que Jean ne constate sa curieuse habitude de commencer les romans par le milieu.

— Ah! je feuillette. J'ai un peu froid.

— Excuse-moi. J'ai entendu marcher. Je me suis demandé si tu avais besoin de quelque chose. Si tu as trop froid, tu peux venir nous rejoindre en bas.

— Non, non, ça va! rétorque David, déposant le livre et remontant les couvertures.

— Bonsoir. T'es un drôle de bonhomme! remarque Jean, en refermant la porte.

L'homme rôde un certain temps dans la pièce d'à côté. David s'affole. A-t-il laissé les livres comme il les avait trouvés. Étaient-ils fermés ou ouverts? Qui a pris le texte?

Le plancher craque de nouveau. Des pas lourds dans l'escalier. Son cœur tourne à cent tours-seconde. De quoi faire une crise cardiaque. Fuir. Les planchers sont trop sonores. Il partira à l'aube, comme lorsqu'il a quitté Elsa, comme toutes ces nuits où il a laissé une femme endormie.

Un loup rôde. Il hume la chair de la chèvre ou du bouc bondissant sur les pierres qui parsèment la rivière. Depuis plusieurs lunes, il se cache derrière les massifs, les fougères qui bordent la rivière. On a vu l'éclat de lune dans son œil et sur sa poitrine de poils argentés. Il a reniflé une odeur, puis il a hurlé. Son désir fou écumant à la bouche, il s'est dressé, a brisé les branches des aulnes, bondi sur les rochers en brandissant sa queue comme un parachute. Il court, il court derrière la bête à toison d'or. Elle vole trop vite au-dessus des rochers. Il a le corps lourd et gauche. Il glisse sur les pierres, trébuche, tombe dans l'eau glacée. Et se remet à courir du matin au soir, son corps bandé tel un arc derrière l'objet de son désir qui a des ailes, les ailes d'un archange au-delà de la rivière, au-delà des chutes, dans un ciel d'encre, vers ce trou qu'a percé la lune.

David se réveille et se rendort. Quelqu'un s'approche. Le visiteur a de grands yeux noirs brillants comme des billes. Il a une grande bouche.

— Je suis le verbe, dit-il.

Il lui verse un liquide de couleur sombre.

178

David avale. L'alcool a le goût du lait et du sang. Il crache. Le visiteur a de grandes mains avec un duvet dessus. Il l'effleure à hauteur du cou, à la limite des aisselles et des seins. David gémit, se tourne puis se retourne. Il voudrait réagir, mais il flotte, entre le rêve et le réel. Le visiteur a une grande queue dressée au-dessus du lit.

Penché sur lui, il y a un homme avec une grande bouche et de grands yeux sous un loup en cuir noir. Il trouve enfin l'énergie de bondir, de frapper de toutes ses forces. L'homme crie et s'enfuit.

Il enfile son pantalon, s'empare de la bible et dévale les escaliers. Le chien s'élance au bout de sa chaîne en hurlant. Peut-être à cause du loup-garou qui doit courir dans la campagne. La voiture grimpe à une vitesse folle. La route comme un long corridor dans le rétroviseur. Il a oublié le Livre d'or.

Chapitre 9
LE PASSEPORT

Des malades attendent depuis des jours, certains depuis près d'un mois, dans les couloirs de l'urgence. On les manipule, on les lave, on transporte les bassins au vu et au su des passants. La dignité n'a plus de nom quand le mal terrasse. Parfois, ils se tournent vers le mur pour ne pas être vus.

Il n'y a qu'un département heureux à l'hôpital. C'est du moins ce que prétendent ceux qui croient que les enfants sont toujours désirés et que les femmes accouchent dans l'allégresse d'un bonheur conjugal indéfectible. Le couloir est teinté de couleurs pastel. Les visiteurs ont les bras chargés de fleurs, de cadeaux enrubannés de bleu et de rose. Les infirmières sourient en regardant les nouveau-nés dormir, les poings fermés, les pommettes rosées, les yeux aveugles. Près de la grande baie vitrée, on s'extasie devant des visages fripés de petits vieillards.

David Bourdon franchit le seuil menant à l'une des salles communes. Des visiteurs encombrent les étroits passages séparant les lits. La vieille Anna est entourée des siens. Le silence a gagné cette famille généralement bruyante. Parfois, quelqu'un murmure une prière, parfois quelqu'un éclate en sanglots. Les autres chuchotent à peine. Il se fraie un espace parmi les enfants et le mari, les gendres et les brus de Marie Labonté.

Anaïs le reconnaît. L'auteur de cette histoire qui a fait rire, le messager de cette musique troublante. Il l'embrasse sur la joue. Elle ne le repousse plus. Elle veut savoir. D'où vient cette musique? Comment trouver les mots? Avant, elle pouvait.

David sème des indices, décrit des lieux. Après avoir lancé un clin d'œil aux amoureux d'à côté, il commence à voix basse le récit de sa fin de semaine inutile. Il recherche une femme qui aurait caché des textes dans des chambres. Personne ne sait qui est cette femme. Pourquoi elle a caché ces textes. Peut-être a-t-elle voulu oublier! Comme toi, Anaïs No.

Que veut cet homme? Qu'insinue-t-il? Un cri sort de sa bouche. Un cri de muette. Elle saisit une cassette, la pointe du doigt, tente d'articuler des sons, le regard suppliant. Il hausse les épaules. Il s'agit de cette cassette non identifiée. Il s'en va, déçu, fatigué.

Elle s'enfouit la tête dans l'oreiller. L'envie d'en finir, de se laisser couler. La vieille Anna se meurt, seule au milieu des autres. Les autres autour du lit ne parlent plus, ils pleurent. Elle gesticule. Anaïs No sait. Le continent noir. L'autre monde. Le corps qui s'abandonne. L'agonisante glisse de l'autre côté des choses, s'attache à la lumière qui va surgir. Anaïs No se rappelle. La vieille Anna ouvre la bouche et expire. Des femmes pleurent. Un chant lugubre. Les hommes demeurent impassibles. Des infirmiers viennent. La famille suit, accrochée à la civière.

La mort est passée. L'horloge indiquait cinq heures. Elles sont seules. Sur chaque plateau, une tranche de rosbif tiède arrosée d'une sauce brune figée comme de la gélatine avec des patates pilées et des pois verts. Marie Labonté dévore. Hélène Troyat grignote. Érica et Diane avalent en grimaçant.

Anaïs No repousse le plateau, veut voir le monde. Le vrai. Ceux qui bougent. Ceux qui vivent. Elle veut se lever. Son plâtre à la jambe l'en empêche. Elle cogne du poing sur sa table de chevet. Les autres la regardent, étonnées. Elle n'en peut plus de ces éclopées, n'en peut plus de se voir. Julie Fontaine vient. Il faut attendre encore...

Les écrans de télévision sont allumés. Un individu annonce la mort de René Lévesque. Marie Labonté jette les hauts cris. Les auxiliaires, les infirmières se rapprochent. L'homme a été terrassé par une crise cardiaque. Il fut premier ministre, fondateur d'un parti indépendantiste.

Des images défilent trop vite. Une foule en délire. L'homme à la couette grise sourit parmi un groupe de gens heureux. Un petit homme aux yeux mouillés, une femme belle et ronde qui verse des larmes. Une foule jubile et chante sous des drapeaux. Passe une femme au visage ému, à la chevelure longue.

— C'est toi, Anaïs No! Toi ou ta sœur jumelle! énoncent Marie Labonté et Diane Lechasseur.

Près de cette femme, un homme jeune au regard grave avec une cicatrice dans le cou. L'image disparaît trop vite. Des regards tristes. Un peu en retrait de l'homme à la couette grise, deux femmes en noir. La femme ronde et belle, l'air déçu, comme si elle portait le poids d'une accusation. Une autre femme timide et effacée avec une rose rouge sur le cœur. Dans la salle, un homme pleure, son enfant endormi dans les bras.

— Si je comprends bien, vous me dites à la prochaine, dit l'homme à la couette grise sous les applaudissements.

— C'est lui qui nous a rendu notre dignité! clame Marie Labonté, les larmes aux yeux.

— C'est lui qui a enlevé celle de ma mère en lui coupant son salaire de vingt pour cent! riposte Diane Lechasseur.

Anaïs No ne se rappelle pas. N'y peut rien. La nuit est venue. Aucun souffle, aucun mouvement des corps. Elle ne dort pas. Elle attend le jour. Une fois, elle se lèvera et marchera vers l'heure jaune. Sa jambe l'empêche de bouger, mais sa tête, ses bras, ses mains sont libres. Sentir ses doigts courir sur le crâne épineux, le visage frêle, le long du cou, au centre du corps soyeux, là où naît la chaleur entre les seins et les cuisses, entre les lèvres charnues et humides, là où naît un plaisir nouveau qu'elle retient, une main sur la bouche.

L'aube transperce la toile diaphane et elle se tourne vers la lumière. Se peut-il que la vie n'ait de sens que celui-là? Un goût sur la langue tantôt amer, tantôt âcre, tantôt sucré. Une odeur de nuit d'hôpital, mélange d'haleine, d'ammoniaque et de chair humaine. Un ronflement parcouru d'une longue plainte, parfois d'un rire frais. Le rire d'Érica.

Elle découvre ce corps qu'une infirmière dévoile chaque matin à l'heure de la toilette. Elle caresse la main de la femme grande ou petite, blonde ou grise qui repart, étonnée. Elle aime l'appétit de Marie Labonté et la tristesse d'Hélène Troyat. Elle sent parfois leur âme vibrer en elle. Elle a faim. Elle rouvre l'œil sur un carré de ciel petit et haut entre les murs de l'édifice. Les oiseaux planent, toutes ailes blanches déployées. Elle savoure cet instant, ce jus d'orange et ces œufs qui la regardent.

Elle veut voir Clara Claude. Les mots Clara et Claude jaillissent tout à coup du fond de sa gorge.

— Cla-ra-Claude! s'écrie-t-elle sans arrêter.

Les voisines sont interloquées. Elle rit de plaisir. L'infirmière lui explique qu'elle n'est pas l'unique patiente de la docteure.

Clara Claude sourit. D'autres mots surgissent. Clara Claude pose des questions, lui fait passer une série de tests humiliants. Elle se rappelle son nom, on lui a dit. Mais elle ne sait pas le nom de la rue, de la ville, du pays. Elle est une chambre. Un désert, comme dans les magazines, que secoue parfois une onde d'origine obscure. Et si le sens de la vie n'était contenu que dans les limites de sa peau... Les mots ont peine à suivre sa pensée. Elle accuse Clara Claude.

— Ce n'est qu'une question de temps et de patience. Patiente patiente, on vous fera passer une série d'exercices qui devraient vous aider à remonter votre passé. Répétez après moi. Pommes. Oranges. Nectarines. Poires.

Anaïs No répète lentement en appuyant sur des syllabes. On a vu des amnésiques retrouver la mémoire après des mois et des mois d'absence totale. Clara Claude croit à l'état d'esprit, à la volonté de vivre plus qu'au médicament miracle.

— Vous n'êtes plus la même Anaïs No. Vous avez retrouvé la parole. Je vous assure, j'ai de l'espoir. Je vous assure, il n'y a que le temps.

— Le temps, répète-t-elle en pensant à Anna, à cet homme inerte dont la télé montre le visage pâle.

Chaque matin, dans le couloir, des corps se succèdent sur des lits roulants. Elle ne se laissera pas faire. Clara Claude lui remet un sac, des vêtements. «Un imperméable de couleur taupe», lui dit Clara Claude. Une robe de soie noire. Un rang de perles. Des escarpins en peau de reptile avec une serviette du même cuir et dans cette serviette, un calepin de notes, un carnet d'adresses, un trousseau de clés avec un porte-clés marqué San Francisco, un boîtier de pilules roses anticonceptionnelles, un paquet de kleenex, une boîte de condoms de marque *Ramses*, une brosse à dents, du dentifrice, un portefeuille rouge et, dans ce portefeuille, plusieurs cartes, des cartes d'assurance-sociale, d'assurance-maladie, un permis de conduire, un certificat d'immatriculation, une carte de crédit, une carte d'appel, une carte de membre d'une association de journalistes.

Clara Claude a donné un nom à chaque objet. Anaïs No a beau répéter des mots, elle n'y comprend rien. Elle s'accroche à la photo sur le passeport. Une photo qui ressemble à l'image dans la télé. En haut de la photo, il y a un nom. Clara Claude dit que c'est son nom. Anaïs No répète les mots en bégayant, de plus en plus vite, sans s'arrêter.

— Anaïs No, vous êtes née en 1950. Votre mère s'appelle Marie Ouimet et votre père Adrien Naud. Vous habitez le 5377 Saint-Laurent. Vous êtes journaliste à L'*Observateur*. Votre passeport dit que vous vous êtes déjà rendue en France, au Brésil, au Mexique, en Italie.

Anaïs No reprend le passeport, essaie de deviner les signes. Clara Claude dit que ce sont des lettres et des chiffres. C'est avec eux que l'on écrit un journal. Clara Claude lui fait lire et répéter le numéro du passeport, celui de l'assurance-sociale. Elle lui tend le miroir sur la table de chevet. Anaïs No le regarde souvent. Pour voir si ses cheveux continuent à pousser. Les traits du visage ressemblent à ceux de la femme du passeport. Elle voudrait revoir cette femme à la télé. Cet homme à côté d'elle.

Anaïs No passe la journée à triturer les objets. À dire les couleurs, à voir des correspondances entre les signes, à lire son nom partout sur les cartes. Le carnet d'adresses rouge aux encoignures usées. Ce sont des numéros de téléphone, lui apprend Érica. Elle aussi a un numéro de téléphone. Érica l'aide à composer. Une voix répond.

— Vous êtes bien chez Anaïs No, dit la voix. Je suis absente. Laissez votre nom et votre numéro de téléphone et je vous rappellerai dès que possible.

Elle raccroche. Érica voit juste des yeux ronds, très ronds. Anaïs No ne comprend pas comment une personne peut être là et ne pas être là, en même temps.

Tous les jours, elle compose le numéro, dissimulée derrière le rideau blanc. La voix reprend la même phrase. Anaïs No lui dit bonjour. L'autre ne l'entend pas. Une fois, elle ose: «Je m'appelle Anaïs No. Rappelle l'hôpital...» L'autre ne rappelle pas. Elle insiste en répétant le message: «Vous êtes bien chez Anaïs No. Je suis absente. Laissez votre nom...». Érica, qui entend tout, même si elle est toujours plongée dans l'album de *Mafalda*, lui explique.

Anaïs No n'abandonne pas. Le numéro de Adrien Naud et de Marie Ouimet. Ses parents selon le passeport. Une voix de femme dit qu'il n'y a pas de service au numéro composé. Pourquoi les voix de femmes sont-elles toujours ainsi distantes au téléphone?

Elle voudrait entendre une vraie voix, une voix chaude comme celle de Marie Labonté, une voix un peu traînante et mélancolique comme celle d'Hélène Troyat, une voix d'enfant rieuse, une voix de Clara Claude. Il y a dans le calepin un David Bourdon. Elle appelle au hasard une Claudia, un Jean-Claude, un Jean-Luc, un Jean-Pierre, une Louise. Personne. Pas même ce Patrick Mercure qu'elle a hésité à appeler. Enfin quelqu'un. Jean, il s'appelle. Il a une voix duveteuse.

— Bonjour, ma chouette! Que je suis content! Comment vas-tu? Tu guériras, tu verras. Tu n'as pas à parler, je comprends. Ici ça va... Le pommier est toujours là. Mes racines sont ici avec lui et mes amis. Il y a un type qui est venu hier. David, il s'appelle. C'est un journaliste. Il te connaît. Drôle de bonhomme. Il est parti avec notre bible... Je te raconterai plus tard. Tu peux me rappeler si tu veux. Je t'embrasse.

Anaïs No est rassurée. Elle a une histoire. Et si nous n'existions que par la reconnaissance des autres?

Entre elle et ses compagnes, il y a cet écran bleu que traverse soudain un visiteur familier. L'homme s'installe à côté d'elle. La télé présente des images de René Lévesque. Peut-être montrera-t-on à nouveau cette femme qui lui ressemble et cet homme avec une cicatrice dans le cou?

— Les araignées en état de stress mangent leurs petits et détruisent leurs toiles, dit le chercheur.

Des gens défilent autour de la longue caisse où repose le chef politique. Les femmes regardent l'écran, muettes.

— Pour l'instant il nous faut vivre, reprend-il en essayant d'intéresser Anaïs No. Accepter des projets alimentaires. L'institut de recherche a reçu une commande urgente sur l'irradiation des aliments.

Patrick Mercure cesse de parler. Anaïs No se noie dans le téléviseur. Il pense à sa fille dont il n'a pas le temps de s'occuper. Les chercheurs ne devraient pas avoir de famille. Il a hâte que son ex-femme revienne. Elle se contente d'envoyer de temps à autre une carte postale, sans laisser d'adresse. Pour éviter les engueulades avec Mélanie, il entre de plus en plus tard. Elle fait de même. Elle se défonce ou s'enferme dans sa chambre durant des heures, écoute la télé, fume et rumine. Il a essayé. Elle dit que sa vie ne le concerne pas, de ne pas la chercher. Que le seul choix que nous ayons est de vivre ou mourir seuls.

— Je ne t'intéresse pas! Tu pourrais au moins m'écouter. Me regarder au lieu de fixer un cadavre, lance-t-il.

Anaïs No se retourne.

— Alors parle de toi. Parle d'elle.

— Tu as retrouvé la mémoire?

— Parle de toi.

— Je n'ai jamais su... Mélanie. Je ne sais pas si j'ai raison. Mais j'y pense sans arrêt. Je cache les rasoirs, les médicaments, la colle, les aspirines.

Il a les larmes aux yeux.

— Va la retrouver. Reste avec elle.

David Bourdon fait irruption, encore impré-
gné de la journée passée au Palais de justice à
recueillir tant et tant de témoignages. Cette fois, il
a été touché. Il ne sait si c'est à cause du chef
politique, de cette foule venue de partout. Il n'en
revient pas d'entendre Anaïs No parler.

— Ils oublieront cet homme comme je l'ai
oublié.

— On n'oublie pas ce qu'on a aimé ou adulé.

— Que sais-tu de moi?

David est confondu, pris au piège.

— Je n'en sais pas plus que ce que je t'ai déjà
dit.

— Parle-moi d'elle.

— D'elle?

— De cette fille avec le gars sur le bord de
mer.

— Rien de plus que ce que je t'ai raconté.

— Ce gars, c'est toi.

— On ne peut rien te cacher... Je sais si peu
d'elle. C'était qu'un rêve. Une fille d'eau et de
feu...

— Que sais-tu de ses parents?... De mon
père, de ma mère?

— ...Ton père vit dans un foyer d'accueil.
C'est Claudia qui me l'a dit.

— Claudia?

— C'est une amie. C'est avec elle que tu as

eu l'accident. Et Jean-Claude, il est mort. Elle va venir te voir quand elle pourra marcher. Elle va bien. Ton père, je le connais pas. Je te jure. Ta mère non plus.

— Qu'ont-ils dit? Jean? Claudia?

— Vous avez vécu dans une commune, cette commune où je me suis rendu hier, par hasard, en faisant une ballade. Il t'aimait bien, Jean. Il me l'a dit. Jusqu'à ce que vous cherchiez à le chasser. Maintenant il t'en veut plus.

— Le chasser! Quand as-tu connu cette femme?

— Cette femme!

— Cette fille sur le bord de mer?

— Je l'ai rencontrée, dit-il, un sourire au coin des lèvres, lors d'une conférence, plutôt dans un bar. Ce fut le coup de foudre. Elle m'emmena dans sa Volkswagen bleue. J'étais prêt à la suivre partout. Nous nous sommes aimés comme jamais je n'avais aimé. Ce fut si court et si long à la fois. Des jours, des mois peut-être. Et chaque fois, c'était la même émotion. Le même vertige. Elle m'a quitté. Je n'ai jamais su pourquoi.

— Et cette fille qui laisse des textes... dans des chambres, c'est la même?

Ils s'arrêtent, interloqués. Elle insiste pour qu'il attende son appel avant de revenir. Et si cet homme mentait? Avait tout inventé?

Chapitre 10

LA MAISON BLEUE

Les drapeaux sont en berne. Un cercueil de bronze sort du parlement, descend solennellement le grand escalier, porté par des policiers. Le cortège s'engage sur la rue Saint-Louis, derrière le long corbillard aux rideaux de velours rouge, précédé de l'escorte policière et des photographes de presse. Dans les limousines noires, les visages voilés des membres de la famille. Dignitaires, politiciens et simples citoyens suivent à pied. Le cortège passe devant une de ces vieilles maisons d'allure victorienne portant une enseigne illustrant la louve romaine abreuvant Remus et Romulus.

La Maison bleue. Il parcourt longuement du regard la façade. Il doit continuer, accompagner la mort jusqu'à la fin. Dans les premiers rangs, parmi les proches, les dignitaires étrangers. Il décèle de vieux ennemis politiques, identifie le député Bill Garceau qui a réussi à se faufiler derrière le fourgon, là où se croisent les photographes.

Le plus grand adversaire du défunt n'est pas là. Le prince à la rose rouge est passé rapidement, la veille, voir la dépouille et puis a quitté, rassuré par cette mort. Pensait-il à cette nuit des longs couteaux?

Derrière, tout à fait derrière, suit une longue file de gens ordinaires, militants, admirateurs ou disciples fidèles qui pleurent parfois. De chaque côté, sur les trottoirs, des curieux fascinés par le spectacle.

Il voudrait traduire cette atmosphère. Devant la mortalité, il est bien vu que les journalistes manifestent plus d'émotion. Il se mêle à la foule, partagée entre le silence et les sanglots... voire même les applaudissements dans les moments les plus émouvants.

Le cercueil est extirpé du fourgon. On bat des mains sagement. Il se surprend à faire de même. Seuls les proches avec les dignitaires ont accès à la basilique d'où émergent les chants du *Requiem* de Mozart. Une église ne peut contenir tout un peuple. Le peuple a appris depuis longtemps à se contenter de la télé. Des haut-parleurs transmettent les hommages de l'évêque cérémoniant.

Il rentre à l'hôtel, ouvre le téléviseur. Les images de Radio-Canada sont discrètes, respectueuses. Aucun gros plan des enfants ou de l'épouse en larmes près de la fosse. Il espère que son photographe saura en faire autant malgré les ordres. Quoi de plus touchant qu'une veuve célèbre pleurant son mari célèbre! Jackie sous son voile de mousseline noire. Yoko à demi masquée derrière ses verres opaques. Le visage des veuves marque l'imaginaire collectif.

Il essaie de décrire l'émotion, les derniers moments, n'y arrive pas. Le cœur n'y est pas ou y est trop. L'écriture gomme tout. Il ne sait que les faits. Un texte morne à l'image de ce 5 novembre. *Plus de mille personnes ont participé aux funérailles de l'ex-premier ministre René Lévesque. Dans le cortège, plusieurs chefs d'État, ambassadeurs et dignitaires étrangers, des premiers ministres des autres provinces... Certains venus de Moncton ou de Vancouver se sont entretenus avec le premier ministre Bourassa d'un éventuel accord constitutionnel. Rien n'est ressorti de ces pourparlers.* Le texte ne le satisfait pas. Il l'expédie. Il n'a ni le temps ni le goût de recommencer. Tant pis pour le discours de l'évêque!

La Maison bleue. Haute et majestueuse. La gardienne l'accueille entre un comptoir chargé de colifichets et un grand miroir baroque. Une vieille dame aux cheveux d'argent, avec de longues rides verticales qui allongent le visage, et des mains couvertes de pierres rouges et or, comme celles des évêques.

L'escalier tout en courbes menant au premier étage. La première chambre. Une porte aussi haute qu'étroite s'ouvre en grinçant. Une fenêtre rectangulaire donnant sur les toits luisants des vieilles maisons de la rue Saint-Louis. Un lit tout blanc comme la commode de bois. Dans le tiroir, un recueil relié de cuir bleu. Au cœur de la Genèse, un verset rayé d'un large trait rouge. «L'œuvre de chair ne désireras qu'en mariage seulement.» Il éventre la couverture avec soin. Une série de feuilles de papier oignon habituellement réservées à la correspondance devant transiter par avion. Des lettres rondes. Une calligraphie cassée. Un texte écrit il y a plus de vingt ans. Il se laisse tomber sur le lit.

Nous nous sommes rencontrés sur la Grande Allée. Je marchais. Il marchait. Il m'a demandé l'heure. Je lui ai répondu que l'heure n'avait pas d'importance. Il portait un jeans. Moi aussi. Il venait de très loin. Moi aussi. J'ai quitté mes parents, puis les sœurs. Les uns étaient tristes. Les autres rigides et dominatrices. C'était ma deuxième fugue.

Il y a quelques jours, aux petites heures du matin pendant que les autres priaient ou faisaient semblant de prier, une fille en uniforme a franchi une fenêtre du rez-de-chaussée après avoir découpé la vitre avec un diamant trouvé dans un des tiroirs de Sœur Marie de L'Espérance, sa professeure d'arts plastiques et de cinéma. La seule petite sœur de la Charité de Jésus-Christ qu'elle aimait bien.

La première fois, les surveillantes l'ont retrou-

vée à l'aide de leurs indicatrices alors qu'elle se trouvait chez un copain d'enfance avec qui elle partageait le goût de la moto et de la vitesse. Cette fois, elle n'en a parlé à personne. Elle a erré de terrasse en terrasse, de café en café, de bar en bar pour finir sa nuit, au milieu des boisés des plaines d'Abraham, pelotonnée dans un sac de couchage.

Elle lui raconta tout. Il était officier sur un bateau militaire égyptien en rade dans le port et cela lui permettait de faire des études. Il venait d'une famille modeste. Elle ne l'écoutait pas vraiment. Il était la huitième merveille du monde après Marlon Brando. Une peau de café. Un regard d'acajou. Des lèvres charnues de statues africaines. Elle essayait de comprendre ce qui surgissait en elle.

J'ai accepté de marcher avec lui. Je venais à peine de retourner un type en chasse. Deux secondes, dix secondes après le premier regard, entre la méfiance et la confiance. Dix secondes et puis j'ai dit oui. J'ai décidé de faire l'amour pour la première fois avec un inconnu. Un étranger. Je ne sus jamais si cette rencontre avait changé sa vie. Il pouvait sentir le désir monter en moi, mes pupilles éblouies par le soleil s'agrandir démesurément, ce trouble dans la voix qui obnubile la parole et qui palpite au creux du ventre. Il y a une partie de moi qu'il ne pouvait saisir. Une partie secrète comme un jardin. Il ne connaissait que l'enveloppe, que le frémissement de mes feuilles quand le vent les émeut au printemps. Je ne connaissais de lui que l'écorce désirable aux parfums d'eucalyptus et aux couleurs d'Orient. Une écorce.

Sa mère, les bonnes sœurs, la société blanche et catholique lui avaient dit de se méfier des étrangers. «Prends garde, ils ne sont pas comme nous. Pour eux la femme, c'est un jouet, une servante. Ils peuvent t'enlever.» Effectivement, il rêvait de m'enlever.

Il lui a pris la main. Elle l'a retirée. Elle s'était trouvée ridicule. Elle a repris sa main, affronterait sa peur, leur désobéirait. Il avait de longs doigts fins d'une chaleur moite et pénétrante. Et ces doigts avec les siens exécutaient un tango ensorcelant.

J'aurais voulu faire l'amour dans un vieil hôtel de style anglais fait de pierres de taille surmonté de tours rondes et percé d'œils-de-bœuf et de larges portes cochères. J'aurais voulu faire l'amour dans la chambre de ce vieil hôtel où je fus conçue. Cette chambre dont elle m'a tant parlé. J'aurais mis mes talons hauts et ma jupe de coton rouge. Lui, ses blue jeans et une chemise blanche. Nous serions entrés sans faire de bruit. Nous nous serions déshabillés, étendus l'un à côté de l'autre comme Roméo et Juliette, comme

Tristan et Yseut, en laissant durer cet instant. Je n'avais pas encore choisi entre le jour ou la nuit. Entre la lumière qui éclaire les grains de peau ou l'ombre qui laisse deviner. La réalité et la fiction ne dorment pas toujours dans le même lit. L'un sert souvent à se jouer de l'autre.

Étendu sur le lit blanc, David laisse glisser les feuilles et allume une cigarette. Anaïs No dansant dans les ronds de fumée bleue dans les bras d'un bellâtre à peau noire. Anaïs No, la rêveuse romantique et rebelle. Anaïs No, la réaliste désenchantée qui a voulu perdre ses illusions en les oubliant.

Nous ne nous sommes pas rencontrés dans un vieil hôtel de style anglais. Il ne m'a pas demandé mon nom. Il ne m'a pas demandé ce que je faisais. Il ne m'a pas dit que j'étais belle. C'est pour cela que j'ai accepté qu'il marche à côté de moi. Il n'était pas comme ces voyeurs du dimanche qui se pavanent dans leur Corvette et font la navette à côté des filles sur le trottoir. Il m'apparaissait différent. Et j'aimais cette odeur de cannelle et d'épices quand il s'est assis à côté de moi sur un de ces bancs de bois qui longent les plaines d'Abraham.

La cloche sonne. Le pensionnat aux odeurs d'encaustique et de naphtaline. Mère Marie de Saint-Joseph de l'Eucharistie rumine sous sa coiffe rigide ses certitudes et sa vengeance contre sa brebis égarée. *La cloche sonne... Elle lui dit qu'elle doit partir. Rencontrer une amie. Il lui dit qu'il doit rentrer au navire, mais qu'il préfère rester avec elle. Subir la rage du capitaine.*

Son désir d'un côté et de l'autre, les foudres de la mère supérieure et son odeur mi-lavande mi-soupe au chou. Elle oublie. Et elle flotte avec lui dans une bulle où le désir obnubile tout. Elle a tellement attendu ce moment. L'a tellement rêvé. Elle invente un grand lit dans une petite chambre de la rue Saint-Louis. Pense à l'enseigne jolie d'une maison de chambres avec des volets et un toit bleus. Il pense à un hôtel près du port. Il lui plaît. Elle n'est pas sûre de lui plaire demain. Peu importe. Demain, elle rentrera. Il lui reste une nuit. Une nuit seulement pour assumer son désir d'amour. Une nuit de première et de dernière chances.

Elles m'ont dit d'attendre le jour de la grande promesse devant l'Église et les hommes. Il me dit que Nefertiti n'est pas morte, qu'elle dort et qu'elle rêve toujours à son petit frère amant. Il me dit qu'il m'amènera avec eux sur les dunes de sable doré où dort la princesse à côté du grand sphinx. Nous marchons l'un à côté de l'autre en direction des portes Saint-Louis, de la rue Saint-Louis. Et c'est comme si nous entrions dans une autre ville.

Il sourit. Pour lui, ce doit être différent. Avec

le temps, on doit devenir moins vulnérable. Elle voudrait prendre sans rien perdre ni de son corps ni de son âme. Elle lui indique La Maison bleue. *L'envie de s'abreuver à un corps comme une enfant. Elle pense rapidement à son cycle. Une amie plus expérimentée lui a dit. C'est simple, il faut que tu comptes pas plus de dix jours après les menstruations ou dix après l'ovulation. Il peut y avoir pénétration sans fécondation. Lui ne semble pas avoir de soucis. C'est si simple de faire l'amour à une fille. On entre dans une chambre comme on en sort. Une fille, c'est pas pareil. Une fille, ça ne sait jamais si ça sort d'une chambre seule ou avec quelqu'un d'autre dans le ventre. Si elle avait prévu, elle aurait pu... «C'est la première fois?» demande-t-il. Et il ajoute sans attendre de réponse: «Tout ira bien. Tu verras.»*

Il avait dix-sept ans, il se rappelle. Elle en avait vingt-huit. Elle lui plaisait depuis toujours. Il la voyait la semaine aller travailler vêtue d'un chandail de laine aux teintes douces. Il la voyait les dimanches se promener dans le parc en robe blanche. Il aimait sa chevelure frisée et épaisse comme celle des Polynésiennes qu'elle attachait souvent avec des bandeaux de velours ou de satin pastel si longs qu'ils s'envolaient comme des cerfs-volants.

Une bête à sang chaud me hante, me brûle et me dévore. Et si je n'avais pas envie de faire l'amour immédiatement? Plutôt plus tard, dans quelques heures... Je sais bien qu'un jour, il faudra. Lui, il semble pressé. Il me presse contre lui. Les vieux nous regardent. L'image de la mère supérieure perdue dans la graisse de ses vertus me stimule. Et mes bras s'enroulent autour de la taille du jeune étranger pendant qu'il m'enserre de plus en plus fort. Je sens ses cuisses et ce feu au creux du ventre qui attise.

La petite fille pourrait lui dire qu'elle n'ira pas à l'hôtel. Changer sa version. Dire qu'elle est en retard. Qu'elle sera punie. Que sa fugue est terminée. La petite fille pourrait se trouver une raison. Une raison qui les sépare. Ils ne se parlent plus. Il ne sait pas à quoi elle pense. Elle ne sait pas à quoi il pense. L'étranger.

Devant, La Maison bleue. L'enseigne qui se balance dans le vent doux. Ils poussent la porte blanche. Un rectangle blanc sur un mur bleu. Un hall de velours rouge et de tapis de Turquie. Un escalier également habillé de rouge. La couleur de la passion. La couleur de son chandail. La couleur des fruits. La couleur du sang. Et au fond du couloir un grand miroir où se reflètent les visages de deux enfants. Une femme ridée comme les vieilles pommes les examine de façon suspecte derrière son comptoir. Elle leur demande s'ils ont dix-huit ans. Ils lui répondent que si. La femme acquiesce malgré son sourire équivoque et prend *l'argent avec ses mains arthritiques couvertes d'or et de pierres rouges.*

Le hall se rapetisse. Les murs se rapprochent. J'étouffe. Une odeur de désinfectant dans l'air. Gravir des marches. Et puis disparaître vite. Seule avec lui. Enfin. Nous nous serrons la main. Il me rassure. Je trébuche. L'escalier interminable. Un escalier sans marches. Sur ses côtés, des tableaux anciens, des paysages d'où émergent des arbres, des forêts, des jungles africaines avec des lianes qui pendent, des feuillages luxuriants, envahissants qui se répandent devant nous. Il faut se frayer un passage. Le tapis comme de la mousse. Et la moiteur d'un sous-bois sombre dans l'escalier. Nous repoussons les fougères aux frondes fragiles et les caoutchoucs aux feuilles cuirassées. Un couloir long et étroit. Un passage.

Elle avait fini par le remarquer et l'avait invité à son appartement près du parc Lafontaine. Elle jouait du violoncelle. Ils avaient écouté du Vivaldi et bu du vin blanc un matin du mois de mai. La fenêtre était ouverte sur les grands ormes. Comme dans un rêve, il s'était retrouvé entre des bras doux et agiles.

Le lit est blanc. Seulement un lit et une commode de bois blanc au milieu d'une petite chambre. Autour, des murs débordant de fleurs bleues. Des myosotis. Qui sentent la colle fraîche et le papier peint. Je pense au lit de l'hôtel anglais. Elle ne m'a jamais dit de quelle couleur était la chambre. S'en souviennent-ils? Se souviennent-ils de cette nuit-là? Elle avait dix ans de plus que moi. «Les nouvelles générations accélèrent l'histoire mais la répètent», disait Sœur Marie L'Espérance.

Ils se regardent. Il la serre contre lui. Il veut l'embrasser. Elle veut le regarder encore. Il veut la consommer. Elle veut prendre son temps. Il veut prendre son désir tout de suite. Elle veut laisser monter le désir comme elle laisse monter la salive à l'odeur d'un mets exquis.

Tu t'approches. Je te repousse légèrement. Il se laisse tomber sur le lit les bras ouverts, les yeux fermés. Je te trouve beau. Ton corps est mince comme une liane. Elle tourne autour du lit, danse à s'étourdir. Elle le tire vers elle. Il l'attire vers lui. Elle veut monter sur un cheval imaginaire, leurs lèvres scellées, leurs corps emmêlés comme dans un tourbillon qui les entraîne loin au-delà des fleurs de myosotis qui sentent le papier peint et du plafond trop bas couleur de nuage bleu. Le lit tourne et tourne dans leurs têtes. C'est le rire en même temps que le vertige. L'attraction vers le centre. Vers le lit au centre de la pièce.

Elle lui enlève son jeans. Il lui enlève son chandail et son jeans. Une forme blanche caresse une forme noire puis s'arrête. La forme noire rejoint la forme blanche dans un tournoiement sans fin. Les bouches et les mains et les sexes s'effleurent, se palpent, s'attisent. Ça ne sent plus la colle de tapisserie et le papier peint. Ça sent la fleur de myosotis, la cannelle et le musc. Il a hâte de jouir. Elle veut découvrir ce corps, caresser ces orteils longs et sensuels, cette nuque, ces cheveux de jais, ce corps de muscles, ce ventre fragile. Être caressée. Lui, c'est son sexe qui l'intéresse comme si elle n'était qu'un centre sans périphérie. Uniquement son sexe et le sien. Le chasseur de savanes bande son arc. Il ne dit rien, l'embrasse goulûment puis la pénètre lentement, fortement.

Cela ne lui a pas fait mal, mais cela ne lui a pas plu. Elle se contracte, ne fait plus corps avec ce cheval de manège qui monte et descend ridiculement. Le manège est ensorcelé. Il jouit. Elle se sent triste, amèrement triste. Sur son ventre, une grande tache de semence blanche qui sent le papier peint et la colle de tapisserie. L'envie, l'insoutenable envie de pleurer comme un bébé sous les jupes de Sœur Marie de l'Espérance. De sa mère lointaine. «Maman, dis, ce n'est pas ça! Un peu de sang, un peu de sperme et puis... c'est tout.»

Il s'est lavé le sexe au-dessus du lavabo. Elle s'est lavée pour tout effacer. Il s'est endormi à la manière d'un cliché. Une enfant vieillie a regardé l'étranger dormir. Il s'est réveillé. A voulu faire l'amour une autre fois. Elle s'est habillée, s'en est allée. L'homme sur le lit dans l'odeur de myosotis fanés s'est allumé une cigarette.

David prend un verre au bar d'en face. Elle lui avait appris. C'était la meneuse de jeux. Sa première meneuse. Il s'était jeté sur elle et avait éjaculé. Il avait pleuré de honte puis il avait rencontré sa dernière meneuse. Le décor clinquant du bar. Les déguisements des filles. Les techniques d'approche. Tout lui paraît insignifiant, dérisoire. Il sent la déprime monter en même temps que la rage. En marmonnant, il écrit une lettre hargneuse qu'il ne lui enverra jamais.

Chapitre 11
LE TROUSSEAU DE CLÉS

Au journal, c'est la pagaille, du côté de l'atelier. Les membres du syndicat des typos s'opposent à ce que les monteuses aient le même salaire qu'eux.

— On fait le même travail. On a droit au même salaire. Votre syndicat cautionne l'injustice patronale. Il y a autant de femmes chefs de famille que d'hommes chefs de famille. Peut-être même plus!

— Wow! Wow! Charrie pas! Nicole Lajoie, proteste un chœur d'hommes.

— Qui en plus est obligé de travailler les fins de semaine? Cinq filles ont été congédiées cette année. Et l'hémorragie continue.

— C'est normal! C'est les filles qui saignent... lance, en rigolant, celui que l'on surnomme Rico.

— On était là avant vous. C'est quand même pas le syndicat qui coupe les emplois... nom du bout du Christ! s'écrie Paul Labrecque.

— Que c'est qu'elles veulent encore! Vous prenez nos jobs. C'est pas assez? Si vous êtes pas contentes, allez donc lécher le patron. Peut-être qu'il aimerait ça...

— Toi! Émile Lejeune, t'es rien qu'une p'tite tête avec une grosse queue, riposte Nicole Lajoie sous les rires. Je plains ta femme!

— Redis donc ça encore pour voir!... Ma femme, elle, a pas à se plaindre. Je lui ai donné congé la semaine dernière.

— Qui dit que c'est pas ta femme qui t'a plaqué après trente ans de service?

— Ma maudite grand'jaune! Ferme-là ta grand boîte ou ben...

Il en faudrait peu pour que les règles, crayons, encres, lames, feuilles de montage sur la table d'Émile Lejeune s'envolent. Des hommes doivent retenir le forcené. Émile Lejeune, il ne faut pas le provoquer. Le chef d'atelier intervient. La plupart retournent à leur table, les unes s'efforçant de rentrer leur colère, les autres mimant l'impassibilité ou continuant à ricaner.

Les journalistes n'interviennent pas dans ce genre de conflits. Pas plus David, ancien délégué syndical, que les autres. Il n'approuve pas, mais il n'a pas à jouer au moralisateur à l'égard d'un groupe qui a beaucoup à faire avant d'arriver à une certaine conscience. Ce genre de problème est réglé depuis longtemps dans son propre syndicat... encore qu'il y ait encore peu de femmes journalistes.

Le chef de pupitre sacre. Le chef de nouvelles n'a pas donné assez d'assignations. Le directeur de l'information, qui cogite un éditorial sur les avantages d'un grand champ de tir au nord de la ville, lui dit de ne pas s'en faire.

Basile Léger, toujours branché sur sa radio, engueule sa femme au téléphone.

— Je rentrerai quand je rentrerai. Combien de fois je t'ai dit de me laisser tranquille au bureau?

Il lui raccroche au nez. Une femme s'est jetée au bas du pont Jacques-Cartier, après avoir éliminé ses enfants. Il met un point final à son papier et sort. Le souper attendra.

Martin Vandal et Claude Legault s'obstinent sur l'issue du prochain match entre les Nordiques et le Canadien comme si c'était la fin du monde. David Bourdon a l'impression de voir un film en accéléré. Il n'arrive pas à faire son papier. Tous ces corps en état de surexcitation. Il immobilise l'action. Personne ne parle. Personne ne tape. Personne ne tape sur l'autre. Personne ne s'engueule. Juste une tension sur les visages, un rictus qui ressemble à celui de la fin. L'éclatement de la planète folle qui tourne trop vite, qui a perdu le rythme, ensorcelée par quelque esprit pervers qui a décidé qu'elle tournait trop lentement, que vingt-quatre heures pour tourner sur soi-même, c'était trop, qu'il ne fallait jamais s'arrêter, toujours obéir à la logique implacable de la production. De toute façon, si tu n'entres pas dans ce jeu, tu meurs. Les autres t'écrasent, te volent ta job, ta maison. Au Japon, les enfants font des heures supplémentaires pour rejoindre les hauts gratte-ciel de Tokyo, ne pas être confinés à travailler comme des taupes dans des souterrains de béton, ne pas finir dans le quartier des paumés et des clochards célestes. Il aurait envie de partir, de les laisser comme ça, dans leur immobilité. Mais il n'est pas Dieu et remet le bouton à *On*. Action. Les corps se réaniment. Tout recommence sur le rythme d'un rock and roll sans fin. Lui aussi. Ses doigts courent sur le clavier de plus en plus rapidement. Il ne sait plus ce qu'il est en train d'écrire sur la mort de l'ancien chef d'État. La machine l'entraîne irrémédiablement avec les autres vers la chute finale. Vers le *dead line... End line.*

Le chef de pupitre se plaint. Albert Lamarche n'est pas entré. Il doit trôler les petits gars! Un cocktail. La belle occasion! David remet son papier et lui apprend, sans lui laisser le temps de réagir, qu'il s'en va le lendemain. En congé. Congé-maladie, congé-santé. Destination San Francisco.

Il passera par Gaspé et les Îles. Il ne le dit pas. Il a peur qu'on le prenne pour un détraqué, ce qu'il doit être en train de devenir... complètement fou.

***

Une machine au centre de la chambre

pompe ce qui lui reste de sa substance intérieure. De longs tubes accolés à sa chair aspirent son souffle, son sang, son urine. Sa vie devenue magma informe. Sur l'écran de l'électroencéphalographe, il n'y a plus qu'un minuscule fil horizontal. Quelqu'un frappe à la porte. Quelqu'un tente d'ouvrir. Elle arrache les tubes, se lève et se plaque au mur. Son corps se défait, s'étire dans tous les sens, devient une masse pâteuse, une surface plane, une immense tache où l'on distingue les traits déformés d'une femme. Quelqu'un fait irruption et, à pas longs et feutrés, franchit l'espace qui le sépare de la commode. Il s'en retourne avec le livre sans voir l'étrange dessin sur le mur qui, peu à peu, reprend sa forme initiale.

Des nuages glissent dans le ciel pâle. Anaïs songe à ce rêve étrange qui se répète, s'étire et se transforme. Cette fois, elle n'est pas demeurée une tache. Elle a vu la main de l'homme, la forme d'un trousseau de clés, avec un trou au centre de la paume et sept clés autour.

Claudia a appelé. Elle ne savait que dire. Une nouvelle dans la salle. Maryse Laliberté a pris le lit de la vieille Anna. Elle a subi une ablation de l'appendice. Une femme vibrante au rire facile. Chaque fois que Marie Labonté ou Érica raconte une histoire, elle se crispe pour s'empêcher de rire, supplie que l'on arrête. Professeure de psycho et de philo, elle se qualifie d'intellectuelle féministe radicale hétérosexuelle. Son plus grand défaut, dit-elle, c'est de vouloir tout expliquer. Elle croit que le hasard n'existe pas. Que tout est déjà inscrit dans l'embryon.

L'heure qui suit le petit déjeuner, la toilette et la visite des médecins, est devenue une heure de gaieté et de discussions vives. On a même réussi à faire sourire Hélène Troyat et l'infirmière en chef, Bénédicte Langlois. La veille, les actualités télévisées ont déclenché une conversation sur le choc post-référendaire. Le mépris que les Québécois affichent pour eux-mêmes dans les périodes de crise et l'admiration démesurée qu'ils vouent à ce qui se fait ailleurs. À Paris ou à New York. Que lisons-nous? Que voyons-nous? Qu'écoutons-nous?

— Des Harlequin, des traductions américaines, des livres français, des bandes dessinées étrangères, des films américains, *La petite maison dans la prairie*, *Miami Vice*, *Dynastie* et *MuchMusic*, répondent en chœur Diane et Marie Labonté.

Maryse Laliberté croit que l'histoire collective connaît des cycles, des périodes d'action puis de repos, de récupération et de réflexion.

— Sauf que si le repos dure trop longtemps, énonce Marie Labonté, on risque de se retrouver six pieds sous terre.

Une minute de silence suit. Anaïs No ne dit rien.

— Le jour succède toujours à la nuit ou la précède. Chaque génération meurt à elle-même pour renaître à autre chose. Bientôt l'ère du vide aura fait son temps. C'est la loi du mouvement.

— Tu parles comme un grand livre, remarque Marie Labonté. Rien n'empêche que bien des sociétés sont mortes...

— Toutes n'ont pas le goût ni la force de continuer. Toutes n'ont pas découvert un sens. Il en est ainsi de bien des humains.

Anaïs No ne se sent pas exclue. Elle essaie de comprendre, de se rappeler des mots. *Bientôt l'heure du vide... fait son temps... des périodes d'action... de repos, mais si le repos dure trop... on risque...* Un exercice recommandé par Clara Claude. Quand elle est fatiguée, elle se retourne vers Érica.

Julie Fontaine appose le stéthoscope sur le cœur de la petite fille, puis sur le globe terrestre que lui ont offert ses parents.

— Le cœur du monde ne bat pas très fort! s'exclame Érica en désignant les pays où l'infirmière doit fixer un pansement. Le Liban. L'Éthiopie. L'Afrique du Sud. Le Cambodge. La Chine... Le Québec y compris.

— L'important n'est pas de savoir d'où le monde vient, mais où il s'en va. C'est Mafalda qui a dit cela! ajoute la petite fille, en montrant le dernier album.

Clara Claude soumet Anaïs No à d'autres tests. Nom? Adresse? Occupation? Le nom et l'adresse de votre employeur? Qu'avez-vous mangé hier soir? Avant-hier soir? Vous souvenez-vous d'avoir aimé quelqu'un? D'avoir détesté quelqu'un? Comment s'appellent vos parents? Avez-vous des images de votre enfance, des maisons que vous avez habitées?

Anaïs No n'est plus sûre d'avoir une histoire. Et si elle n'avait pas d'autre existence que celle de l'hôpital? Et si elle était née ici et allait y mourir?

Il y a celui qui dit être son père. Clara Claude a semé le doute. Il faut des preuves, des papiers. Papa! Vos papiers! Cela sonne drôle. Elle n'a pas le bon numéro de téléphone. L'infirmière, celle qui a accompagné l'autre jour Adrien Naud, se souvient.

— Le Foyer Notre-Dame-des-Anges-priez-pour-nous. C'est ça! C'est lui qui l'a dit au taxi.

La réceptionniste lui transmet la surveillante de jour, le directeur du centre, puis l'infirmière qui, pas plus que les autres, ne peut dire où se trouve Adrien Naud.

— Je regrette, Madame, je ne suis pas la gardienne, je suis l'infirmière. Qui êtes-vous? Un moment s'il vous plaît... Un ami de votre père confirme que votre père est dans sa famille.

— Il dit... Il n'a plus de famille. Sa femme est morte. Il n'y a que moi... sa fille.

— Vous êtes sa fille! Votre nom, Madame! Il ne nous a jamais dit qu'il avait une fille.

Anaïs No vérifie encore. C'est elle sur la photo du passeport. Et le nom de son père sur la carte d'hôpital est celui de cet homme. Il y aurait plusieurs Adrien Naud?

Elle réussit à joindre Claudia. Elle reconnaît la voix. Elle a besoin de parler à une voix qui soit chaleureuse et de l'extérieur.

Claudia arrive le lendemain en chaise roulante, poussée par une de ses sœurs qui se retire après les présentations. Elle a les cheveux roux et des taches de la même couleur sur la peau.

Elle lui raconte longuement, lentement, l'histoire de la commune.

— Je les ai tous perdus de vue. Peut-être dirige-t-il un harem? Ou un réseau de prostitution. Qui sait! J'ai toujours cru qu'il y avait un lien entre les proxénètes et les collectionneurs d'âmes.

Anaïs No ne sait ce qu'est un proxénète. Un collectionneur d'âmes. Sa mère est morte. Son père existe. Claudia ne peut en dire beaucoup sur ses amours. Elle n'a connu aucun de ses amants... sauf ce type qu'elle a vu au centre Paul-Sauvé, ce soir de victoire.

— Il avait des traits indiens. Il ne parlait pas. Quant tu me l'as présenté, il a à peine esquissé un sourire. Ce qui m'a surtout frappée, c'est cette image du bonheur. Vous vous teniez l'un contre l'autre, les bras autour de la taille. Comme des jumeaux dans une bulle. En dedans et au-dehors des autres. Vous ne vous regardiez pas. Vous regardiez devant vous. Et il y avait sur ton visage un sourire ravissant. Je me souviens.

— Je... On nous a vus à la télé, l'autre soir.

— Je n'écoute jamais la télé... Il était musicien, je crois.

Une cloche sonne. La grande horloge indique la fin des visites. Anaïs No embrasse sa visiteuse. Une première amitié. Elle lui confie ses clés. Peut-elle trouver des photos, de la musique? Elle raconte. Le rêve de la veille. L'homme avec un trousseau de clés dans la main.

Patrick Mercure essaie de se calmer en buvant un café noir, près de la lampe qui oscille au-dessus de sa tête. Sa fille rumine dans la salle de bains. Il s'efforce de penser à autre chose. Il feuillette un numéro de *Science et réalité*, tente de plonger dans un article portant sur les coléoptères. Le son de la chasse d'eau. La plupart des insectes se rendent invisibles avant le sommeil. Il ne peut s'empêcher de penser à ses araignées. Il ne sait ce qui est arrivé à la plus belle d'entre toutes: l'épeire de jardin. Elle a filé la toile la plus réussie qu'il ait vue. Elle a pondu des œufs qui ont éclos, puis... Le bruit de l'eau giclant dans le bain. Et puis, durant la nuit, les petits se sont laissés glisser le long du fil de glaire et puis... L'eau ne gicle plus, elle coule lentement comme celle d'un fleuve tranquille. Et puis le matin, il a trouvé les petits sur le plancher du terrarium. La toile en lambeaux et l'araignée-mère tapie dans un angle inférieur, inerte. Cela fait longtemps que le bain coule. Il lui a ordonné de cesser de jouer à l'enfant gâtée, de sortir de sa cage, d'aller prendre l'air, de faire du sport. Elle n'a pas rétorqué. Elle l'a simplement fixé dans les yeux avant de s'enfermer. Les petits de l'araignée-mère se sont laissés glisser le long du fil de glaire et puis... Le bain n'a pas cessé de couler. Il se lève et puis frappe à grands coups la porte qui ne cède pas. Elle ne répond pas. Elle doit continuer à bouder, étendue dans un bain-mousse à moins que...

— Mélanie! Mélanie! Ouvre!

L'eau coule toujours. L'homme cogne de plus en plus fort.

— Sors de là ou je défonce.

Si le pire était arrivé? Si l'enfant s'était laissée glisser le long des parois, le long du fil d'eau jusqu'à l'embouchure du bain, si l'enfant s'était laissée avaler? Elle lui a dit qu'elle voulait mourir.

Il y a là tout ce qu'il faut pour l'exécution. Aspirines, produits nettoyants, soude caustique, Javel... et lames de rasoir. Et pour diluer, l'eau. Il
frappe. Il crie. Il court. Il insère un tournevis entre
le penne et le cadre de la porte. La porte s'ouvre.
Elle est assise, les genoux repliés sous le menton
et elle lui sourit, narquoise, sur le parquet de
céramique blanche.

— Ça, tu ne pourras jamais m'empêcher de
le faire!

Elle se lève, passe comme une aile de chauve-
souris. Elle s'est rasé une partie du crâne près des
tempes. Elle retourne à sa chambre qu'elle ferme
à clef. Il ne lui reste que son café. Il n'a pas su
comment s'y prendre avec sa propre fille. Et si
c'était une façon de dire qu'elle a besoin de lui,
même si elle fait tout pour donner l'impression
du contraire? Un insecte, qui ne peut passer ina-
perçu, essaie d'échapper à ses ennemis en leur
faisant peur. La lampe de métal oscille encore au-
dessus de sa tête. Le café est froid.

Chapitre 12

ON THE ROAD

Demain, les Îles. Demain, le bout du monde. Dans une chambre connexe à la nôtre sommeillent des hommes des cavernes. La Chrysler blanche gît sur ses pneus crevés. Le conducteur dort, ivre mort, à côté de ses comparses. Le canif de Ginette repose sur la table de chevet près du lit où Manon et Ginette dorment encore. Face à la fenêtre donnant sur la mer irradiée par l'aube, j'essaie de noter ce qui s'est passé depuis notre départ. J'entends le clapotis de la marée montante contre le quai, je respire l'odeur humide et pénétrante du varech.

Nous sommes parties, un matin, à bord de notre quatre-chevaux rouge achetée chez un concessionnaire de voitures d'occasion. Nous avons décidé de vivre notre On the road*, de traverser ce pays qui sera peut-être un jour, de brûler l'argent qui nous reste. L'aventure dans son sens le plus large. Et l'initiation nécessaire. Surtout quitter la ville caniculaire, l'appartement trop petit, les travaux ou une thèse à finir. Nous avons besoin d'espace et de liberté. C'est là notre seul désir. Nous ne retenons de nos influences mille-riennes-kérouaciennes que le refus de l'attachement aux êtres et aux choses. Et si l'envie de*

221

baiser nous saisissait, nous avons juré que nous choisirions avant qu'ils nous choisissent. Les hommes se prennent pour des dieux. Nous nous prendrions pour des déesses.

Nous serions Athéna la guerrière, la gagnante. Nous serions Hécater, pas la mère du monde, mais la sorcière étrange et mystérieuse qui perçoit tout. Nous serions Aphrodite au charme indéfinissable que l'on désire et craint à la fois. Nous avons décidé de faire la guerre à la féminité des apparences. Qu'elle soit maxi ou mini, la robe rendait les femmes vulnérables, surtout accompagnée de talons hauts. Elle empêchait de courir, attirait l'attention sur les cuisses à proximité des parties génitales. Certaines, au nom d'une liberté nouvelle, s'étaient délivrées de la petite culotte et quand elles s'asseyaient, on voyait leur sexe s'offrir aux yeux avides. Nous avons opté pour le jeans unisexe.

Nous ne tomberions pas en amour. Nous refuserions l'ordre qui guette au détour d'une passion. À la différence de nos mères, nous ferions de notre vie une aventure continuelle dont ce voyage n'était que le début. Le Deuxième sexe était notre bible avec La femme eunuque. Isadora Duncan, notre héroïne, car elle ne croyait pas à l'amour mais à la passion.

Nous avons, depuis longtemps, rejeté tous les héros mâles. Brando. Elvis. Hendrix. Le mythe de l'homme bardé de cuir chevauchant sa moto ou sa guitare au son de la cavalerie rock. Ils ont bien mal vieilli, nos héros. Presley a croupi dans sa graisse et ses dollars. James Dean et Hendrix sont morts. Nous refusons aussi les héros intellos. Ceux que l'on considère comme de grands penseurs, ceux-là mêmes qui ont bâti leurs idéologies à partir d'un fantasme et ont concocté notre mutilation. Freud et la proéminence du phallus. Sade et la relation perverse du maître sadique et de sa maîtresse forcément maso. Mishima, le kamikaze militariste. Nietzsche et son complexe du surhomme. Miller et l'art d'être libre et parasite. Kerouac et l'éternel retour à la mère. Seul Marcuse avait grâce à nos yeux, et certains jours, Vallières ou Gaston Miron. Mais encore, l'homme était trop rapaillé pour nous.

Nous nous préparions depuis longtemps à ce voyage. Nous avons suivi des cours de karaté et de wendo, encouragées par Ginette, une ceinture noire qui savait jouer au hockey, contrôler un voilier, monter une planche à voile, une moto et rêvait de piloter un avion. Nous voulons être des femmes entières, être artistes, intellectuelles, manuelles et physiques. Devenir le moteur du monde alors que l'on veut nous confiner au rôle d'enjoliveur ou d'amortisseur. Et comme des surfemmes, abolir l'injustice sexuelle. Nous avons un appétit de louves et nous avons l'intention de tout dévorer: les couchers de soleil, les fruits de mer et les loups. Ginette rêve de courir le marathon sur de longs rivages déserts, Manon de jouer du saxo, le soir sur une plage, lorsque les soleils de feu se laissent couler dans l'Atlantique et moi, je veux écrire ce journal de voyage.

La terre a eu le temps de faire quelques rotations sur elle-même. Enfermées dans notre coque métallique, chargées à ras bords de tentes, sacs de couchage et autre bataclan de camping, nous avons roulé à pleine vitesse – autant que le peut une véritable conque – sur l'autoroute morne menant vers le bas du fleuve, en écoutant Big Mama et Janis Joplin. Quand nous nous sommes arrêtées pour humer le fleuve et manger, c'était à la hauteur de l'Îsle-Verte, là où les bélugas viennent folâtrer avec les baleines à bosses en faisant gicler la mer en rafales.

Dans la taverne de l'hôtel, les hommes nous reluquaient comme des bêtes étranges. Ginette a fait une grimace à un coq-l'œil qui ricanait avec son voisin de table. Nous avons avalé notre bière – soupe aux nouilles – biscuits soda en imitant le gars qui riait de moins en moins.

Premier bain à Sainte-Luce-sur-Mer. Le soleil à son zénith. La grande plage sablonneuse parcourue de touristes et tachée de varech sec qui crépite sous nos pieds fous. La course rieuse dans les eaux froides et claquantes qui goûtent bon le sel. Le choc de la plongée et puis l'abandon, le glissement, le flottement sur les vagues ondoyantes, entre le reflux et le ressac. Et puis la route encore, la route de plus en plus étroite qui serpente entre les mornes, petits mornes et gros mornes, les Cap-des-Rosiers, Cap-aux-Os et les Anse-aux-Griffons, Anse-à-Beaufils. Au centre des villages, près des quais, s'affairent des hommes et des femmes qui rentrent les barques, réparent les filets, préparent le poisson. Leurs regards sur nous dans l'auto filante, nos regards sur eux. Un petit restaurant qui sent la morue et la crevette. Les femmes qui nous examinent.

Nous sommes entrées dans Gaspé à la tombée du jour. À sa sortie, là où d'autres ont conquis le pays en le marquant d'une croix, une petite plage de sable fin occupée par les oiseaux de mer qui vont et viennent au-dessus de la falaise surplombant l'anse et les dunes. Ce silence entre nous, parcouru par l'océan se mourant dans la baie, cette fraîcheur saline après la journée exténuante sous la coque de métal chauffé à blanc, cette lumière d'un soleil jaune comme un œuf flottant sur les eaux. Île flottante. Œuf mollet. Nous étions au début du bout du monde. Un sifflement soudain.

— C'est un oiseau! murmure Ginette.

— Des oiseaux comme ça, il me semble que j'en ai déjà entendus en ville, ajoute Manon, inquiète.

— Mais non, les filles, vous vous faites des peurs, répond Ginette. Y a personne ici voyons!

Le chant marin nous envahit à nouveau. Nous fermons les yeux. Le sifflement reprend, redoublé, allongé.

— Ils sont derrière les dunes! s'écrie Manon.

Ils sont trois. Deux grands. Un petit. L'ogre, Barbe-bleue, Jack l'éventreur. Nous nous levons d'un même bond.

— Les filles! À l'attaque! lance Ginette qui a eu le temps de remettre son t-shirt.

Nous escaladons la dune, enfonçant les pieds dans le sable qui nous empêche d'avancer. Ils ne sont plus là. Était-ce une vision? Un mirage comme cela se produit souvent à proximité des mers? Des lieux inconnus? Nos imaginaires de lièvres toujours en alerte.

— Ils se sont sauvés! remarque Ginette en désignant une longue voiture blanche démarrant dans un nuage de sable et de fumée bleue.

— Ils étaient deux. L'un avait la tête de Dionysos, avec sa barbe. L'autre celle d'un cyclope.

— Ils avaient une bière à la main.

— Le plus vieux portait des culottes de polyester brunes. L'autre des jeans, un t-shirt noir avec un aigle.

— Vous avez eu le temps de voir ça! s'exclame Ginette, suspicieuse.

— Maudit! Pas moyen d'avoir la paix nulle part!

se plaint Manon, exaspérée. Partons d'ici. Nous n'avons pas à partir. Et s'ils reviennent? Nous les chasserons. Et s'ils reviennent plus nombreux? Nous sortirons nos armes. Nous leur ferons le coup du sable dans les yeux ou du... Facile à dire! On n'est pas en ville ici! La ville, c'est aussi une jungle, même c'est pire. Mais de quoi avez-vous peur? Voyons, voyons... les voyeurs ne sont pas nécessairement des violeurs! Peut-être... mais les violeurs sont toujours des voyeurs.

Nous sommes restées. Nous ne sommes pas restées longtemps. Nous étions nerveuses. Nous n'avions plus le goût de faire un feu ni de monter la tente. Le soleil avait crevé son miroir et la marée montante risquait de nous engloutir avec la grève et ses algues gonflées comme de gros raisins verts. Nous avons finalement trouvé un motel isolé, aux abords de l'océan, et puis nous avons cherché à boire et à manger.

Une sorte de bicoque en tôle orange et brune, mi-restaurant mi-bar, aussi laid en dedans qu'au-dehors. Murs de contre-plaqué drabe, fausses lampes Tiffany teintées or et bronze, banquettes de cuirette brune, linoléum drabe pistaché brun comme le comptoir d'arborite. Une horreur, comme on en voit maintenant partout, imposée par l'industrie des matériaux cheap, synthétiques et pas chers.

Peu importe! Il y avait de la bière, celle que

227

nous aimions, et en plus elle était moins coûteuse que dans les bars de la ville. Autour du comptoir, des gens obnubilés par la télé. Des gens étonnamment calmes dont l'attitude contraste avec celle des personnages à l'écran. Une descente de police dans un squat. Des junkies complètement cracks. Un pusher s'interpose. Tire un policier. L'homme s'affale. Une rafale de mitraillettes. Les petits vieux frissonnent en prenant leur café. Allô-Police. Ici Police-secours. Dans les maisons de la paisible Gaspésie, branchée sur l'Amérique cauchemardesque, on assiste à huit cents scènes de violence par semaine.

— Huit cents! Ce n'est pas une farce, insiste Ginette.

Nous sommes au fond de la salle, près de la porte. La paix est revenue. Une faible rumeur court comme si rien ne s'était passé.

On dit que la télé exorcise tout, même la violence. Personne n'est atteint. Chacun retourne à ses occupations.

De dos, face au miroir dominant le bar, le barbu aux pantalons de polyester bruns, sa croupe gélatineuse débordant de la camisole. Son compagnon, plus jeune, portant t-shirt noir monogrammé Revenge, ceinture cloutée, bottes western, bracelet de cuir noir, tatouage de cœur rouge fléché noir, muscles d'haltérophile et début de ventre gonflé de bière. Ils nous ont vues. Le plus

228

jeune, l'œil goguenard, fait un commentaire, remonte sa longue mèche de cheveux noirs qui retombe continuellement sur le front et lui donne cet air de cyclope. L'autre essuie sa bouche écumante de mousse de bière du revers de la main et répond par un ricanement qui trahit le désabusement. Le genre rockers pas sympathiques.

Ils nous guettent. Ginette ordonne l'attaque. *Fixez-les! Nous nous exécutons sans voir exactement ce que l'on fixe. Je me mords les lèvres pour ne pas rire. Manon me pince. Les gars persistent. C'est la guerre des nerfs. Nous ne lâchons pas. Ils se lèvent, paient l'addition, se tournent et s'approchent en mastiquant comme des ruminants.*

— Cou'donc! Vous nous regardez ben! Nous voulez-vous pour à soir... pour pas cher? dit le cyclope qui remonte encore sa grande mèche en riant.

— Pourquoi faire? dis-je, jouant la naïve.

— Veux-tu que je te fasse un dessin? rétorque Dionysos qui écrase sa gomme dans notre cendrier.

— On a pas besoin de dessins pour comprendre que vous êtes des épais! lance Ginette.

— Hé! la petite. Excuse-toé O.K.! relance l'homme, menaçant.

Un long silence. Une bonne âme ameute le waiter. *Le* waiter *demande aux deux gars de partir.*

— On se reverra, les filles. On se reverra.

On dit que ce ne sont pas des gens d'ici, on dit que ce sont des vauriens qui rôdent depuis le début de l'été, on dit qu'ils ont une Chrysler blanche modèle 1960, on dit qu'ils sont là à cause des touristes. Ils doivent vivre du trafic de drogue ou de quelque rapine. On dit qu'on devrait les chasser, ces sauvages, ces voyous, ces indésirables. Ils font peur aux enfants. On dit que les filles ne devraient pas sortir seules le soir, même le jour.

— Partons! dit Manon. Dans un cas comme ça, moi je fais l'éloge de la fuite.

— Pour qu'ils nous courent après? dis-je.

— Qu'ils essaient pour voir! pense Ginette à voix haute.

— Bien sûr. Toi, tu aimes ça les affrontements! lui reproche Manon.

— Je ne provoque jamais. Mais que l'on ne m'attaque pas! Où sont vos beaux idéaux de combattantes?

— C'est pourtant toi qui s'opposes au «Pour faire la paix, il faut préparer la guerre». Toute guerre est inutile. Y compris celle-là, que j'ajoute.

— Tiens, la peace and love qui revient. Voyons, voyons, voyons! C'est quand même pas nous qui l'avons cherchée cette guerre. Tu crois que tu les auras comme ça avec tes arguments à la con? C'est ça, faites l'amour même avec vos bourreaux. Faites-vous fourrer!

— Ginette! intervient Manon.

Les sourires et les rires nous font réaliser que nous ne sommes pas seules.

Ils sont là, appuyés sur chacune des ailes de la Chrysler blanche, face au motel Les Fous de Bassan. *Ils nous ont suivies. Ils nous attendent comme dans un vieux film des années cinquante. Ils n'ont rien du charme de Bogart ou de Clyde. Un troisième type, sans visage, demeure inerte derrière le volant de la voiture. Ces chauffeurs ne réagissent qu'aux ordres.*

— Maudite marde! Je vous l'avais dit, s'exclame Manon, *la conductrice qui, encore une fois, les a aperçus la première.*

— Cette fois, on leur parle! *décide Ginette qui sort de la quatre-chevaux avant qu'elle ne se soit immobilisée à côté de la Chrysler.*

— Qu'est-ce que vous faites là ? Avez-vous fini de nous suivre?

— Calme-toé, bébé! *rétorque Dionysos, une bouteille de* Cuvée des patriotes *à la main.* Pourquoi t'es méchante de même? On vous veut pas de mal. On veut juste parler... hein Bobby?

Bobby acquiesce en grimaçant. L'autre, dans la voiture, ne bouge pas.

— On veut rien savoir de vous autres. Vous avez pas compris?

Et Dionysos de répliquer en laissant tomber son sang-froid de blasé.

— On est pas assez bons pour vous autres, j'suppose! Ça vient de la ville, pis ça se prend pour le nombril du monde.

— Foutez-nous la paix. Vous avez même pas le droit d'être ici!

— On a pas le droit d'être icitte. Attends un peu, tu vas voir ce que tu vas voir. Reste là, Jerry! Garde-les à l'œil. Viens avec moi, Bobby.

Bobby relève sa couette en clopinant derrière Dionysos vers la réception du motel. La porte d'aluminium se referme bruyamment sur eux. Nous rentrons à notre chambre après avoir commandé à Jerry de rester tranquille. L'homme, peut-être muet, ne répond pas, mais exhibe un sourire niais, écumant de bière. Quelques minutes plus tard, ses compagnons s'affichent devant notre fenêtre.

— Maintenant vous ne pourrez pas dire qu'on est pas chez nous! clame Dionysos avec sarcasme en exhibant la clé de la chambre voisine qu'ils ouvrent, puis referment.

J'entends encore la voix éraillée du cyclope qui criaille «À bientôt, les filles!» en poussant le troisième dans la voiture. La Chrysler blanche démarre dans un bruit infernal, recule puis décolle en grinçant des pneus, en soulevant un nuage de poussière.

Nous restons médusées. Méduse dont la tête hérissée de serpents changeait en pierre ceux qui la regardaient. *Nous avons vu un monstre à trois têtes à travers le pare-brise d'une longue voiture. Une bataille verbale s'engage entre Manon et Ginette. Cette histoire finira mal! Tout va bien, ils se sont sauvés encore une fois! Ils n'ont pas dit leur dernier mot! Nous non plus. Qu'est-ce que ça nous donne de rester ici? Nous n'avons pas à céder. C'est en affrontant ses peurs qu'on les dompte. C'est pas en comptant sur les autres... sur un homme hein? Manon! C'est ça qui te manque, ton protecteur? Ton ancien chum?*

Manon ne répond plus. La dernière remarque de Ginette l'a atteinte en plein cœur. Elle aurait éclaté en pleurs, j'en suis sûre, si je n'étais pas intervenue. La guerrière s'est excusée, mais elle a frappé trop juste pour que Manon n'en soit pas marquée. Elle s'est enfermée dans un mutisme semblable à celui qui avait suivi sa séparation avec Julien tombé amoureux d'une autre femme.

En moi, une petite fille timide et complexée incapable de s'assumer et une guerrière en voie de devenir. Autant je ressens de la tendresse pour toutes les Manon de la terre, autant j'éprouve une admiration démesurée pour toutes ces Ginette batailleuses. Je préférerais devenir une guerrière amoureuse. Nous avons tout à réapprendre. Du geste à la parole. Tout à bannir. Ces regards de fatmas soumises, ces voix sirupeuses de petites chattes en chaleur ou de jeunes chanteuses ridicules. Tout à fabriquer. Ne serait-ce que les gestes de légitime défense contenus dans nos subconscients coupables. Ne fais pas ça! C'est pas beau pour une fille! Une fille rime avec gentille. Nian nian nian. Non! Non! Et non!

Nous nous sommes préparées au pire en retrouvant le rire. Les barricades. Les flacons de gaz lacrymogène qui faisaient partie de notre trousse de secours avec les sifflets, un bâton de métal rétractable, le canif. Les clés de la voiture efficaces pour scratcher la face de l'agresseur. Nous avons pratiqué nos prises de karate girl. Le coup de genou, le coup de pied et la prise du petit paquet...

Manon entendit la voiture. Nous étions en train de lire. Nous avons fermé les lumières, vu les phares aveuglants clignoter et nous crever les yeux. L'ombre et l'éclair osciller comme dans les centrales des policiers tortionnaires. Ils vinrent frapper à notre porte fermée à double tour, puis à la mince cloison qui séparait nos chambres. Manon souffla dans son saxo, moi dans mon sifflet et Ginette hurla de sa voix de cantatrice chevelue un chant hystérique, dysharmonique. Cela fit tout un boucan qui ameuta le reste du motel. Ils se mirent à hurler d'un grand cri unanime et tout cela fit une telle clameur, un tel tumulte que les vitres en tremblèrent. Et puis le vacarme s'estompa en fracas de bouteilles qui s'entrechoquent, en frottements de chaises sur le parquet de contre-plaqué. Des bruits de pas sur la galerie. La porte métallique qui grince et se referme. Enfin, les gloussements de la toilette et des tuyaux d'égout. Nos voisins probablement trop saouls ne donnèrent plus signe de vie.

Dès l'aube, j'ai jeté les fleurs de géranium macérées dans une bouteille de Cuvée des patriotes qui avait été déposée près de notre porte. Je suis allée voir la mer et puis, j'ai percé les pneus de la Chrysler blanche avec le canif de Ginette.

David se tient immobile dans le fauteuil élimé à côté de la porte du motel, une pile de feuilles entre les mains. Il a profité des quelques heures qui séparent le vol en provenance de Montréal et celui en partance pour les Îles pour faire une incursion dans cette autre chambre. Il fixe l'homme, dans le miroir, devant lui. Un goéland passe, se mêlant à l'image, un court instant.

En entrant, il s'est jeté sur le texte, l'a avalé voracement et, comme chaque fois qu'il a mis la patte sur un de ces écrits inédits, en a éprouvé un plaisir malsain. Il connaissait un autre aspect de la vie d'Anaïs No, découvrait les origines de son engagement et de sa révolte. Avait-il été victime de sa vengeance? Confondait-elle tous les hommes? Étaient-ils tous des agresseurs? Cette femme était-elle capable d'aimer? Il voulait trouver l'homme caché sous ces feuilles. Et, inconsciemment, s'y trouver. Il commande un taxi. L'aéroport.

Ce soir, il dormira à Havre-Aubert.

**

Claudia est venue avec une valise pleine de cassettes, de documents et de textes épars. Quelques photos anciennes. Les parents d'Anaïs sans doute. Debout, côte à côte, jeunes et beaux, en complet-tailleur, devant le portail d'un grand hôtel de pierre. L'homme pourrait ressembler par la taille et le regard au visiteur âgé.

Des images d'océans, de fleuves et de villes désertes. Claudia dit qu'il s'agit de Paris, New York et Londres, tôt le matin. La photo d'une enfant aux boucles blondes dans les bras de sa mère. L'enfant porte une robe de laine rose. L'enfant et la mère ne sourient pas. Elles regardent Anaïs No. Au fond de la valise, à l'intérieur du boîtier vide d'une bible, il y a deux feuilles avec des noms d'hôtel, des numéros de chambre, des lieux. Québec. Gaspé. Îles-de-la-Madeleine. Montréal. San Francisco. Pointe-au-Pic. Sainte-Luce-sur-Mer. Pointe-aux-Pères... «Cela ne me dit rien», remarque Anaïs No.

Et sur une feuille, il y a un préambule que Claudia lit avec gravité.

Un texte n'a de signification que dans le lieu

ou le temps où il a été écrit. Un jour, quand l'action et l'amour auront fini leur cours, quand sera venu le temps du retour sur soi, avant que la vie se termine, referai le parcours. Retournerai dans ces chambres pour tenter de trouver le fil qui relie les passages du labyrinthe. Chambres du désir ou de la solitude. Cages de verre ou de bois. Chambres de l'osmose ou de la désunion. Il en est de ces lieux comme il en est de cette bulle que l'on crée autour de soi. Il s'agirait d'un souffle pour que la bulle crève. Parcelles de vie fragile. Une femme noire glisse sur la neige blanche marquée au corps, des cendres autour des yeux et du cœur. Un harfang aux yeux jaunes s'envole avec un bruit d'ailes glacées au-dessus de la ville et plonge sur sa proie. Une femme glisse interminablement sur la neige et s'y confond. La vie est une chambre d'hôtel vide et anonyme. Dans ses murs se cache une histoire. Et des mots. Rien que des mots.

Les deux femmes demeurent un instant interloquées.

— Est-ce bien moi qui ai écrit cela? demande Anaïs No. Vaut-il la peine de se rappeler si ce n'est que pour s'engouffrer?

Le courrier reçu à la maison ou au journal ne lui dit rien. Des factures à régler, explique Claudia. Des invitations à des vernissages ou à des lancements. Que sont ces mots-là? Vernissage. Lancement. Factures à régler... Quelques lettres de lecteurs ou de lectrices insatisfaits ou insatisfaites. Une lettre menaçante. *«Ton reportage sur les bars était pourri. Si tu continues, on te casse la gueule. Anonyme.»* Des télégrammes et des cartes de prompt rétablissement. Le cabinet du premier ministre, des bureaux de députés, des agences de relations publiques. Elle ne comprend pas pourquoi on lui porte tant d'attention.

Elle veut se retrouver seule. Aucune chambre privée disponible malgré les démarches de Claudia. L'infirmière répète les mêmes gestes, les mêmes mots. Pulsations cardiaques normales, pression artérielle normale. Anaïs sait. Encore une fois, elle demande de fermer le rideau. Encore une fois, elle s'isole avec ses écouteurs et la musique que Claudia lui a apportée. Robert Fripp, elle a dit. Philipp Glass. Un univers blanc, minimaliste, cosmique et répétitif. Un monde plat où les objets et les êtres n'ont pas prise. Une méditation qui mène au sommeil des sens et du cerveau. Les premières mesures de guitare du musicien sans nom la réveillent. C'est une musique chaude, rythmée qui provoque des réminiscences étranges. Un instinct de vie et de durée. Des sons harmoniques voyageant entre l'espace, la ville et la mer.

Elle imagine des chambres, des hôtels, les

chambres et les hôtels de la lettre et c'est comme si elle les voyait vraiment. Un homme beau et racé surgit, l'homme de la télé sur un immense bateau blanc. La voix monte paisible, sensuelle et déferlante. *Don't give up. Don't give up. Cause you have life. Life more than love.* Cette voix chante dans une autre langue mais des mots lui reviennent. *Don't give up babe. Don't give up.* Des mots dont elle ne connaît pas le sens.

Des mots qu'elle ne peut que répéter, en chantant fort, trop fort, à la manière d'Érica qui ne s'aperçoit jamais du rire que cela provoque chez les autres.

Chapitre 13

HÔTEL DU HAVRE

Les Îles, le premier jour.

Une planète rouge troue le ciel noir. Mars en juillet. Un paquebot blanc dévide une eau huileuse sur l'océan moiré. L'ombre d'un homme glisse sur le pont, une silhouette longue et mince moulée dans des jeans. Un profil régulier découpé comme un totem, sa nuque brune. Tout à l'heure, il prenait une bière adossé au bar. Je sirotais la mienne, sans trop y prêter attention, devisant avec les copines sur le phénomène de l'attrait sexuel. Même si les jambes pour Ginette, les fesses pour Manon jouent un grand rôle dans la séduction, c'est le regard qui importe le plus. Il marque, avant même que la première parole ne soit dite, la distance entre les êtres. Équilibre fragile. Il suffit d'une phrase pour que tout bascule.

La quille du navire fend les eaux. Les moteurs ronronnent. Les lames se soulèvent en claquant les flancs du navire. Il s'est arrêté près du bastingage. À vingt pieds. À douze pieds. Un gouffre. Je voudrais trouver les mots. Les premiers mots, le fragile mot de passe. Un autre s'approche. Son haleine âcre, sa tête de gras-double, sa voix douceureuse. Il fait beau. L'air est bon. Tu viens de Mont-

réal. Restes-tu longtemps ici? Comment t'appelles-tu? Je m'appelle Steeve. Et toi? Et moi, je me moque. Le gars offusqué s'en retourne.

L'homme, appuyé au bastingage, n'a pas bougé, à la fois proche et lointain. Il contemple la mer noire. Moi, le ciel lacté. Il allume une cigarette. Je pourrais retourner au bar, passer près de lui, pour voir s'il m'y suivrait. Ce n'est pas de jouer dont j'ai envie. Et s'il n'aimait pas les filles qui font les approches? Si cela se produisait, je saurais au moins à quoi m'en tenir.

Des pas tout près. La voix rieuse de Ginette. «Anaïs, tu dragues ou quoi?» Nos regards se sont croisés. C'était un regard ouvert comme une fenêtre donnant sur la mer, presque un toucher, un premier toucher.

La fête commence. Encore six heures avant d'atteindre les îles de pierres rouges. Des Madelinots rentrent pour les vacances. Ils ont travaillé toute une année dans les usines ou les bureaux de la métropole pour se payer ce retour. Il y a aussi des touristes. Beaucoup de touristes en voiture, en motos, à bicyclettes ou à pied. Beaucoup trop. Les paradis demeurent rarement secrets. Ça sent la mari et le patchouli dans le salon-bar. Un gars et une fille jouent de la guitare et de la voix. Il porte une chemise du même bleu que ses yeux. Elle, une jupe pleine de couleurs et de dessins guatémaltèques. Ce pourrait être les Seguin avec Beau

Dommage sur une île de béton rêvant du Pacifique pendant qu'un phoque en Alaska rêve de sa blonde restée en ville. Des gars et des filles, les uns et les unes contre les autres, chantent ou se laissent bercer par le léger tangage. Une fille s'est jetée en bas du pont de la rivière des Mille-Isles en désespoir d'amour.

Manon revient des toilettes. Elle a vomi une autre fois. Manon se mourant d'amour sur un océan, les yeux dans l'eau, le cœur dans l'eau. Réveille-toi, Manon. Hais-le s'il le faut. Mais réveille-toi.

— Elles sont belles, vos chansons mais tristes en maudit! s'exclame un gars qui a l'accent et le regard bleu des îles.

Voici la chanson comique d'un gars cosmique. La bitte à Tibi. Sur un son d'harmonica, elle se gonfle. Psychédélique. Cosmogonique. Toutt est dans toutt. Tibi est dans la bitte à Tibi. Tibi est dans l'Abitibi. L'Abitibi est dans Tibi! Tout est dans toutt!

Manon va prendre l'air, grande et fragile comme un roseau. Elle va se cacher pour pleurer. Une fille s'est jetée en bas du pont de la rivière des Mille-Isles. L'attrait des eaux noires et des abysses pour un cœur en abîme. Je me lève. Ginette me retient. Elle n'est pas sur le pont arrière. Lui non plus. Une force glacée traverse l'Atlantique. L'iceberg frappe. Le paquebot tremble. Une sirène crie pendant que l'orchestre joue une valse de Strauss.

Le fracas des verres et des porcelaines. Le désarroi dans le regard cassé pendant que les passagers chantent «Cré beau bateau étanche à l'eau...» Je la retrouve face au vent telle une figure de proue. Face à la mer sombre, appelante. Je l'entoure de mes bras. T'en fais pas, Anaïs. Je ne pleurerai plus. C'est terminé. Rentrons.

Nous dansons. La lueur du plaisir sur nos visages. Le brasier s'allume. «Attachez vos ceintures, fils de bûcherons. La femme vous attise en sacrement.» Il est là, près du bar et il me regarde. Regards de braises. Soleils de feux. Je me sens rouge et chaude. Une flamme monte du creux du ventre, du creux des reins.

La musique s'arrête. La danse s'arrête. Il sort un harmonica de sa veste, s'essuie les lèvres du revers de la main. Ils applaudissent. Ils se rassoient. Debout, je le regarde. Un autre choc amoureux. Je ne les compte plus. Quelque chose que vous n'avez pas cherché mais qui vous surprend. À la fois primaire et délicieux. Cela donne soif. Je commande du vin. Ginette me jette un regard lubrique.

— Tu me feras pas croire que t'as remarqué juste ses yeux noirs!

Je ne réponds pas, j'ausculte le visage de Manon. Un rêve qui naît. Le musicien joue. Un rêve qui meurt. Le musicien ne joue plus. «Si c't'un rêve, réveille-moé pas.»

J'ai su que je l'aimerais. N'ai pas su quand cela se terminerait. Je repense à Manon, au merveilleux et à l'absurdité des rapports amoureux, au gouffre qui me guette avant même de monter au ciel. La musique ensorcelle et fait perdre la raison. Il est déjà le plus beau, le plus fin. J'entre dans les yeux du désir et je voudrais errer au plus profond de lui jusque dans les circonvolutions de son cerveau.

Le scénario habituel. Une femme s'éloigne sur un pont, un homme la suit. La chassée fait semblant de ne pas savoir, le chasseur s'approche. Cela ne se passe pas toujours ainsi. J'ai fait les premiers pas. Je l'ai retrouvé près du bastingage d'un navire blanc, à tribord. Il m'a parlé de Delhi et de Tokyo. Moi, du marin de Gibraltar et de Duras. Il a dit qu'il cherchait un son, une longueur d'ondes. Je lui ai dit que je cherchais les mots et les formes et les formes dans les mots. Nous avons parlé des rapports entre les êtres. De la fusion et de la scission nucléaire. Des atomes se trouvent, se fusionnent puis se séparent. La loi de l'énergie cosmique, source de chaleur à la fois nécessaire et destructrice. J'ai appris qu'il était musicien, rêvait d'inventer un chant, une musique universelle. C'est pour cela qu'il voyageait. Et je buvais déjà cette musique comme il buvait mes paroles. Nous nous sommes embrassés, serrés l'un contre l'autre et nous sommes retournés vers le centre du navire. En haut de la passerelle, dissimulé derrière la vitre de la timonerie, le regard du commandant obèse.

L'aube ouvre son rhéostat, étend sa lumière rosée. Une brume diaphane empêche de voir la côte avec précision. De la mousseline. Ses effilochures s'accrochent aux mâts, puis se déchirent avant de se soulever graduellement comme de grands rideaux gonflés par le vent. Des voyageurs assistent au spectacle. Les Îles. Un tableau impressionniste avec des échancrures, des dunes de sable, des collines vertes piquées de petites maisons éparses, à demi voilées. D'autres voyageurs reposent sur les banquettes du bar-salon ou de la salle de télévision, enroulés dans des sacs de couchage. Nous échangeons des noms. Un baiser sans promesse. Manon. Je la serre contre moi. Il disparaît dans la brume. Les ondulants pâturages et les arbres nains se dévoilent. La beauté des recommencements. Le musicien est parti ramasser ses bagages. Je ne lui ai rien demandé. Il ne m'a rien demandé. Nous préférions le hasard à la nécessité, les jeux de dés à ceux des stratégies calculées. Le mot hasard, d'origine arabe, désigne le dé… j'ai retenu cela d'un prof ferré en sémiologie.

Une vague vient frapper le navire, puis une autre. Une odeur de varech monte dans l'air couleur de lait rose. Nous rejoignons les passa-

gers dans la cale. Un bruit, une odeur infernale, mélange d'huiles, d'essences et d'hydrocarbures. Enfin la sortie, la montée sur le quai désert. Les petites maisons de bois aux portes closes dorment pendant qu'au loin des pêcheurs retirent de leurs filets des morues, des rougets, des soles gisant, gueules ouvertes, les nageoires et les têtes prises entre les mailles. Les algues déracinées répandent une odeur acide. Nous envahissons les Îles. Nous nous les partageons comme une horde. Cap-aux-Meules, Havre-aux-Maisons, Havre-Aubert à bicyclette, à moto ou en automobile. Dans les fenêtres, les rideaux s'écartent, puis se referment.

David n'a rien vu du décor, hormis l'océan bleu du haut des airs. Le chauffeur de taxi était silencieux. C'était bien ainsi. Il lui a dit: «Hôtel du Havre.» S'est assis sur la banquette arrière et a fixé la casquette du chauffeur. Une maison aménagée en hôtel avec une galerie blanche.

Et puis une chambre, et puis un autre texte du journal. Il détient la preuve. L'homme! Un joueur d'harmonica. Une romance pour jeune fille romantique. Dès le premier regard, elle a su qu'elle l'aimerait. Il lui a parlé de Delhi et de Tokyo et rêvait de musique universelle. Un gratteux de guitare!

Il est déçu. La suite du texte se trouve dans

une autre chambre de l'hôtel. À tour de rôle, elles se sont partagées la vue sur la mer, la vue sur les dunes et sur les pins. Il se trouve ridicule, a envie d'abandonner. Toute cette quête pour une demi-vivante qui ne retrouvera sans doute jamais tout à fait ses esprits. Il devra attendre le lendemain, changer de chambre. Quel homme étrange! doit penser la femme au comptoir, celle qui s'occupe aussi de la réception. Un autre verre. Des hommes à l'air éméché l'examinent. L'un propose de chanter, se dirige vers le micro, se saisit d'une guitare et entonne: «*Prends un verre de bière, mon minou.*» Une femme s'approche: «*T'es bien sérieux, mon minou. Ça va pas?*» Les accords de la guitare lui écorchent les oreilles. Il se lève et monte à sa chambre.

***

Certains médecins privilégient la chirurgie, la médication et le traitement par électro-chocs en cas d'amnésie. Certains dinosaures de la psychiatrie croient encore que, malgré tous les *Vols au-dessus d'un nid de coucous*, cette dernière méthode peut à long terme guérir l'amnésie et l'appliquent régulièrement. Leur objectif est de créer une amnésie passagère afin de permettre la cessation de l'anxiété. Clara Claude s'est jurée que Anaïs No ne subirait pas ce genre de traitement. Le neurologue en chef recommande une médication qui a le tort d'endormir la patiente. Elle préfère recourir à la psychanalyse, à une médecine douce ou homéopathique. L'amie d'Anaïs No l'a convaincue d'expérimenter le rebirth, une technique d'hyperventilation du cerveau qui permet d'atteindre d'autres états de conscience. Sa patiente en est à sa troisième séance.

Claudia vint accompagnée de Madeleine, une guide formée à l'école d'un Rajneesh, yogi d'origine indienne. Anaïs No appréhendait cette expérience. Jusqu'à maintenant, elle n'a aperçu qu'un puits étroit et profond et des eaux noires. Madeleine la rassure. Elle-même a connu ce réveil progressif de la mémoire corporelle. Il fallait faire confiance, continuer à respirer sans se crisper, sans vouloir empêcher le cours des choses.

La nuit précédente, elle est tombée. Dans le vide. En bas, le carré d'asphalte de la cour intérieure. Ses mains se sont agrippées à un nuage. Autour, un oiseau noir parmi les oiseaux blancs. Par la fenêtre, un homme la surveillait. L'homme au trousseau de clés.

Claudia demande si elle a déjà lu *Maria República* et puis regrette sa question. Madeleine murmure. Il faut s'abandonner, se fier à ce corps qui a tout enregistré, libérer le souffle refoulé, cesser de s'accrocher à ses pensées et respirer... respirer, respirer.

Elle ferme les yeux. Sa poitrine se soulève de plus en plus rapidement. La voix dit de continuer. Une image. Un précipice, un puits. Elle bascule et tombe lentement, tirée par deux cordons soudés au ventre. L'air froid et humide sur la peau. Sa tête dans l'eau. Les yeux, les oreilles, le nez se bloquent. L'eau est brouillée. Elle se recroqueville, se referme. La chute encore. La voix chaude dit de ne pas se retenir, de prendre conscience de ce qui arrive. Respirer, respirer, encore. Plus vite. Elle se voit couler et a moins peur. Les eaux s'éclaircissent et se réchauffent. Elle suit un cordon bleu et torsadé qui la relie à une femme qui gît paisiblement au fond du puits. Comme si elle dormait. Elle a les cheveux gris. Elle a des bleus sur les bras et ses yeux ouverts sont vides. Cette femme est la source. La vie. Elle en est sûre. Elle est ses origines. Sa douleur. Elle se détache. Un élan. Le cordon se rompt, se dénoue puis glisse au fond du bassin.

Un pincement au ventre. Elle retient un cri, entend une musique belle et étrange. Elle sourit. Un lieu sombre d'où émane une symphonie de chapelle engloutie. Elle est sûre. Cela s'appelle une chapelle engloutie. Elle chante. La voix lui dit de ne pas se retenir. Alors, elle le voit. Lui. L'homme de sa vie, l'homme de sa mort. Ses cheveux noirs flottent dans les eaux. Son regard est clos. Une douleur immense la déchire. Elle se pend à son corps, à ses cheveux, à ses bras. Il est froid, mort, bien mort. Elle pleure. La voix. Il faut respirer, ne pas cesser de respirer. Elle pleure. Risque d'avaler ce fleuve qui la submerge. La lumière. Les ténèbres.

Elle s'arrache à ce corps qui la retient. S'en détache. Et oublie...

La respiration s'accélère. Le dernier cordon a dessiné des serpentins en tombant. Une lueur vacillante. Tout en haut. Son corps se détend, s'étire, s'allonge. Le puits n'est plus un puits, c'est une pyramide, une montagne. Elle l'escalade, poussée par un élan inconnu. Elle atteint la surface, le dedans et le dehors. Le passé s'éloigne et le futur se rapproche. Elle s'agrippe aux barreaux qui longent les parois et monte, monte encore. Ses poumons vont s'ouvrir. Elle va éclater. Exploser. Sortir! Sortir! Un cri effrayant. Son premier cri. Je...

***

Il n'a pas déjeuné. Il s'est empressé de changer de chambre, une chambre donnant, cette fois, sur une forêt d'arbres rabougris. Un texte où il a appris les origines de l'amour d'Anaïs No pour la sculpture. Il n'a plus rien à faire de la journée. Il va marcher. La réceptionniste dit qu'il y a une anse où il pourra trouver ces pierres rouges à tête d'humains.

Le chauffeur de taxi parle, parle et parle sans cesse. Il dit qu'ils sont des milliers à venir dans l'île, l'été. Des musiciens, des poètes, des fonctionnaires, des professeurs, des étudiants, des gardiens de prison, des motards qui viennent vendre leur camelote, des policiers et des politiciens en vacances. Il viennent voir les plus belles côtes, les plus belles plages d'Amérique, il en est sûr. C'est qu'il a déjà voyagé, même vécu à Montréal, mais il ne pouvait plus se passer du pays. Et il est revenu.

Les falaises rouges et les plages étonnamment blanches, étonnamment longues, se succèdent. La voiture parcourt durant des kilomètres une étroite bande de sable, en plein milieu de la mer. L'impression de rouler sur l'océan, de s'y confondre, d'y disparaître.

— Vous faites bien, Monsieur, de venir à cette période. Y a moins de visiteurs. On aime bien la visite mais pas toute en même temps.

Le paysage est grugé de dépanneurs, de campings et de cabanes de patates frites. David relit un extrait du journal.

Nous avons parcouru l'archipel en forme de croissant de lune. Havre-Aubert. Havre-aux-Maisons. Cap-aux-Meules. Fréquenté ses bars et ses restaurants, satisfait notre goût de la carte postale, savouré leur langage de fils et de filles de réfugiés écossais, d'Acadiens déportés ou de naufragés rejetés par la mer; goûté à leur cuisine simple et délicieuse, écouté leurs légendes et leurs aventures marines, leur haine de Brigitte Bardot, leur amour de la mer essentielle, la dure difficulté de vivre de pêche et d'aide sociale. Pauvres et riches à la fois.

Après, nous retournons à la mer et à ses dunes. Et nous nous sentons belles. Îles solaires, îles du vent aux embruns de sel que nous explorons de l'aube au crépuscule. Nous avons trouvé ce que nous cherchions... Le soir, avec d'autres jeunes aussi béats que nous, nous dansons pieds nus au pied des caps, entre la mer et le feu...

Le lieu est bizarre. N'a rien à voir avec ce qu'elle a écrit. Plutôt une anse avec des monolithes de pierre rouge sans formes définies qui se désagrègent, se mêlent au sable de la mer. Il marche dans des pas inexistants. S'assoit en haut de la dune pour se laisser pénétrer une dernière fois du vent, de l'illusion.

Il relit le passage à voix haute.

On aurait dit un théâtre, on aurait dit un temple, l'œuvre de la mer et du vent. Il se dégageait de ces sculptures en ronde-bosse un effet grandiose. Je remarquai une magnifique tête indienne à chevelure longue, au profil marqué et aux pommettes saillantes de Montagnaise ou d'Inca. Je m'assis sur son épaule, caressai ses cheveux de pierre et réalisai que je n'avais pas caressé un humain comme ça depuis longtemps. J'eus envie de réchauffer cette chair lisse et froide, de réveiller ce regard indifférent. J'imaginai le cœur de l'Amérindienne ou de l'Amérindien se remettre à battre au rythme des pulsations de la mer. Si fort que toute l'Amérique vienne à l'entendre de la Terre de Baffin jusqu'à la Terre de feu.

Ginette avait choisi un colosse aux joues rondes comme des ballons gonflés par le vent. Il lui ressemblait étrangement. Elle le monta et leur respiration avec celle du vent souleva l'océan en vagues hautes comme des dunes. Manon se contenta de regarder. Elle jouait de sa flûte désenchantée et puis elle s'était avancée lentement vers le large et, avec le vent qui s'engouffrait dans les anfractuosités des rochers, on aurait cru entendre le son d'une harpe. Une harpe éolienne que tous les Robinson du monde n'arriveront jamais à faire taire.

Manon avançait encore, se laissait glisser dans l'eau à hauteur de reins, à hauteur de poitrine, à hauteur de tête. La musique s'apaisa. Un souffle qui s'achève. Nous accourons en pataugeant dans les flots, en nageant jusqu'à ce que Ginette la saisisse par la taille. Les statues de l'Île de Pâques nous regardent. Bouches entrouvertes.

***

Devant lui, les pierres, la mer comme de multiples bouches qui l'appellent. Un frisson lui parcourt le dos. Il décide de rentrer plutôt par la route que par la plage.

***

Patrick n'a plus qu'une pensée: Mélanie. Après la mort des araignées, il a perdu le goût de retourner au laboratoire. Il veut protéger sa fille des téléphones anonymes qu'il reçoit. Des menaces de mort. Il demande un numéro confidentiel, prend congé, essaie de joindre Julie, contacte des ambassades. Fait parvenir un télégramme. *«Ta fille en état d'urgence. Appelle-moi.»* Il passe ses journées à la maison, enfermé dans des bouquins, prépare les meilleurs plats qu'il connaisse, fait diverses tentatives culinaires. Sa fille ne découvre pas davantage l'appétit. Mélanie exige des pâtes, du spaghetti et des nouilles. Elle s'enferme dans sa musique. Il a réussi à lui imposer les écouteurs. Elle aussi. Elle veut savoir pourquoi il reste à la maison.

— Tu me surveilles ou quoi! J'ai pas besoin de gardien. Quand me laisseras-tu?

Il recommence à fréquenter la bibliothèque, étudie la psychologie des comportements, lui qui a toujours remis en question ces sciences non exactes. Skinner l'a démontré. Lorsqu'un rat ou un humain n'est pas renforcé ou récompensé pour un comportement, il y a peu de chances qu'il apprenne. Il faut la récompenser quand elle a de bonnes notes, quand elle se comporte correctement, quand elle mange bien. Quel type de récompense? Elle a toujours eu ce qu'elle désirait. Des vêtements, des disques, des poissons exotiques. Ses compliments l'énervent.

«Au lieu d'exécuter des comportements qui conduisent à une récompense, un rat ou un être humain doit parfois se comporter de façon à éliminer le stimulus désagréable, ainsi un choc électrique.» Il n'allait quand même pas lui donner la fessée ou électrifier sa cage! Et s'il avait plutôt contribué à renforcer chez sa fille le comportement inapproprié? Elle devait savoir qu'en utilisant la menace du suicide, elle attirait son attention comme jamais. Cette réflexion lui fait l'effet d'une révélation. Ça servait donc à cela ses crises, ses caprices, son isolement depuis le départ de Julie. Elle leur en voulait de ce divorce. Elle le punissait de la même manière qu'il l'avait punie par ses absences, son obsession du laboratoire. Il la perdait pour la même raison qu'il avait perdu Julie. Et avant que l'envie de pleurer ne le prenne, il quitte la bibliothèque presque vide à cette heure.

Chapitre 14

L'ÎLE DES SCULPTURES GÉANTES

Pendant que Marie Labonté marmonne dans son sommeil des «monamour monamour», pendant qu'Hélène Troyat murmure des «J't'haguis j't'haguis», Anaïs No sort d'un rêve aussi idyllique que catastrophique.

Elle était sur une île de sable et de pins rabougris tordus par les vents. Un homme aussi habitait cette île. Ils se rencontrèrent, se regardèrent. Ce fut l'extase. La contemplation. Il composa des musiques qui parlaient d'elle. Avec l'argile des montagnes, elle peupla l'île de sculptures géantes. Sa plus belle venait d'un arbre qu'elle avait dénué de son écorce. Un être surgit peu à peu du bois sombre. D'abord ses pieds larges et beaux, ses cuisses fermes, son sexe si petit qu'il ressemblait à un oiseau dans son nid, sa taille fine – on aurait dit celle d'une fille –, ses épaules résolues et enfin, une tête d'une noblesse rare. Une entaille marquait son cou. Elle n'essaya ni de masquer cette blessure vieille de plusieurs décennies ni de gommer cette lueur triste au fond du regard noir.

Elle passa des heures et des heures à regarder son œuvre et lui, il passa des heures et des heures à jouer de son instrument. L'image de l'autre devenait plus importante. Un jour, le musicien disparut, lui laissant sa guitare qui, lorsque le vent venait, jouait une complainte ressemblant à celle de la mer, les jours d'automne. Il faisait froid, elle perdit le goût de vivre. Seule cette musique la retenait.

Un homme descendit d'un bateau couleur d'acier et lui demanda de venir. Elle refusa. L'homme saisit la guitare et la fracassa contre les rochers rouges, puis contre la sculpture de bois. Des mots en sortirent puis s'envolèrent en dessinant les longues ailes d'un oiseau noir. «Cro... koyanatquatsi», criait l'oiseau. Les résonances de la guitare cassée furent si fortes que la terre en trembla.

Il y eut une grande tempête, la terre s'ouvrit sur un précipice sans fond. La rêveuse se mit à crier.

Marie Labonté et Hélène Troyat ouvrent les yeux sur une Anaïs No en sueur. L'infirmière entre et lui donne ses médicaments.

***

David n'a pas dormi à cause des statues de l'île de Pâques. Elles le fixaient, la bouche ouverte. Il ne pourra quitter tant qu'il n'aura pas reçu une confirmation. Tant qu'il n'aura pas assisté à la suite de l'histoire. Il attend dans le petit salon que la femme ait terminé de faire la chambre. Que fais-tu, David Bourdon? Tu es en train de devenir la mémoire de cette femme, de faire revivre sa mémoire morte. À quoi cela te servira-t-il? Il connait désormais tant de choses sur elle, plus qu'elle n'en saura jamais.

Le quatrième jour.

Je n'arrive pas à dormir. J'ai les bleus. J'écris. J'écris pour ne pas oublier. Pour chasser l'amer. J'écris pour glisser dans le passé et m'y faire un présent.

Au matin, nous avons repris la direction de la plage de la Martinique. L'eau y est plus chaude. On y trouve une lagune entre les dunes et le littoral percé de bras de mer. Sur l'autre rive, une bande de jeunes bondissent dans l'eau autour d'un ballon et de cerfs-volants. Nous avions nos lectures. Manon. Le marin de Gibraltar. *Ginette voulait relire* On the road *et moi,* Vendredi ou Les limbes du Pacifique, *à cause des îles.*

Pourquoi les femmes écrivent-elles des histoires d'amour et les hommes des récits d'aventures ou de guerre? Et si le centre de la femme était l'homme et le centre de l'homme était l'homme? Je regarde l'autre rive. Des ballons et des cerfs-volants. J'abandonne mon livre. Robinson se roulant dans la boue, dans la souille, me donne des envies. J'entre dans la mer et en sors, creuse la terre, y déniche une pierre ponce noire. Taille avec un canif une tête à la chevelure longue, des traits réguliers, des lèvres charnues. Un cou long et musclé avec une cicatrice.

Le résultat est approximatif. Peut-on reproduire ce que l'on veut? Comment donner vie à une pierre, à des mots? Il manque une âme, l'âme de cet homme sur le bateau blanc... La force sensuelle des œuvres de Camille Claudel et de Rodin. Et si nous avions inventé Calder, l'abstraction et le formalisme, pour fuir la vie et sa difficile représentation? On ne peut reprocher aux artistes de traduire une civilisation qui fait tout pour nier la vie et possède tout de la matière et des formes.

Dans une extrémité de la lagune, un bras de ruisseau dessine un delta de boue sablonneuse. Je m'y enfonce, m'y roule. Cette matière molle couleur fusain colle, me donne une peau de couleuvre pailletée d'or et de grains de sable. Je me laisse sécher au soleil. De fins craquèlements. Cela est désagréable. Les serpents changent de peau régulièrement. Cela est nécessaire. Je ressors de l'eau toute luisante, toute neuve. Les autres lisent. L'envie de rejoindre l'autre côté de la rive.

Nous traversons la lagune à la nage, Ginette et moi. Sur la berge, des silhouettes élancées et brunes sautent, courent et se courbent pour saisir un ballon bleu. Aucune sculpture, aucune peinture, aucune photo ne peut saisir cette beauté du mouvement.

Les visages se précisent. Des regards tournés vers nous. Je me redresse. Sa crinière mouillée, son allure racée. Je voudrais changer de cap. Nos regards piégés. Nous avançons mûs par une attraction étrange. Lentement. Il tient le fil d'un cerf-volant chinois laqué rouge.

L'eau sur mon corps, de la poitrine à la taille, des cuisses aux chevilles. Comme si je me dévêtais. Le tam-tam du désir. Il m'embrasse sur la joue. Abandonne l'objet volant.

Christiane et Pierre. Un beau couple qui semble désaccordé. Il a la tête blonde et fière, des yeux pénétrants, une bouche fermée. Elle a des cheveux très longs et très sombres comme sa peau et un réel sourire. Suzanne étendue sur sa serviette nous salue en faisant la moue. Michel cesse de gratter sa guitare. Jean a abandonné le ballon et prépare un joint.

— Bienvenue chez nous. Bienvenous chez les tout nous, les tout nus! Suon zehc eunevneib! Joint-gnez-vous à nous!

— T'es donc plate, Jean Latour! lance Pierre.

— Vaux mieux être plate que plain, rétorque Jean en riant.

Christiane s'est saisi de la main de Jean et de Pierre et une grande chaîne s'est formée. Lui et moi, nous sommes retrouvés liés, attachés aux autres. *Nous avons suivi le mouvement jusque dans la mer écumante et froide. Une grande cavalcade de chevaux se métamorphosant en autant de poissons volants et de canards plongeurs. Nous nous sommes détachés des autres, poussés par la marée, vers le large. Nous nous sommes rejoints et, sous l'écume, nous nous sommes embrassés longuement. Chacun a repris son souffle puis nous avons recommencé et puis nous nous sommes éloignés pour sortir de l'eau comme si nous ne nous étions jamais rencontrés.*

Nous sommes glacés, transis. Chairs de coq et chairs de poule. Course aux serviettes et massages mutuels. Il m'assèche, me réchauffe. J'en fais autant. Comme si du bout des doigts et des paumes, je lui transmettais ma vie. Comme s'il m'offrait la sienne. Éclats de rires. Sourires. Suzanne fait la moue, en retrait, près de la falaise.

— *Elle est avec toi? demandai-je.*

— *Depuis hier seulement.*

— *Je ne veux pas...*

— *Il y a rien entre nous... J'étais rassurée, mais je ressentais la cruauté de ces paroles. Mon silence approbateur. On se consomme. On se consume et puis on se rejette. Il en sera ainsi pour nous.*

— *J'ai faim, se lamente Pierre.*

— *Petit bébé a faim, toujours faim, taquine Jean.*

— *Bon! alors, qui va chercher la bouffe?*

— *Celui qui propose,* répond Michel ironique.

Pierre accepte, mais à la condition de ne pas faire la vaisselle ni la cuisine et d'y aller avec quelqu'un. Une charrette blanche, tirée par un cheval gris, passe sur la plage, chargée de cages et de filets de pêche. Les Arsenault. Le père et ses deux fils. Les deux clans se saluent timidement. Pierre et Michel montent à bord de la voiture qui bringuebale en crissant sur les grains de sable.

Je pense à Manon. Je plonge, retraverse la lagune et en sors avec des ventouses sous les pieds. Elle dort. Sa peau est cuite comme celle des homards. Manon! Elle bouge et grogne.

— *C'est lui! C'est lui!... Viens!* commandai-je, *énervée, en lui barbouillant le corps de crème anti-solaire.*

— *Y t'excite pas pour rire!*

Au loin, la silhouette d'un homme et d'une femme. L'homme s'est retiré aux limites de la lagune. Il joue à l'harmonica un blues très bleu. Il me regarde et je ne sais où aller. Je présente Manon. J'évite Suzanne. Je m'affaire avec Christiane. Il y a toujours une maman qui s'occupe de tout. Avec Ginette et Michel nous montons une table toute blanche. Une longue table couverte d'un drap de coton et de bouquets d'immortelles des sables. Une salade verte arrosée de citron et d'huile. Une bouillabaisse au crabe, spécialité de Christiane.

Nous sommes dix. D'un côté, les gars face à la mer et à la grande marée montante féminine. De l'autre, les filles face aux dunes et au soleil couchant. La scène n'a rien à voir avec la dernière Cène même si, de loin, on pourrait y voir une analogie. Les femmes ne sont pas exclues. Une table sans dieu puisqu'un couple en occupe le centre. Une table où la trahison semble impossible. De gauche à droite, comme sur une photo, il y a Ginette face à Michel. Manon face à Claude Arsenault. Christiane face à Pierre. Yann face à Suzanne. Et Jean, face à moi, qui divague et me fait rire, je ne sais si c'est à cause de la mari ou de la joie d'être pas très loin de lui. Le vin coule dans les verres.

La fête commence. Une explosion de rires. Et moi troublée, émoustillée jusqu'à l'émerveillement ou à la niaiserie. Je ne le sais jamais, je me rappelle certains vers du Cantique des cantiques, seul passage de ce livre que je n'aie pas vivement critiqué ou mis à l'index. Et l'amante dit: «Qu'il me baise des baisers de sa bouche... Mon bien-aimé est frais et vermeil... sa tête est d'or et ses boucles sont des palmes noires comme le corbeau... ses yeux sont des colombes sur l'eau d'un bassin se baignant dans le lait. Qu'il me baise des baisers de sa bouche.»

Et il me dit. «Que tu es belle... Dans ton élan tu ressembles au palmier, tes seins en sont les grappes... je monterai au palmier, j'en saisirai les régimes. *Tes seins qu'ils soient des grappes de raisin, le parfum de ton souffle, celui des pommes...»*

Tout à côté, une femme me scrute. Je ne lui en veux pas, ne veux pas lui faire de mal. Partirai s'il le faut. Nous sommes maintenant douze à table. Ils passaient près de là. Malgré les réticences de Pierre, on les a invités. Philippe et Marie-Madeleine. J'ai appris qu'en ces temps de nouveau testament, une femme portant ce nom a écrit dans un manuscrit demeuré caché: «Pourquoi, Pierre, me prends-tu pour une ennemie? Parce que je suis femme! Pourquoi me prends-tu pour une incapable, une paria, une femme de mauvaise vie? Et pourquoi te prends-tu pour le porteur de vérité?»

Une grande flamme monte. Pierre monologue sur la nécessaire libération. Québécois et Madelinots: même combat! Contre la trahison des maîtres. La scandaleuse richesse des grands. L'exploitation des pêcheurs. Qui essaie-t-il de convaincre? Yann s'est levé. Il ressemblait à un chat tant le balancement de ses membres et de son corps était indolent et nerveux. Tant sa tête était fière. Un félin blessé portant une cicatrice dans le cou. «J'ai ouvert à mon bien-aimé mais tournant le dos, il avait disparu. Je l'ai cherché mais je ne l'ai point trouvé; je l'ai appelé mais il n'a pas répondu.»

Jean, qui se prend pour Sol depuis le début des vacances, demande à Pierre:

— Pourquoi, grand chef, tu t'énervouilles comme ça? On est pas à la Semblant nationable ni dans la grande Chambre commune!

— L'ennemi, lui, ne lâche jamais même en vacances, réplique-t-il.

La table a été démontée. Et la musique a commencé. Des chevaux ont passé sur la plage en galopant. C'étaient de petits chevaux et on aurait dit qu'ils étaient jaunes à cause des couleurs du couchant. Ils étaient trois. Les petits chevaux jaunes. Les petits chevaux de Tarquinia. La musique s'est arrêtée et puis on les a regardés passer, complètement baba. Yann m'a souri.

On a monté un feu. Suzanne était de meilleure humeur. Lui, il avait la tête penchée au-dessus de sa guitare. La même chanson, celle du bateau, revenait comme une incantation douloureuse. Si c't'un rêve, réveille-moé pas.

Une tristesse s'est emparée de moi et je suis partie sans attirer l'attention. J'ai nagé dans les eaux noires. Et j'ai pris la route longeant la mer et j'ai marché dans le noir comme une aveugle sans autre repère que le sable froid et l'eau glacée jusqu'aux rebords d'une rivière qui se jetait dans la mer et j'ai perdu pied et je me suis laissée tomber dans ces eaux en espérant trouver l'autre rive et j'ai marché encore sur les rebords vaseux laissés par la marée basse et j'ai eu peur de m'engouffrer. Enfin j'ai aperçu un phare et avec la lumière, j'ai *retrouvé la route menant à l'auberge. Et je me suis couchée et je n'y ai plus pensé. C'est pas la peine d'y penser. Ni d'en rêver.*

Une femme au loin sur la plage. Une femme avec un parapluie rouge. David l'observe avec des jumelles. La femme cueille un coquillage, le rejette, puis continue. Une femme comme Elsa ou Anaïs sans doute. Pas la peine d'y penser. Pas la peine d'en rêver. Ce baiser dans l'océan. Comment avait-elle pu rejouer la scène avec lui? Scène un. Prise deux. Vaut mieux se libérer de toutes les sirènes du monde. Ces femmes amènent les hommes sur les plages, les déshabillent puis les noient en les embrassant pour les entraîner au fond de la mer. Ensuite, elles se promènent au bord des océans en pleurant leur veuvage. David se lève et descend prendre un verre. En bas la fête commence.

Le septième jour.

Il est sur la galerie de l'hôtel. Il a attendu l'aube. Manon me bouscule. Je m'énerve comme une adolescente. Le cœur se remet à cavaler. Ma raison s'engorge. J'ai les pieds froids et les mains glacées. Il me dit: Je viens passer la journée avec toi. Je lui dis: Que fais-tu de Suzanne?

Et je l'ai emmené en quatre-chevaux près de la mer bleu acier et des dunes de Sandy Hook vivre une autre folle passion. Des fous de Bassan dans le ciel, un halo de lumière rose autour de nos corps suspendus entre air et eau, entre air et terre. Nous sommes des algues aux longues tiges ondoyantes, des ventouses qui se collent aux pierres chaudes, des crabes aux pinces agrippeuses, des loups de mer hurlant. Je t'aspire et tu m'aspires. La mer a mal au ventre. La mer feule. La mer se gonfle. Je t'avale. Tu m'avales. Ce goût de sel sur tes paupières, cette eau tiède entre tes lèvres, cet océan entre tes cuisses. Désir. Désir.

Les fous planent au-dessus de la mer dans les courants d'air si près du soleil qu'ils s'en brûlent parfois les ailes. Qui es-tu ?

— Un feu qui brûle pour toi, tu me dis.

— Je suis l'eau qui éteindra ce feu. Je tiens de la mer. La mer sculpte la terre et éteint ses incendies, je te dis. Je sais ce que les hommes pensent des femmes.

— Je te brûlerai avant que tu me noies.

Et il me saisit à nouveau dans ses bras. J'étais incapable de nouer une relation avec un homme. C'était une question de réflexes, d'autodéfense, la peur de me laisser posséder. Quand la tête flanche, le corps vient à sa rescousse et j'ai laissé parler mes mains et ma bouche pour m'amarrer à ses eaux et à ses côtes, comme à une île.

Plus que vingt-quatre heures. Le temps est trop court quand il se fait essentiel. Nous avons passé l'après-midi à nous inventer une musique et une sculpture. *Nous avions les mots, les maté-riaux, les outils. J'avais trouvé un vieux pan de mur d'albâtre. Des formes d'oiseaux à graver. Il découvrait des sons, une mélodie, quelque chose d'inachevé qui ne pouvait arriver à sa fin. Quand la passion nous habite, elle laisse peu d'énergie pour le reste.*

La faim vint. Nous avions commandé le même menu, mais j'en ai oublié la saveur et l'odeur. J'avais le goût de sa peau sur mes lèvres. Son odeur marine. C'était une ancienne maison don-nant sur la mer. La plupart des pièces avaient été converties en salles à manger. Nappes bleues. Bougies et bouquets de fleurs sauvages. Il y avait plein de gens. Je ne voyais personne.

Je sais qu'un homme est passé sur la grève, vacillant, une bouteille verte à la main, de celles que l'on met à l'eau pour qu'elles transportent un message d'amour ou de détresse. Il s'est arrê-té devant les goélands qui se jettent sur les pois-sons morts. Ensuite, l'homme a plongé sa main, puis son bras dans une poubelle et en a retiré un morceau qu'il a porté à sa bouche. J'ai pensé à mon père.

Je ne sais pas si c'est ce qui m'a coupé l'appétit ou l'émotion.

— La vie est trop courte pour que l'on se torture l'esprit. Il faut profiter de l'instant. Faire sa destinée, a-t-il dit, en me regardant.

— *Tu es indien ou métis. Pourquoi t'en parles pas?*

— *Je ne suis plus avec eux... On a chassé ma mère. J'ai quitté la réserve. Elle était mariée à un Blanc. Elle a perdu son statut d'Indienne.*

— *Ça ne change rien à tes origines.*

— *Je suis bâtard. Et c'est le Blanc en moi qui a gagné. J'ai retrouvé mon père. Renié ma mère. Leur destin de chasseur ou d'assisté social ne m'intéresse pas. Je veux rien savoir de leurs bingos ou de leurs casinos... Je veux vivre et réussir.*

— *Et cela ne te déchire pas?*

— *De toute façon, j'ai perdu ma langue. Tout oublié. La mémoire est une maladie... Il ne me reste que la musique. C'est pour cela que je voyage. Pour entendre le monde et trouver une musique universelle. Je chanterai dans une autre langue s'il le faut, une autre que la tienne, une autre que la mienne. Quelle importance!*

À l'école des Blancs, on l'avait surnommé Corbeau à cause de ses cheveux noirs. Ils avaient développé une hantise de l'automne et de la chasse. Les petits Blancs s'amusaient à tirer sur les corbeaux des champs et des forêts. La première fois qu'il avait participé à ce massacre, des plombs lui avaient effleuré le cou et la joue. Cette cicatrice dans le cou qui n'a cessé de grandir. Les parents avaient prétendu qu'il s'agissait d'un simple accident.

— Un jour qu'ils m'avaient demandé de leur traduire des mots en montagnais, pour me récompenser, ils m'ont ligoté à un arbre et introduit, dans la bouche, un gros bouchon de bois. Je me suis tu et j'ai cessé de traduire. J'ai appris à honnir ma langue et ma couleur. À masquer tout signe qui leur rappelait ma différence. À mentir même sur mes origines... À copier leur habillement, leur coiffure, leurs attitudes, leurs activités. J'appris davantage la guitare et les batailles de ruelles que le tam-tam et la chasse. Maintenant, ils ne m'attaquent plus...

L'émotion était trop forte et nous nous cherchions trop pour poursuivre cette conversation. La mer était belle. Le couchant s'annonçait. Une mouffette sortit soudain de la poubelle dans laquelle l'homme à la bouteille avait plongé la main. Elle prit la direction des bois en passant devant la fenêtre, lentement, la tête dodelinante et la queue en panache. Belle à voir. Nous avons souri.

— Sais-tu que c'est à cet animal que l'on doit la mer? Je me souviens. Une vieille légende montagnaise. Il y avait une fois, belle et chère Anaïs, un carcajou et une mouffette grosse comme un ours. Le carcajou osa, un jour, s'approcher un peu trop de la mouffette pour lui sentir l'arrière-train. Insultée, la mouffette grosse comme un ours l'arrosa d'un liquide infect. Le carcajou, aveuglé, ne pouvant plus s'endurer tellement il empestait, fit appel aux animaux de la forêt. Pour venger le carcajou, roi de la forêt, ils tuèrent la mouffette et la démembrèrent. Les membres se métamorphosèrent alors en petites mouffettes qui se mirent à déambuler dans la forêt à la queue leu leu. Le carcajou, devenu fou à cause du liquide infect qui lui piquait les yeux et de l'odeur nauséabonde, courut à la recherche d'un lac ou d'une rivière. Il traversa la forêt de sapins et d'épinettes, puis la savane, puis une plage de sable. Enfin, il trouva une vaste étendue d'eau et s'y jeta, en s'ébrouant de toute la force de ses pattes. Et c'est depuis ce temps que la mer existe... racontait ma mère.

J'étais ébahie. J'étais heureuse. Il était heureux. Je l'embrassai. Il me répondit par un baiser brûlant.

— C'est donc pour cela que tu sens la mer! me dit-il. Je lui décochai un coup de genou qui se transforma en chatouillements et en caresses sous la table. Nous étions devenus indécents. Nous sommes retournés à la plage une autre fois.

La lune dessinait des ombres et de longues lignes sur nos corps. Nous nous sommes laissés glisser sur le sol comme des félins. Nous nous sommes roulés sur le sable humide, nous nous sommes appelés comme des chats, nous nous sommes frôlés, cajolés et caressés. Nous nous sommes rejoints au plus profond de nos corps, ventres et sexes mouillés comme des bouches qui sucent, mordillent, pénètrent et enserrent. *Je prends ton feu. Tu prends mon eau.* Puis nous nous sommes endormis, enroulés l'un contre l'autre, pendant que les vagues roulaient. La mer s'éloignait au milieu de la grande pâleur lunaire.

La mer s'est déchaînée, s'est mise à monter et à descendre, à ériger des montagnes, à creuser des abysses, à cracher des torrents et des volcans d'écume. Le vent s'est levé. Il a grimpé le long de la côte, chevauché l'océan, soulevé le sable, éveillé les amants effarés par le ciel zébré de nuages lourds filant à vive allure. La mer fracassait les rochers. À grands coups de gongs. Nous étions foudroyés, incapables de tenir debout, d'affronter ce vent pour rejoindre la route. Nous nous sommes laissés dériver au-delà des dunes vers l'autre bout de l'Île. La pluie s'abattait cinglante. Dans le ciel, des feux crépitaient comme autant de gerbes d'étincelles ou d'arcs électriques. Nous avons avancé des heures sans nous regarder, sans nous parler. Couru vers la route d'asphalte déserte, vers la lumière d'une grande maison entourée de voitures et de bicyclettes renversées.

Des gens entrent vêtus d'imperméables et de bottes jaunes. La grande salle de La maison de l'île, meublée d'anciennes armoires de sacristie et de longues tables, est bondée. Une chaleur forte et humide monte du vieux poêle à bois. Les voyageurs trempés s'y agglutinent. Une grande fille blonde nous offre une couverture chaude dans laquelle nous nous serrons l'un contre l'autre. Les voix montent. La tempête aussi dehors. J'aurais envie du silence. Il est six heures. Plus que douze heures. Il me dit en se serrant contre moi:

— Le bateau ne partira pas aujourd'hui.

Je l'entraîne vers la grande table occupée par une famille. Un homme. Une femme. Quatre enfants. Une adolescente se tortille sur sa chaise. Elle regarde Yann, fixement. Des jumeaux bruyants que les parents semoncent sans arrêt.

— J'aimerais que la tempête ne cesse pas. Que nous restions ici des heures... des jours... des semaines. Je voudrais... Nous nous connaissons si peu.

À vrai dire, nous ne connaissons de l'autre que ce que d'autres savent déjà. La connaissance importe-t-elle dans l'amour? Et si ce n'était qu'un amour imaginaire, une passion évanescente qui n'a de prise réelle que celle des sens? Et si la connaissance amenait fatalement la fin de l'illusion?

Le ciel blafard recouvre le quai, les embarcations et les maisons roses ou vertes, d'un large voile de tulle.

— Le désir, dis-je, c'est comme la faim, la soif.

— La passion, c'est une émotion, dit-il.

— C'est quand le désir devient une obsession. Et l'amour alors?

— Je n'ai jamais su. Sans doute quand on
dépasse l'instinct et la passion. Le seul être qui
m'a vraiment aimé a été ma mère. Elle a toujours
voulu mon bien et mon bonheur...

— Moi, je ne sais pas.

— Je sais une chose. Je te veux du bien. Et je
ne te renierai jamais... même si je ne sais pas dire
ces mots-là.

La porte s'est ouverte. Jean et Christiane. Suzanne, Pierre et Jean. Une tente s'était abattue. Une
autre s'était envolée après qu'ils se soient réfugiés
dans une voiture abandonnée. Ginette et Michel
ont eu la prudence de passer la nuit dans un hôtel.

— Elle est folle de jalousie, dit Jean à Yann
pendant que Suzanne est aux toilettes. Je sais pas
ce qu'elles te trouvent! ajoute-t-il, narquois.

Il a souri. Et je lui en ai voulu. Jean est allé
rejoindre les autres. Suzanne me fuit derrière son
bol de café. Elle m'en veut. Peut-être davantage
qu'à Yann. Elle a l'air seule. Terriblement seule.

— Et quand je partirai, tu retourneras avec
elle!

Je réalisai que j'étais ridicule, que je m'étais
trahie.

— Je peux aimer tout le monde sans coucher
avec tout le monde. Il faut que quelqu'un m'allume.

— *Elle t'a bien allumé avant que j'arrive!*

— *Ah! ma belle, ma source, ma mer, n'éteins pas ce feu qu'il y a en moi. Il reste si peu de temps. Si peu.*

Les voisins nous épient. L'adolescente enregistre tout. Un air d'harmonica. Jean. Les tables se mettent à bouger. Antoine de par ici va jouer aussi du violon. Voulez-vous boire quelque chose? du café? de la bière? Nous devons suivre le mouvement, nous asseoir sur une banquette. L'adolescente s'est précipitée à côté de Yann. «Gens du pays, c'est votre tour de vous laisser parler d'amour.» Il ne reste plus que six heures à ne plus savoir quoi faire de son corps.

Une envie de bouger, de prendre l'air, de marcher sans dire un mot. Toute parole devenue inutile. La pluie tombe doucement sur les maisons enrobées de brouillard, noircit la route, apaise les mugissements de la bête océanique. Une auberge apparaît au détour d'une anse fantomatique, de maigres géraniums gorgés d'eau sous les fenêtres. La tête basse, le corps ployé, nous y entrons. La fébrilité grave des dernières fois. Sonne le cor de brume...

Le bateau partira. Je suis retournée à l'hôtel faire les bagages. J'ai encore du temps. J'écris pour que le temps se souvienne. J'écris pour t'oublier...

Elles m'attendent. Ginette avec Michel, sur le

sofa fané. Manon, près du feu, terminant Le marin de Gibraltar. «*Pour bien chercher, lit-elle, c'est comme pour le reste, il ne faut faire que ça, et sans remords d'aucune autre activité, sans douter jamais que la recherche d'un seul homme vaille la peine qu'un autre homme y consacre sa vie. Autrement dit, il faut être convaincue qu'on a rien de mieux à faire.*»

Nous nous contemplons. Nous n'irons plus dans l'île. Le scénario n'est pas habituel. Un homme reste. Une femme s'en va. Un paquebot blanc glisse sur les eaux noires étales, une fleur de lys battant au bout de son mât. Une femme s'appuie au bastingage, regarde le soleil se coucher sur les Îles. Peu à peu la brume s'étiole. Peu à peu l'homme sur le quai disparaît. Et je passe de cet autre côté des choses où l'amour comme la passion perd son sens.

Par le hublot, David regarde un paquebot blanc glisser sur l'océan bleu. Les falaises et les pâturages disparaissent avec l'image d'une femme. L'avion vire franc ouest.

Chapitre 15
LE DERNIER HOMME

L'ambiance est à l'euphorie. Marie Labonté rit à gorge déployée. Toutes regardent la femme maigre. Elle a raccroché le téléphone au nez de son ex-amant.

— Je t'haguis... Si tu reviens, je te fais enfermer. As-tu compris?

Hélène Troyat savoure le plaisir, l'impression d'avoir tué une partie du monstre. Prises d'une euphorie soudaine, les femmes se mettent à chanter: «Finis les bleus, bébé. Finis les bleus...» Et puis, «Ma chère Hélène, c'est à ton tour...»

Adrien Naud surgit. Cet homme plus vieux que sur la photo est son père. Il insiste, montre des cartes, d'autres photos. L'une d'elles représente sa femme jouant du piano. Il s'approche. Ses vêtements sont tachés. Elle éprouve un sentiment nouveau. La honte, une honte mêlée de compassion. Il pleure.

— Elle était belle et triste. Je l'aimais. Je la serrais parfois trop fort. Quand je buvais surtout... Je voulais oublier les cuves. C'était normal, je voulais m'amuser, rire avec les gars. Au début, elle ne disait pas un mot, puis elle a fait des crises la nuit sur son piano qui jouait si fort que les voisins l'entendaient. Elle était folle. Chaque fois que je l'approchais, elle criait plus fort que son hostie de piano. C'est pas de ma faute. C'était la seule façon... C'est à cause d'Amélie aussi. Elle a ouvert sa grand' trappe. Ils nous ont enfermés dans une chambre grande comme ma main. Elle cherchait rien qu'à se sauver. Elle me parlait plus. Je m'occupais d'elle, lui donnais ses pilules. Des fois... j'en donnais une ou deux de plus pour qu'elle soit tranquille. C'est pas de ma faute...

L'homme se jette sur le lit. Des infirmiers le soulèvent et l'emmènent. Il obéit. Clara Claude vient, procède à l'examen, aux tests, au questionnaire habituels. Anaïs No s'y soumet de mauvaise grâce. Même si les résultats sont rassurants, même si elle peut dire maintenant les couleurs, lire des mots. Son passé est peuplé de cauchemars. La voix, toujours la même.

— Respire plus vite. Plus vite...

Le centre d'une chambre blanche, aussi ronde que haute, percée d'une porte-fenêtre donnant sur la mer lointaine. Sur le mur sont suspendues les photos de sept hommes. Face à la porte-fenêtre, la photo d'Adrien Naud, jeune. Un côté du visage est lumineux, l'autre sombre. Un œil bleu. Un œil noir. Sur l'une des commissures de la bouche, un rictus dédaigneux, sur l'autre, un sourire. Elle est sur les genoux de l'homme, assis dans une berçante. Il a son regard tendre qui va et vient entre elle et la femme au piano. Il chante une berceuse sans paroles. L'enfant babille et sourit. Elle l'aime quand il la tient ainsi contre lui. Il a des odeurs de savon et de glycérine. Son père...

Un cri perce la nuit, de l'autre côté du mur. La femme au piano pleure. L'homme hurle. «Jamais moyen de... Bon Dieu! T'es ma femme.» La tête sous l'oreiller, le cœur battant, l'enfant a chaud sous les couvertures. Comme quand il tonne la nuit. Elle crie encore. Sa mère...

Anaïs No crie aussi: Nonnonnonnonnon! La voix lui demande de respirer. Sans s'arrêter. Le premier mot de ma vie. C'est un cri. Suis née avec ce cri dans la bouche. Nonnonnon!

La tête de la petite fille heurte les barreaux. Cela fait le bruit de son tambour. La mère arrive en courant. Lui, en titubant. La lumière brûle! Je vois des étoiles rouges partout. Elle me prend. Dans ses bras. Elle me dit: «Ne pleure pas.» Elle me dit: «Mon trésor.» Elle me dit... «C'est fini maintenant, mon trésor.» Le regard de l'homme debout contre la porte. Je déteste ce regard-là.

L'image d'un adolescent sur sa moto. Je m'accroche à son blouson de cuir, à la tête de fauve dans son dos. Une peau épaisse et froide. Nous roulons vite, très vite. Sur l'autoroute. Je sens mon cœur. Contre l'asphalte quand mon corps se penche. Nous glissons entre les voitures.

C'est bon le vent dans les cheveux! marmonne Anaïs No. La campagne. Une station-service. Une vieille dame offre le contenu du tiroir-caisse. Les gens sont obéissants. La moto s'immobilise. Derrière une grange. Il y a des vaches blanches et noires. Des champs. Il m'embrasse. Plus fort que d'habitude. Il veut me déshabiller. Il me plaque contre lui. Les clous de son blouson me transpercent. Je le mords. Je me sauve. Il me rattrape. Je frappe. Il tombe. Je m'enfuis avec la moto. Il faut continuer à respirer, dit la voix. Dans une prison pour filles. Une femme en robe noire parle. Un discours.

— Les désobéissantes seront punies. Anaïs No, vous ne sortirez plus durant un mois.

Je marche seule. Dans une cour intérieure fermée par des murs de briques. Je trouve une porte et casse la vitre. Un étranger à la peau sombre. Il porte un uniforme. Veut m'amener sur un bateau. Je dis non.

Un homme signe des autographes sur le corps de ses victimes. Je refuse. Un archange parle d'amour. Je tourne, j'arrête de respirer pour que tout s'arrête. L'alarme sonne. Et quelqu'un encore m'ordonne de revenir. Je reprends mon souffle.

— Respire! Respire! dit la voix.

Une musique m'emporte. La porte-fenêtre dans la chambre ronde et haute. Je tourne le dos au père. Je sors de sa maison. Et je marche vers la mer dont je ne vois ni le commencement ni la fin à cause des rideaux de brume. Je n'attends rien. Je sais. Quelqu'un viendra.

Un phoque avec de grands yeux humides et mélancoliques glisse la tête hors de l'eau. Je le regarde. Il me fixe longuement et plonge. J'attends. Une forme humaine un peu irréelle vient au loin. La tête enroulée dans une immense toile d'araignée. Un homme retient une fille qui veut se jeter dans l'eau. Un individu tient des feuilles dans une main. L'autre main est un anneau avec sept clés comme des doigts. Une femme, face à la mer, ouvre un parapluie rouge. Elle attend aussi. Peut-être n'attend-elle rien du tout... Elle dépose son parapluie, enlève ses chaussures et entre dans la mer. Son long manteau flotte. J'accours. J'essaie de courir. Mais je cale dans la glaise. J'essaie de crier. Elle disparaît derrière le rideau de brume grise. La sirène d'un bateau. Je respire encore. J'entends la voix qui me porte. Mon cœur bat la chamade.

Une éclaircie, un mur de béton couleur de sable avec d'immenses cœurs peints en rouge. L'un est recouvert d'un grillage. L'autre est bordé d'une aile d'oiseau. En face du mur, un quai. Il surgit enfin de cette brume qui lui ressemble. J'essaie de percer le voile, mais je n'y arrive pas. Il porte un masque. Hindou, chinois ou indien.

Je ne sais pas. J'essaie de recomposer son visage. Il ne me reste que l'image de ses mains agiles sur la guitare et cette veine battante dans le cou près de la cicatrice. Et cette musique. Il voyage. Toujours parmi les humains. Il ne s'arrête jamais. J'essaie de retenir le dernier baiser. J'essaie de retenir son... Ton regard. J'essaie de retenir sa main... ta main. Elle m'entraîne vers l'abîme. Et nous coulons, nous coulons. Lentement entre deux vagues. Une lame très haute, lumineuse et bleue glisse. Sur nous. Nous n'avons pas peur. La voix encore me ramène, la voix douce et autoritaire.

***

David sait tout. Il rassemble les feuilles, les relit, a une envie de tout déchirer. *Miles Davis jouait. La pluie coulait à travers les persiennes.* Il dit qu'il doit quitter San Francisco. Il règle la note et attend nerveusement que l'homme calme au sourire charmant lui remette la monnaie. *Son regard de feu comme celui de Miles Davis.* Il s'engouffre dans l'impasse qui isole l'*Adelaide Inn.* Sous un soleil intense coulant entre les édifices, il cherche aveuglément un autre hôtel. Il prend le plus luxueux des environs. Deux chasseurs en livrée rouge vin ouvrent les lourdes portes de laiton. Le hall d'entrée est fastueux. La chambre somptueuse. Il dépose ses bagages, puis se dirige vers le bar. Il n'a pas mangé depuis le déjeuner dans l'avion. *Scotch with ice and salted crackers please.* Il triture une carte postale achetée au café de l'aéroport. Une vue en plongée de la baie des Anges et du Golden Gate dans un crépuscule couleur d'encre violette. Une carte insignifiante, réductrice et mensongère. Il écrit. *«Bonjour. Comment ça va? Suis dans un lieu magnifique, un petit hôtel sympathique. Qui sait? Peut-être l'as-tu fréquenté dans quelque vie antérieure. L'*Adelaide Inn. *Je te salue et t'embrasse amicalement. D.B. P.-S.: J'habite la chambre 7.»* Il jette la carte dans la boîte aux lettres, sans se questionner. Un geste machinal, juste pour intriguer Anaïs No.

Il a assez ruminé dans son périple entre Montréal – les Îles – Montréal et Frisco. Il sort. Un jeune homme maigre, presque agonisant, gît sur le trottoir. D'un côté de la rue, les grands hôtels et les grands théâtres avec les chasseurs débusquant l'indésirable, de l'autre, les petites maisons de chambres tous cafards fournis et les paumés, vieillard ou vieillarde fouillant les poubelles et zombies de tout acabit. Le jeune homme aux vêtements sales n'a plus la force de tendre la main. Il navigue dans quelque univers étrange. À ses côtés, une fille enceinte pleure et vomit. Les passants ne regardent pas. David jette deux pièces. Elles roulent, roulent et s'im-mobilisent.

Union Square. Un saxo mélancolique jouant péniblement du Lester Young et du Miles Davis. Il n'a jamais pensé devenir un jour un de ces hommes usés par la vie ou la dérive. Il croyait que la passion protégeait des sentiments mitoyens. Il préférait le blanc et le noir au gris, la rage de vivre ou de mourir à la mélancolie.

Sur Market Street, une femme hurle l'apocalypse dans un porte-voix.

— Un jour, la terre s'ouvrira et ce monde pourri sera englouti. Un jour, les sept Anges aux sept trompettes sonneront. Repentez-vous pendant qu'il est encore temps. Hier, la terre a tremblé. Un jour, le sol glissera sous vos pas et les édifices s'écrouleront. Ce sera la fin.

Et la femme chante un gospel. Il pense à Louise Forestier. *«Le premier ange sonna de la trompette... Le septième ange sonna de la trompette et ce furent des éclairs, des voix et des tonnerres, avec un tremblement de terre...»*

Une musicienne noire joue un rock électrisant pour avoir de quoi manger et dormir. Elle joue devant sa valise ouverte, éventrée par les coups que les itinérantes ramassent dans les parcs où parfois elles se font violer. Deux vendeurs blancs lui offrent du crack et de la coke. L'un d'entre eux l'observe comme s'il était un sushi. Il se sent à l'étroit dans ses jeans et rentre à l'hôtel.

Maintenant, il a accompli son périple. Maintenant, il est suffisamment détaché d'elle. Il est prêt à écrire ce reportage. Un téléphone à son chef de nouvelles l'informe qu'il peut disposer de quinze feuillets. Gilbert Potvin jubile. Une journaliste déjà un peu trop visible va se faire égratigner. Il se surprend à savourer le même plaisir.

Il avale un troisième scotch, allume une cigarette. Un rituel nécessaire à l'écriture. Il s'attable devant l'ordinateur, attend que l'écran l'autorise à commencer. Il tape frénétiquement. Comme s'il frappait sur une enclume ou un *punching ball*. Des mots surgissent, s'agglutinent, se croisent. Il efface, reprend une gorgée d'alcool et consulte son calepin noir. Les mots viennent. Il joue avec eux, avec la vie des autres, avec la dextérité d'un musicien. Il les triture, il les déplace sans s'arrêter.

«*La journaliste Anaïs No a eu des liens privilégiés avec certains milieux radicaux et anarchistes canadiens et américains. En plus d'être membre honoraire de Greenpeace, groupe pacifiste de gauche soupçonné par la CIA d'avoir des liens avec l'URSS, elle a contribué financièrement à l'organisation de groupes révolutionnaires amérindiens. Des documents inédits et des témoigna-*

ges obtenus sous le couvert de l'anonymat confirment que la reporter du journal était au fait, plusieurs mois avant qu'elles ne débutent, des escarmouches dans certaines réserves, l'été dernier. Malgré que ces informations n'aient pas été divulguées, la direction du journal soutient que sa journaliste a toujours fait preuve d'un professionnalisme remarquable.

Hospitalisée à l'Hôtel-Dieu depuis le 21 septembre dernier pour des fractures du crâne et des jambes survenues lors d'un accident de voiture, Anaïs No souffre d'une amnésie dont elle a, d'après le neurochirurgien Karl Miller, peu de chances de se remettre. Quelques années plus tôt, à la même date, le chanteur et guitariste Corbo, avec qui elle avait été liée, disparaissait lors de l'accident d'un bimoteur à Los Angeles.»

David Bourdon s'agite, parcourt de long en large la grande pièce, pèse sur une touche qui avale la dernière phrase, fait schlourp de la bouche, se rassied devant l'écran où le texte défile en avançant, en reculant tout le temps.

«Il est impossible de déterminer si l'accident survenu sur le mont Royal a été causé par une erreur humaine ou une manœuvre criminelle. Un journaliste de CJMC, Jean-Claude Larrivée, est décédé à la suite de cette embardée. L'autre passagère, Claudia Hébert, une directrice de CLSC et amie de la victime, soutient que Anaïs No avait reçu des appels anonymes depuis la publication d'un reportage dénonçant les conditions de travail des serveuses dans certains bars du centre-ville. La police n'a jamais enquêté sur cette affaire prétextant qu'il n'y avait eu ni plainte ni preuve suffisante pour justifier une telle démarche.

Le Gardien a appris que le garagiste chargé de la récupération du véhicule accidenté de Anaïs No connaissait Bob Lebrun, le propriétaire de la Casa Bacchus visé par le reportage de L'Observateur du 5 septembre dernier. Cet homme est également propriétaire du garage Papineau inc. responsable du remorquage de la voiture accidentée. Le véhicule, une Peugeot 86, a été détruit dans la journée même de l'accident, empêchant toute possibilité d'investigation.

De bonnes sources, Le Gardien est en mesure d'affirmer que des gérants de bars auraient eu l'intention d'entreprendre des mesures d'intimidation contre la journaliste en question sans pouvoir préciser quelles étaient ces mesures. Il faut mentionner que Anaïs No, alias Anaïs Naud, a été, au début des années 70, serveuse à la Casa Bacchus, un des bars mentionnés dans le reportage de L'Observateur. Réputé pour ses «Ventes aux en-chairs», ce débit accordait le droit à ses *clients gagnants de bénéficier, pour une soirée, de la compagnie d'une des employées ayant défilé à demi nue sur un podium. Selon nos informations, Anaïs No n'a pas été l'objet d'un de ces marchandages et a renoncé ainsi à toute possibilité de promotion dans l'entreprise.»*

Il pourrait enfoncer une touche et détruire cet article. Ne rien enregistrer et perdre la mémoire, désamorcer ce qui pourrait avoir l'effet d'une bombe. Pourtant, que peut-on dire de répréhensible sur ce papier? Il ne rapporte que des faits. Tout ce qui y est dit est exact... Il aurait pu fouiller davantage l'affaire des tenanciers de bars, mais il a été trop pris et puis, il n'avait plus envie de courir après les ennuis.

«Anaïs No était une journaliste engagée. Certains disent, dans le milieu, davantage une militante qu'une journaliste. Ce n'est pas la première fois que l'on a ainsi des preuves des allégeances de la réputée reporter. En 1976, elle a perdu un emploi de chroniqueuse culturelle à l'hebdomadaire L'Écho estrien parce qu'elle a déjà été membre d'un parti indépendantiste. Une jeune romancière, Christiane Laroche, s'est suicidée après qu'elle eut démoli son premier roman intitulé: Les premiers matins du monde.»

Il se lève. Est-il devenu un parfait salaud? Il se verse un autre verre. Anaïs No coupable d'homicide involontaire. Il ingurgite... cul sec. Les lettres font des vagues sur l'écran. Il suffit de suivre le courant, de se laisser glisser. La frénésie des mots le reprend.

«Alors qu'elle était étudiante en lettres à l'Université de Montréal, Anaïs No a mené une campagne de dénonciation contre le célèbre écrivain Claude Vincent, maintenant décédé, qui aurait exercé du harcèlement sur elle et d'autres étudiantes. La direction avait suspendu l'activiste et ses camarades. Elle devint par la suite serveuse dans le bar ci-haut mentionné.

C'est alors qu'elle a été recrutée par un de ces gourous prénommé Gabriel-Emmanuel qui pullulaient à ce moment dans certaines régions. Adepte de la conscience et de l'amour universels, cet ex-professeur de yoga et de shiatsu avait fondé à Ville Éternité, un village de l'Estrie, l'Éden: une sorte de commune axée sur le retour aux sources et à la nature. Cette commune, aujourd'hui occupée par des homosexuels, survécut quelques années grâce aux contributions obligatoires de ses membres, aux conférences ou séances de méditation de son maître, également grâce à la culture intensive de la marijuana. La découverte de ce trafic ainsi que des différends à l'intérieur du groupe précipitèrent sa scission. Anaïs No, quant à elle, avait déjà quitté en raison d'une mésentente avec le chef du groupe dont elle n'appréciait pas les méthodes.

Le travail et sa passion pour Corbo – de son vrai nom Yann Gabriel –, musicien métis dont elle partageait l'idéologie, devinrent les seules préoccupations de sa vie. Longtemps rejeté par ses frères de sang parce qu'il avait renié sa mère, une Indienne originaire de la réserve nordique de Ouiatchouan, Yann Gabriel devait retrouver, quelques années avant sa mort, les faveurs des chefs de sa bande lorsqu'il se mit à chanter en montagnais.

Anaïs No fut d'abord embauchée par la station CKKC à titre de reporter. Il y a sept ans, elle entrait à L'Observateur où elle se faisait rapidement une solide réputation de journaliste-enquêteure, une fonction nouvellement à la mode dans les médias. Elle rédigea également des reportages où elle défendait avec acharnement la cause des Innu, ces Amérindiens du Labrador qui luttent depuis une dizaine d'années contre les vols à basse altitude des CF-18 ou F-16 américains ou canadiens au-dessus de leurs territoires de chasse. Données, témoignages à l'appui, elle a démontré les dangers que représentaient pour la flore, la faune et les humains ces exercices qui effraient les bêtes et empêchent les en-

fants de dormir. Elle vanta l'héroïsme de ces femmes «véritables Mères-Courage» qui continuent à occuper les champs de tir malgré les arrestations et les emprisonnements. Même si Anaïs No n'était pas toujours prisée par ses collègues en raison d'une conception particulière de sa fonction, elle n'en demeurait pas moins une journaliste respectée.»

-30-

Les mots défilent sur l'écran, de haut en bas, de bas en haut. On pourrait apprendre qu'il a connu Anaïs No, l'accuser de partialité. Le papier demeure impersonnel, tout à fait dans le ton, contient des faits, surtout des faits. Il a même pris soin d'équilibrer le texte par une dernière partie plus positive.

Il avale une dernière gorgée de scotch. Il est de toute façon si loin d'elle, de son pays, de ses sources. *Le Gardien* n'y trouvera aucun intérêt, même public. Il commande un autre verre. Debout, devant la fenêtre, il jette un regard sur la rue illuminée des derniers feux du soleil couchant. Une épave humaine gît sur le trottoir d'en face. Des gens entrent dans l'édifice, des gens sortent, des gens passent. Il imprime le texte. La mémoire d'Anaïs No revit.

Il imagine le plaisir de Gilbert Potvin à mettre en pages cet article. Il faudra des photos. Une photo d'elle, chez *Kirks*, à côté de la ministre ou de Jean-Claude Larrivée, un verre à la main. Une photo de la *Casa Bacchus*. Une autre, sans doute, de cet homme qui a bien fait de mourir. Il glisse le texte dans la poche de son manteau et sort.

Chapitre 16
LA PISTE DE L'ANGE

À genoux, devant la cuvette des toilettes. Son estomac lui renvoie la bile, le fiel, les déjections, les excrétions avec les consommations fermentées, vaste magma en pièces détachées de pizza, pepperoni et piments verts aux anchois. La couleur, l'odeur lui soulèvent le cœur. Il se râcle la gorge, tire la chasse d'eau, vomit à nouveau. Son corps n'est qu'un long tuyau vibrant, parcouru de spasmes et de borborygmes. Dans la glace, il aperçoit des yeux rouges, sa mine pâteuse des mauvais jours. Il se relève péniblement, passe sous la douche. Il a beau imaginer les sources d'eau de son enfance, son mal le reprend et il doit se précipiter au-dessus de la cuvette.

Sa mémoire est un gruyère. Il se rappelle ces hommes âgés au volant de leurs longues voitures aux vitres opaques magasinant leur gibier à 50 $ ou 100 $ pièce. Ces filles ouvrant leurs longs manteaux comme des vitrines. Sur Colombo Street, des *bouncers* à gueule de bois et tête de cerbères l'incitant à venir se masturber devant des filles cloîtrées dans des cabines vitrées. Il a sorti son portefeuille. Il ne sait pas si c'était pour cela ou... pour s'acheter un verre... Il a marché, marché, puis il a vu Coit Tower, le sommet de la ville et les eaux troubles du Fisherman Wharf près du Golden Gate illuminé. Les eaux noires... Le cri lugubre d'un saxo dans la nuit.

Il vérifie, entre deux spasmes, s'il a toujours son portefeuille. L'argent, les cartes de crédit, sa carte de reporter. Il répète à voix haute: «*Je suis... David Bourdon journaliste et... chien de garde de la démocratie.*» Cette pensée le fait rire. Il commande de l'eau minérale, des aspirines et des gravols. Dans son cas, les suppositoires seraient sans doute préférables. Mieux, une autre cuite. Quelqu'un appelle. *Le Gardien.* Il raccroche. Le téléphone sonne encore. Il ne répond pas.

Il en a marre, marre d'être dans cette chambre, sur ce lit, échoué à marée basse au milieu de tous les journaux du monde. Le fouillis du monde. Il ouvre l'ordinateur, demande le texte Anaïs No. Anaïs No sera effacée. Oui ou non? Ne sait que répondre. Ferme l'ordinateur.

Mélanie en page trois du journal. Sa fille entourée de policiers comme une délinquante, expulsée de l'école, accusée d'avoir fomenté une rébellion. Avec d'autres, elle a demandé l'abolition d'un agenda qu'utilisait la direction à des fins d'évaluation et d'identification des récalcitrants. Une première assemblée générale a été convoquée. Elle a pris la parole. Également, le directeur, qui croit à la vertu des encadrements serrés et des portes verrouillées. On a voté la grève générale. Le chahut a suivi, des chaises et des tables renversées, des portes défoncées. Les étudiants se sont butés à des hommes armés et à des caméras de télévision. Débandade, panique.

Depuis les événements de la polyvalente, elle passe la journée dans sa chambre. Il a fait toutes les démarches pour convaincre le comité de parents d'intervenir auprès de la direction. Le comité de parents croit à l'agenda, à la discipline rigide. Pour la première fois, il est fier de sa fille.

Maryse Laliberté est plongée dans un livre intitulé *Erreur sur la personne*; Diane, Hélène Troyat et Marie Labonté sont suspendues à la télévision. Érica dit que la télé les bouffera toutes. Elle préfère dessiner, imagine une histoire, rêve de devenir bédéiste. Anaïs No l'imite, dessine des mots qui prennent forme de plus en plus rapidement. Son nom, celui d'Érica, celui des autres femmes, le nom des objets, des aliments. Les mots du journal. Comme une chaîne qui s'étire sur le papier. Des mots qui peuvent faire des phrases. «Érica aime Anaïs», elle lit. «Anaïs aime Érica», elle écrit.

L'enfant lui dessine une maison près de la

mer. Une très grande maison avec des chambres, des couloirs et des escaliers. Son visage souriant dans une fenêtre, son visage triste dans une autre. Anaïs sourit. C'est son premier cadeau. Dans cette maison, elle imagine les personnages de ses «rebirths», de ses renaissances: sa mère, cet amoureux disparu. Les autres n'y sont pas. Pas plus son père que Patrick Mercure ou David Bourdon: l'homme au trousseau de clés.

L'autre nuit, l'ombre de cet homme circulait de chambre en chambre avec un livre dans les mains. Un livre dont elle n'arrive pas à distinguer le titre. Est-elle allée à San Francisco comme le suppose l'auteur de la carte postale? Claudia lui apporte des photos. Son passé en train de se rapailler. Pièce par pièce. Un casse-tête complexe, un mélange d'impressions vagues, d'odeurs tantôt douces, tantôt âcres et de musiques envoûtantes. De malaises, de désirs.

Se peut-il qu'à cause d'une simple peine d'amour, elle ait voulu jusqu'à s'oublier? Se peut-il que devant l'impossibilité de changer les choses, elle ait voulu disparaître? Qui était-elle? Où allait-elle? Elle a trop aimé, trop travaillé sans doute, a dit Claudia. Il faut vivre, sortir d'ici. Elle se soumet à l'épreuve de la marchette. Le vertige. Les membres lourds. Les autres l'encouragent. Elle se surprend à rire avec elles.

La vie est-elle ainsi faite de plongées et de remontées? De poussées et de reculs? Clara Claude refuse de la libérer. Il manque un peu de temps. Il reste d'autres tests à passer, une série de mesures à prendre pour préparer sa convalescence. Il n'y a pas de place à l'Institut de réhabilitation. Anaïs No a des colères subites, des colères inutiles. On menace de l'attacher ou de la piquer si elle ne se calme pas. Elle rentre sous les couvertures et s'y terre. Érica lui caresse la main affectueusement.

Un aigle plane au-dessus du Grand Canyon. Jamais David n'a vu lieu si près de la démesure et du surréel. Quelque chose d'étrange et de sacré émerge de ces innombrables temples de pierre rouge. Un gouffre immense où défile depuis quelques millions d'années un long serpent d'eau boueuse. Colorado. Il a grugé la pierre, creusé les versants escarpés, les gorges profondes, bâti des amphithéâtres et des cathédrales entre des contreforts qui s'étalent à l'infini. Des gens sont venus de partout pour rester près des palissades, béats et sidérés, suspendus entre ciel et terre. Il va descendre, voir le long serpent rouge, savoir s'il existe.

Il n'a pas mangé. Simplement un peu bu. Rien dans les mains, rien dans les poches, sauf ces textes lus et relus, pliés et repliés. *The Angel*

Trail. La plus tortueuse, la plus étroite, celle qui contourne les promontoires, s'infiltre au-dessus des crevasses à la faveur d'un défilé, avance au-dessus du fleuve, s'en éloigne. Des mots montent en lui, des mots d'elle. *Adelaide Inn*. Septembre 1982.

Miles Davis joue de la trompette...
La pluie coule noire sur la fenêtre.
J'attends ta voix. Le signe de ton existence.

Nous devions partir pour Napa et Sonoma.
Le beau regard sombre de Miles Davis me fixe.
«Il y a des rencontres qui changent le cours
d'une existence.»
Nous nous retrouvons toujours sur quelque
débarcadère.
Le quai d'un aéroport ou d'une gare.
Parfois tu arrives le premier.

La pluie coule noire
sur la fenêtre.
L'ange souffle dans sa trompette.

Hier le soleil luisait dans le regard des voyageurs
sur les cuivres des musiciens de Union Square
les murs
des palaces roses le tramway rouge
désir dans les rues en montagnes

russes. Hier le soleil luisait sur vos guitares
et vos claviers ambulants. Hier tu as ouvert tes
ailes sous les spotlights.

Un homme, assis en lotus sur un promontoire, contemple la lumière, indifférent aux passants. L'homme semble intégré à la matière. David n'a pas compris que ce stade est celui de la perfection humaine. Il est imparfait, sensible au confort et aux plaisirs, et entend le demeurer même si le plaisir a parfois son corollaire douloureux. Le dow plutôt que le tao. Jusque-là tout a bien marché... Sauf l'amour. Il a toujours rêvé d'une femme après avoir bien exploré les autres. L'une d'elles a tout fait basculer. Il devrait la haïr. Il devait la haïr.

Je t'ai retrouvé, moi, qui avais oublié
ta tête de sauvage. J'ai retrouvé ta musique et
le ravissement...Tu as retrouvé ta langue.
Tu as écarté tes ailes de kakaschu.
En haut de la scène, il n'y avait plus que les aigles
à tête blanche.
Tu as éclaté de couleurs
oiseau de feu.

Tu as chanté : «Le renard m'a donné
un miroir, des bijoux, de l'argent.
Le renard a pris ma vie et il en a ri.»

Et tu as lancé ton cri infini.
La multitude aux bras roses d'anémones
s'est agitée d'est en ouest d'ouest en est.
Tu étais si haut.
J'ai cru que tu t'enflammerais.

Je t'ai attendu je t'ai appelé.
Tu m'as reconnu et j'ai senti ton absence.
Qui a dit que la vie n'est tolérable qu'en état
d'ébriété?
Nous avons atteint ce jour-là l'inatteignable
Tout ce temps à nous perdre
à se fuir. Se chercher. Besoin de toucher
sans s'attacher.

Miles Davis ne joue plus.
La pluie coule encore noire.
Ce soir je ne t'attends plus.

Elle lui a fait toucher au vide. En contrebas d'une falaise, il contemple le gourou nimbé de lumière. Pour être heureux, il faut ne s'attacher ni au passé ni au futur, ni aux êtres ni aux choses. Ne plus boire, ne plus manger, ne plus agir, ne plus aimer, ne plus souffrir.
Une chatte crie dans la nuit.
Je te rêve je t'imagine je
te recrée je te totémise.
Icare dans son costume de lumière.

Je t'idéalise. Toi qui t'embryonnises.
Mama Béa chante «Veux pas être
une idole. Veux pas être
un symbole».

Tu t'en veux d'avoir des racines
D'être monté trop haut, mon bel oiseau.
Le vent des grands pins blancs a ramené
Les petits chevaux jaunes.
Le baiser dans la mer.
Avec d'autres il a toujours
ce goût
âcre dans la bouche.

Je pars pour t'oublier encore. Billie Holliday
chante: «You better go now. Cause I like him...
Cause he left me. Cause I feel blue...»

Des pierres roulent. Il devrait être de pierre, ne plus penser... Ce goût âcre dans la bouche. Il imagine une grande secousse qui ferait tout dégringoler. Il suit les lacets de la piste aux abords des escarpements. Un peu plus bas, un défilé de mulets gravit la montagne. Taches mouvantes. Ce lieu oblige à l'humilité. Ils sont, il est une tache mouvante. Une tache noire dans la vie de cette femme. Les mulets le regardent d'une drôle de manière.

Tu ne rentreras plus. Plus jamais...
Le septième ange sonna de la trompette...
Le ciel a tremblé. La mer t'a avalé.
Ne suis qu'une forme blanche dans la ville.
Les musiciens de Union Square la femme aux pigeons
et au petit chapeau mauve ne sont plus là.
Plus jamais...

Et j'erre sur la piste et je glisse dans la baie
des Anges. J'erre dans ma mémoire marine
ma mémoire de haute marée.

Jusqu'à l'homme de ma vie, l'homme de ma mort

Il fait de plus en plus chaud. David enlève un chandail et le noue autour de sa taille. L'oppression des falaises ocre et rouge dans le dos, au-dessus de lui. L'attrait du précipice. Il a le vertige. Dans un monde et un temps incertains, au milieu de sa vie, il sombre, les yeux fermés, dans le gouffre. Là, il y a la chienne, le serpent au creux de la fournaise.

En haut, un enfant le regarde; en bas, un vieillard tend les bras. Il s'accole à une paroi, ferme les yeux. Le soleil plombe. Feux jaunes. La sueur sur son front. Il a soif. Il s'accroupit. En bas, l'abîme rouge, les eaux plus boueuses que limpides, plus mortes que mouvantes. Un serpent mort au milieu du désert. Ici, que des cactus et de maigres ocotillos à fleurs rouges. Un lézard de pierre le regarde. Il se relève, repart en vacillant. Boire. Sa gorge est sèche. Boire ces eaux boueuses et brunes, grinçantes sous la dent.

Il atteint la passerelle qui surplombe le fleuve. Des jeunes chevauchent des pneumatiques jaunes et glissent dans le courant. Ils n'ont peur de rien. Ni des serpents ni de la chienne. Il trouve la source près d'un campement. Il s'y mouille, s'y frotte, s'y lave, s'y abreuve et s'assoupit près d'un bosquet de fougères. Les abîmes ne sont peut-être jamais aussi effrayants qu'ils en ont l'air. Il s'agit de faire face, de partir à temps, avant que la nuit vous saisisse et que le serpent sorte.

Revenu au milieu de la passerelle, il sort un briquet. Ces feuilles le hantent depuis des jours. Certains mots résistent... *Noir... désir... âcre dans la bouche.* Ils s'envolent, poussières de feu, se calcinent puis roulent dans les eaux rouges. Une autre série de feuilles. Le reportage sur Anaïs No. Sa vie, sa mémoire au bout des doigts. Qui brûlent. Qui s'envolent. Poussière de cendres au milieu du Colorado.

Toute cette immensité à remonter. Les hautes cimes comme des bouches avaleuses. Son corps comme une éponge. La soif le tenaille déjà. Il s'arrête dans un des rares coins d'ombre. Des êtres étranges tendent leurs bras tentaculaires. Le grand serpent d'eau l'appelle. Vertige. Les clochers et les minarets des temples tournent.

Soudain, il le voit, le long serpent enroulé qui le fixe de ses yeux minuscules. Il échappe un cri, recule sur le rebord de la falaise. Un crotale, assurément, déroule ses anneaux et avance ses crochets venimeux... David fonce sur la piste sans regarder derrière. Les petits cailloux crissent et glissent sous ses semelles. Il trébuche, se relève, trébuche et se relève.

À bout de souffle, à bout de nerfs, il n'aperçoit plus rien. Il a vieilli de vingt ans. Ses cheveux doivent être blancs. Il essaie d'avancer. Ne peut plus. Sa gorge en feu. Il va mourir dans cette cuvette. Une heure avant la paralysie. Le canyon entier brûle au soleil. Des heures avant de toucher au sommet. Une fatigue immense l'écrase. L'effet du poison assurément. Il s'endort. Tout abandonner, glisser sur le sol à demi inconscient. Des formes dansent devant ses yeux, des ailes noires. Un oiseau plonge. L'aigle ou le corbeau vengeur. Il se relève, avance lentement, péniblement, sans penser à rien.

Un homme et une femme descendent la piste. Une apparition. L'homme, avec un t-shirt rouge enroulé autour de la tête comme un turban, avec sa barbe et son nez busqué, pourrait être arabe ou juif. Un juif avec un gilet Adidas sur la tête. Un juif Adidas. La femme porte une outre. De l'eau. Enfin de l'eau. Des gens de son pays dans ce pays perdu. Ils examinent soigneusement ses pieds. La femme sort de son sac à dos une ventouse, une lame mince comme un bistouri et un flacon de désinfectant. Il n'y a aucune trace de morsure. David se sent mieux mais un peu niais. La femme range ses instruments. On lui remet des fruits et une bouteille d'eau. Ils passeront la nuit au campement. La nuit doit être belle en bas, disent-ils.

David met cinq heures à remonter, à s'arracher à sa vie, à s'imaginer réincarné en mulet ou en écureuil à queue blanche. Il fait le tour de la terre, saute d'un continent à l'autre, d'un climat à l'autre, d'un siècle à l'autre. Au bout de sa course, le monde a retrouvé sa fraîcheur. Le gourou est toujours en lotus, immobile, sous un cumulus nimbé de lumière orange. Épuisé, il s'écroule. Plus rien ne le touche. Il se sent fossile.

Il dort vingt-quatre heures dans un motel du Nevada, engouffre un superdéjeuner œufs-steak-frites au milieu des cow-boys et prend la direction de la Vallée de la mort. Il a loué une Impala toute blanche et climatisée, avec des sièges de velours rouge vin comme l'intérieur des tombes.

Il franchit le désert torride et plat à toute vitesse. Des centaines d'explorateurs s'y sont affaissés, empoisonnés par le venin des crotales ou déchiquetés par les becs des vautours. On dit qu'il ne faut pas tomber en panne.

Il ne s'arrête pas. Ni pour contempler les rochers aux couleurs de crème glacée napolitaine ni pour goûter aux sels cristallins du grand désert blanc comme neige au soleil ni pour voir passer cette autre voiture blanche, une ancienne Cadillac aux ailerons scintillants transportant la folle équipée de Kerouac, de Victor-Lévy Beaulieu et de leur fils spirituel, buvant, riant, s'éclatant, jouant à chasse-galerie avec les mots en attendant que le pays se nomme. C'est ce qu'avait raconté le juif Adidas sans doute sous l'effet de quelque hallucinogène.

Il attend l'oasis pour interrompre sa course. Aucune place dans les deux seuls hôtels de l'endroit. «*Sorry, mister. You have no reservation.*» Il atteint avant la nuit Jérôme, sorte de village-fantôme érigé par des Québécois autour d'une ancienne mine de cuivre. Des hippies y ont établi leurs quartiers. Petits cafés, ateliers, boutiques. La vie reprend le dessus sur la mort, en enfouissant sous elle ses cadavres.

Chapitre 17
BLEUS DE MÉMOIRE

Elle déambule entre la salle commune et le petit parloir dont les fenêtres donnent sur la ville. La montagne et la croix au haut de la montagne. Les gratte-ciel avec les voitures en contrebas et les humains se mouvant sur le pavé mouillé sous des parapluies de couleurs. Une échappée sur un ciel gris, l'envie de prendre ses ailes. Une autre patiente a pris la place de Diane. Elle a la tête fauve, demeure secrète et mystérieuse. Une infection à la gorge l'empêche de parler. On ne sait pas son nom. Elle écrit tout le temps dans des calepins noirs.

Les filles ont organisé une fête pour le départ d'Anaïs No. Une initiative de Claudia qui a apporté du vin fou. On trinque. Une auxiliaire fait semblant de ne rien voir. C'est bon, c'est beau, ces grands rires effervescents. Maryse a également obtenu son congé. Érica partira dans quelques jours. Marie Labonté dit qu'elle s'ennuiera. Marie Labonté tient le moral malgré qu'elle perde du poids et de plus en plus de cheveux à la suite des traitements de chimiothérapie. Elle vit de tout ce qui reste quand on a tout perdu. Ou que l'on croit avoir tout perdu. L'espoir.

Dimanche. Le soleil filtre entre les édifices. La voiture file vers le futur. Elle a salué ses compagnes avec le sourire des libérées et puis elle a quitté au bras de Claudia. Elle ne sait plus ce que ça sent une ville. C'est bon, ce vent sur la peau. Elle rit dans la voiture aux fenêtres ouvertes malgré le froid de ce jour de fin novembre. Et Claudia rit en écho. Anaïs No embrasse sa conductrice. Vivante. Vivante, malgré sa mémoire trouée, son passé couleur de brouillard. Elle ne se souvient pas vraiment. Elle ne se souvient pas de cet homme, de sa mère, de son père. Elle sait qu'ils ont existé, qu'ils ont marqué sa vie. Elle sent une nouvelle peau remplacer l'ancienne et commence à s'y reconnaître.

L'appartement flamboie dans la lumière rouge et rose du soleil couchant filtrant par les hautes et larges fenêtres. C'est beau, c'est grand, c'est chez elle. Elle a tenu à y entrer seule. À l'hôpital, elle a rêvé d'une grande pièce comme celle-là donnant sur la montagne. Sa vie devait être à l'image de cet appartement. Lumineuse et vide.

Le plancher de bois reluit. Comme la table de verre fumé à proximité du foyer de métal noir. Sur le mur de brique, un masque de femme. Ici et là, sur un socle ou à même le sol, quelques hautes têtes de pierre représentant des femmes au cou très long. Au fond de la pièce, une forme cachée, derrière les plis d'un drap de coton blanc. Lentement, elle avance vers cette forme et la dépouille.

C'est une sculpture de bois très grande d'un homme avec des cheveux longs et fins, un corps comme celui de l'homme de ses renaissances, avec de la tristesse dans le regard. Elle le caresse. Il est froid, lointain et noble. Elle retire la main. Un personnage sans doute réel devenu fictif ou fictif avant d'être réel. Comme si le rêve l'avait précédé et prolongé. Il y a quelques années, a dit Claudia en venant la reconduire, elle avait loué ce loft pour sculpter. Le corps harmonieux et svelte avait surgi d'abord dans la frénésie de l'équarrissage et d'un polissage qui ressemblait à une interminable caresse. Le visage était resté informe des années durant. Il avait peut-être fallu qu'il meure pour qu'elle se remette au travail. Comme si l'éloignement, l'absence étaient nécessaires à la création.

Ce corps poli aux papiers de sable porte encore les marques qu'elle a dû lui infliger, un soir de déprime, à coups de ciseaux à bois. Il a résisté. Elle a dû abandonner. Pleurer. Maintenant, elle sait que les images ne font qu'un temps. Un jour, la vivante se lasse de recréer les caresses. Un jour, elle en est sûre, elle a cessé les gestes. Le désir est mort.

Elle met *La Création* de Haendel et ouvre le

volume. La musique se répand, large traînée d'ondes dans l'appartement. Elle se fait couler un bain de mousse qui sent la pomme et la cannelle. S'y glisse lentement, se laisse pénétrer par les accords, redécouvre ce corps qu'elle a abandonné, sa forme, ses lignes et sa douceur, invente un monde de calme et de volupté. Elle n'aime pas les gens austères. L'infirmière-chef de l'hôpital... Ce refus plus près de la mort que de la vie. Et si la mort de soi, la mort des autres révélaient la vie et du coup, devenaient nécessaires?

La lumière du jour s'emmêle à la nuit. Heure bleue: étreinte passagère de celle qui meurt et de celle qui naît. Couleurs blanches et aveuglantes des vitrines, longues trajectoires lumineuses et rouges des phares arrière des voitures.

Elle se croise dans la glace et n'aime pas ce qu'elle voit. Les cheveux courts lui donnent l'allure d'une punkette. Elle est maigre, trop maigre, un peu pâlotte. Le jour où elle commencera à voir les années, elle éliminera tous les miroirs. Sur ses traits, aucun désir, aucun regret. Simplement l'envie soudaine de manger et de boire un verre de vin, de faire un feu. Les gestes viennent facilement comme si elle avait retenu davantage l'accessoire que l'essentiel. Et si c'était l'essentiel, se faire du feu, se laisser couler un bain, composer la meilleure salade qu'elle ait goûtée depuis des mois, sentir ces fleurs? Un bouquet d'amaryllis rouges offert par Claudia.

La sonnerie du téléphone. Les autres attendront encore un peu. Sa voix d'outre-tombe sur le répondeur. Une mémoire, un sélecteur de contacts. Elle doit en finir avec ses fantômes, ses morts et ses statues. On a raccroché. Elle essaie de joindre son père. L'homme est parti en voyage. Dans l'agenda, il y a un nom à côté de celui de son père. Tante Cécile. Elle se rappelle une belle dame qui gavait une petite fille de biscuits de couleurs. Serait-ce elle? Tante Cécile dit que son frère Adrien est venu la voir, de ne pas s'inquiéter... Il pleure tout le temps. Il finira par oublier.

Le lit est très grand, la douillette noir et blanc et les draps de percale. Un jour, elle a chassé la couleur de sa vie. Sa garde-robe est pleine de vêtements noirs, de collants, de pantalons et de tailleurs noirs. Pas de rouge, pas de rose. Au fond du placard, elle découvre une robe de soie, mignonne avec des fleurs de toutes les couleurs.

Des livres sur la table basse près du lit. Elle caresse leur jaquette de carton glacé. *L'Amant* de Marguerite Duras. *«Il lui avait dit que c'était comme avant, qu'il l'aimait encore, qu'il ne pourrait jamais cesser de l'aimer, qu'il l'aimerait jusqu'à sa mort.»*

Les Fous de Bassan de Anne Hébert. *«La*

barre étale de la mer, blanche, à perte de vue, sur le ciel gris, la masse noire des arbres, en ligne parallèle derrière nous. Au loin une rumeur de fête...» *Un thé au Sahara* de Paul Bowles. «*Il se réveilla, ouvrit les yeux. La chambre ne lui rappelait rien; il était encore plongé dans le non-être dont il émergeait à peine... Il était quelque part; il revenait des vastes régions du néant.*» Un papier se détache de l'ouvrage:

«*Mon nom est No parce que j'ai tout renié.
Mon nom est No parce que j'ai tout nié...*»
Septembre 1988

À l'autre bout de la pièce, l'amant la regarde. Elle ferme les stores, éteint les lumières de la ville, remarque le parapluie rouge près de la porte.

L'envie de marcher dans la beauté du jour. La rue devant soi, la rue Saint-Laurent, les pas des passants sur les trottoirs, les visages muets et fermés. Ils sont pressés. Comme les voitures qui montent sans arrêt. Elle descendra à contre-courant, vers le fleuve, face au soleil blafard de cette saison. Elle marche lentement, a tout à apprendre, même cela. De larges vitrines avec des vêtements de couleurs vives posés en rangs sur de longues tringles. Les vêtements tiennent comme sur des humains sans tête figés, les bras en croix. Personne à l'intérieur.

Les gens sont dans la rue. Ils vont et viennent, avec un sac ou une mallette sous le bras. Elle les regarde. Ils ne la voient pas. À l'hôpital, on se regardait parfois de si près. Peut-être sont-ils très pressés. Où vont-ils? Elle se retient de ne pas le demander à ce type vêtu d'un long manteau gris. Elle le fixe jusqu'à ce qu'il la croise. L'homme s'en aperçoit. Les mots bloquent dans sa bouche. Comment aborder sans éloigner davantage? Il devait y avoir un code. Elle n'en revient pas de ces différences. Des gens de toutes les grandeurs, de toutes les grosseurs, de toutes les allures. Des caricatures... de bouledogues, de lévriers, d'orang-outangs ou de singes des neiges, d'himalayens ou de siamois observés dans les revues d'Érica. L'homme au long manteau gris ressemblait à un siamois. Qui sait nos origines?

Le vent est bon et frais. Parfois, une effluve venant des voitures de la rue la saisit. Il est moins bon, le vent. Au loin, la rue semble de plus en plus étroite. L'impression de se retrouver dans une autre zone. Elle marche et elle aime le bruit de ses pas sur le trottoir. Des pas lents. Une cadence singulière, une cadence discordante au milieu du rythme de la ville qui court trop vite. Des couleurs. Des odeurs. Plus elle avance, plus elles sont marquées. Une odeur piquante de poulet frit dans les échoppes portugaises, de pain chaud, de cannelle et de café fort, des odeurs dont elle ne peut dire les noms. Elle entre dans une épicerie fine. Mémorise des noms aux consonances oubliées. Cari, cumin, gingembre, aloès, bois de santal, couscous, harissa. Elle s'insinue dans un café, retrouve le goût familier et lointain du cappucino. C'est doux et crémeux et n'a rien à voir avec le café de l'hôpital. Un espresso s'il vous plaît. Double? Oui double. Quand elle sort de l'endroit, elle marche au même rythme que les autres. Et se demande ce qui s'est passé.

Les gens sont différents. Ils portent des costumes comme dans le livre des voyages d'Érica. Des femmes en saris élégants avec des motifs floraux ou géométriques de couleur safran ou rouge sombre, des femmes à l'air austère aux cheveux très noirs comme leurs vêtements longs et amples avec un jeune enfant aux prunelles noires. Un homme en complet avec un turban rose et une barbe noire, des imberbes en blouson et jeans déchirés aux genoux avec des cheveux de couleur jaune, orange ou bleu et des bottes comme celles des militaires à la télé, des jeunes filles rieuses de magazines avec de longues jambes en collants rayés et de grandes vestes de laine. Parfois les gens parlent. Dans l'autre langue. Elle ne comprend pas. À l'hôpital pourtant... Clara Claude lui a dit que l'on pouvait perdre la mémoire d'une langue.

Une femme à la chevelure rêche et grise, au manteau troué et lourd, pousse un charriot. Dans le panier, il y a des sacs. Elle s'arrête devant une vitrine. Un poulet rôti tourne autour d'une broche. Elle entre et sort aussi vite qu'elle est entrée comme si on l'avait chassée. Elle crie. Quelqu'un a pris un de ses sacs. Elle en est sûre. Il court en traversant la rue. Elle lance une bouteille de vin. À bout de bras. La bouteille se fracasse sur une voiture. Le monde regarde, le monde s'arrête. Un policier, celui qui pose des papiers sur les pare-brise, accourt. Il saisit le bras de la dame. La dame se calme et tend la main aux passants, en marmonnant. Le monde indifférent repart lentement et s'active. Anaïs No retourne sur ses pas.

Chapitre 18

ANAÏS AU PAYS DES ORIGINES

Le ciel gris au-delà des premiers contreforts déverse une pluie fine. Près de la route, deux auto-stoppeurs. Le premier doit avoir à peine dix-huit ans et porte le costume militaire. Depuis toujours, elle a horreur des uniformes. Elle sait. Les premiers jumpers d'écolière, les robes toutes pareilles des religieuses. Elle s'arrête au deuxième. Il a un visage ouvert et sympathique. Qu'est-ce qui précède l'individu? Son extérieur ou son intérieur? Le jeune homme la remercie. Depuis une heure qu'il attend. Il commence à faire froid.

— L'armée peut bien prendre l'autobus et aller se rhabiller.

Il est musicien, va et vient de projet en projet depuis dix ans, de salle en salle, de ville en ville. La vie le passionne. Il est retourné en lettres. Des études qu'elle a déjà faites. Qu'en reste-t-il maintenant? Si peu... Le goût de lire des romans où elle a l'impression parfois de se reconnaître.

Il aime une femme de Québec, parle de tout avec une ferveur dans les yeux. Il a écrit des centaines de chansons, composé autant de partitions, a fait le festival de Granby, remporté un autre concours sans jamais voir les 1000 $ promis. Cette expérience lui a coûté des milliers de dollars en frais d'accompagnement et d'arrangement. Il se meurt de jouer, de monter un show, mais une voix, une guitare, un son ne suffisent pas...

— J'ai trente ans et parfois je pense que j'en ai 200.

Ces jours-là, il rêve à cette femme au regard lumineux et il oublie. Elle le regarde. Il se perd dans la vision mouvante des montagnes aux grands arbres dénudés qui se chevauchent et s'interpénètrent jusqu'à l'infini.

Elle a l'impression de tout savoir de sa vie. Autant que sur elle. C'est fascinant comme certaines personnes peuvent tout dire à un étranger ou à une étrangère. Il suffit d'un moment et d'un lieu. Elle aime ces rencontres passagères qui n'exigent rien d'autre qu'une écoute et qui la branchent sur une autre réalité.

La voiture amorce l'interminable montée des monts près de Saint-Adolphe. Anaïs No a loué une auto, s'est préparée à ce voyage en conduisant la voiture de Claudia et a attendu. Le printemps est arrivé dans la ville. Les arbres ont commencé à bourgeonner. Les couleurs à apparaître dans la rue. Elle était prête.

— Crois-tu qu'il est nécessaire d'oublier?
— Oui... quand on a trop mal.
— Y a des gens qui travaillent pour oublier.

Des gens qui font l'amour pour oublier. D'autres qui veulent... mourir pour oublier. Et c'est idiot! Lâche.

— Pourquoi tu dis ça?

— Parce que si on le fait, on meurt.

Deux longs fardiers se traînent comme des chenilles d'acier. Elle serre le volant, amorce le dépassement, un peu nerveuse. Sur les hauteurs, la neige tombe.

Elle parle de l'accident, de ce qu'elle a appris sur elle, du besoin de retrouver sa mémoire, de parcourir ces lieux déjà habités, de retracer ces textes dans des chambres d'hôtel. Le premier texte devant se retrouver dans la maison de son enfance. Il pense au petit poucet. Elle rit.

— Pourquoi la bible?

Elle ne sait que répondre.

— Moi, j'aurais plutôt pensé aux prises de courant.

Il introduit une cassette. Une musique nerveuse, parfois impressionniste, entre le jazz et le rock progressif, envahit le véhicule. Une poudrerie folle tombe du ciel. Elle pense à cette autre musique qui l'a fait renaître. Les guitares se répondent dans un dialogue enjoué, éclatant, même s'il s'agit de la même guitare enregistrée sur des pistes différentes.

— Voilà, croit-il, le miracle de l'électronique: donner l'illusion de la communication en la remplaçant par l'autocommunication. La lotocommunication, c'est là notre lot... le lot de la loto nationale.

Il échappe un grand rire fou qui rejoint ses accords tout en chutes libres et en remontées lentes. Cela la remue autant que cette tempête qui semble vouloir s'affaler sur les hauteurs des montagnes.

Les gros grains de neige s'accollent soudain au pare-brise, à la route, aux hauts conifères. Sa mémoire en flocons de neige. Une mémoire blanche qui s'écrase, qu'il faut écarter pour voir la route. La route toute noire dans l'enfer blanc. Les essuie-glace arrivent à peine à faire leur travail. Elle ne parle plus, n'écoutant que le bruit du moteur, les tempes battantes, les yeux rivés sur la chaussée mouillée et les précipices près des grands lacs gelés. La musique s'emballe. Une première voiture immobilisée le long du remblai, de l'autre côté de la chaussée. Puis une seconde. Il retire la cassette. Un autre sommet à atteindre. Un autobus amorce sa descente, dévale la pente, trop vite.

Elle aurait dû prendre l'autobus ou l'avion, réfléchir au lieu de se lancer dans cette expédition folle. L'autobus vient beaucoup trop vite... Un souvenir surgit. Elle raconte pour oublier la route.

Sur la banquette avant, il y avait deux Français parlant très fort. Avec son feutre noir, ses lunettes rondes et son manteau lourd, il avait l'allure d'un juif hassidique qui, pour une raison inconnue, avait perdu ses boudins. Elle portait une cape qui lui donnait des ailes de sorcière futuriste ou de princesse au dragon, disait qu'elle aimerait écrire un voyage en autobus au bout de la nuit ordinaire. Lui, une traversée de ce parc, l'hiver. L'histoire d'une femme de quarante ans fantasmant sur son voisin de siège, un jeune garçon. Une histoire qui devait fatalement mal finir. Il avait trouvé la dernière phrase. *«L'autobus d'Alma-Québec gisait dans le fossé, couché sur le côté et de son flanc pendait ses entrailles... Arlette Von Staukhosen venait de mourir d'une hémorragie... les deux jambes sectionnées dans l'accident.»*

Elle se cramponne au volant, se colle à la ligne blanche de moins en moins visible, évalue la distance entre le véhicule et l'autobus. La voiture gravit péniblement la haute montagne chauve où la poudrerie rafale au travers des arbres morts et des chicots. Le bruit du moteur. La chaussée est glissante. Sa vie. Celle de l'autre. Entre ses mains. Comme l'autre fois. Pourra-t-elle?

— Ça ira! Ça ira! dit son voisin.

Est-ce cela la vie? Garder la route quand elle glisse sous nos pas, prendre les courbes, les montées et les descentes en retenant son souffle? Deux fardiers la suivent maintenant, de près, de trop près. Elle les observe dans le rétroviseur. Ils sont les plus forts, les plus gros, les plus puissants.

— Quels cons! échappe-t-elle.

L'autobus les croise en faisant gicler un pavé de neige mouilleuse. Fermé les yeux... Un cri. Attention! Une perte de contrôle... Un premier choc! Un lampadaire éblouissant comme un œil... Le big bang! Le métal qui casse... des éclats de verre...

Le sommet. Une voiture vient de s'échouer contre un rempart de métal qui l'empêche de dévaler en bas de la falaise. Une bouffée de chaleur lui monte au cerveau, son cœur bat à nouveau.

Poussant un soupir, elle se remémore les conseils d'usage. Surtout ne pas freiner, se mettre en vitesse minimale. Un peu partout des véhicules dans les fossés. Une scène fatale. À nouveau le grand trou noir. La voiture atteint enfin le bas de la pente. Se range sur le remblai, laisse passer les monstres. Elle est épuisée. Elle invoque son destin, tous les anges et les archanges et embrasse son compagnon.

Anaïs No sourit. Ils sont sains et saufs. Elle vient de retrouver un autre pan de sa mémoire. Un petit pan mais quand même... La traversée a duré cinq heures. Il l'abandonne dans les hauteurs de Chicoutimi, là où l'on voit couler un long fleuve tranquille.

— Merci! Je t'oublierai pas, elle dit.

Un lourd nuage de fumée l'avale au passage. Par centaines, les hautes cheminées crachent des tonnes et des tonnes de fluorures et de sulfures. Des milliers de tonnes chaque année, elle a lu dans un article de journal. Dans cette zone, le ciel disparaît. Une odeur piquante la saisit. Elle se rappelle. Depuis que les cheminées sont hautes, disait l'article, les vents transportent de plus en plus loin les gaz toxiques. C'est un complexe industriel aux dimensions disproportionnées. Elle se rappelle aussi. Un lac rouge emmuraillé. L'avertissement des gardiens en uniforme. La fessée lors du retour à la maison. Le dépliant touristique ne parle pas du lac rouge. Un des plus grands dépôts toxiques du pays, dit le journal.

Quand elle était petite, son père l'amenait se baigner ou pêcher dans les eaux de la grande rivière. Depuis, c'est interdit. Eugène Naud se raclait la gorge. Plus tard, il a craché du sang. Un médecin lui a dit de partir. Eugène Naud a eu peur. Il a quitté son usine, sa ville, s'est trouvé un emploi de chauffeur de taxi à Montréal. Elle sait. C'est ce qu'il a raconté.

Des hommes ont escaladé les hautes tours pour poser une bannière «Alcan-cancer». Les hommes-araignées sont descendus quelques heures plus tard. La compagnie a annoncé qu'elle fermerait progressivement ses vieilles installations, construirait d'autres alumineries modernes et robotisées avec moins de travailleurs. Les travailleurs sont mécontents. Elle sait. C'est ce que dit le journal.

Arvida est un joli quartier. La voiture circule dans les rues en spirale comme au milieu d'un labyrinthe. On pourrait croire à un vaste jardin découpé en îlots. Elle repense à Patrick et aux rats de laboratoire. Elle aime s'y perdre, s'y laisser conduire lentement. Ici, le temps est au beau. Des cottages de style anglais, de vieux saules. Le dépliant dit que le plan d'aménagement a été conçu pour la compagnie par des urbanistes d'avant-garde après la première guerre. La légende veut que la configuration de la ville ait pris la forme des initiales de son fondateur: Arthur Vining Davis. Ar-vi-da.

Elle contourne la coquette rue Castner, revient près du rond-point, devant une église de brique rouge. Sainte-Thérèse, c'est écrit sur la carte. Elle longe le boulevard Mellon bordé de maisons blanches, tourne sur Moritz, Lavoisier puis sur Deville. Elle a l'impression d'être une bille à l'intérieur d'une boîte de plastique ronde, de tourner sans pouvoir trouver de lieu d'ancrage. Davy, Davy, Davy... du nom de cet homme qui découvrit l'arc électrique, utilisa l'électrolyse, pierre angulaire de toute aluminerie. Le cercle se rétrécit. Elle revient sur son chemin par Dersted, Wohler, Hare puis Lavoisier, atteint la limite des rues longeant l'usine. Un nuage de vapeur soudain surgit en sifflant du sol. Elle a l'impression de connaître davantage ce lieu. Elle descend la rue Davy et la remonte.

Rien ne ressemble à ce qu'elle a imaginé. Il lui semblait que la rue était si longue. Où est passée la maison en déclins blancs qu'elle a vue sur les photos, la longue galerie, les lilas qui faisaient la joie de sa mère et les grands saules, la fierté de son père? Elle immobilise la voiture, vérifie encore son carnet d'adresses. Le sept, Davy. Aucune résidence ne correspond à ce numéro civique.

À la place, un espace désert, un trou béant au milieu d'un visage. Elle a un coup au cœur. Une autre partie de sa vie enfouie, démolie. Elle coupe le moteur.

Les volets bleus, les fenêtres à carreaux que sa mère n'arrivait jamais à nettoyer parfaitement. Une pellicule grise s'y formant d'année en année. Il fallait changer les vitres périodiquement, rappelait Adrien Naud. Des rideaux de dentelle, un piano, le piano de sa mère. Une moquette à motifs stylisés qu'elle s'était procurée juste avant son mariage. L'escalier de bois montant à sa chambre, le lit de métal blanc, un autre escalier étroit se rendant au grenier. Son refuge, il lui a dit, où elle écrivait dans un petit journal cartonné de cuirette rouge. Un journal dont elle n'a jamais retrouvé la trace.

Elle les imagine entre les volets bleus. Chacun à sa fenêtre. Ils la regardent de l'autre côté de la rue. Ils sont jeunes, ils sont beaux et ils s'aiment. Cette lueur dans leurs yeux. Ils vieillissent trop vite. Un étau lui serre la gorge. Une enfant blonde traverse la rue, passe près de la portière, la fixe longuement. Son regard doux et naïf. Elle a l'impression de revoir la petite fille de la photo. La porte de la maison se referme. La voiture démarre. Elle roule longtemps, les yeux pleins d'eau. Trouve une sortie et un dépanneur.

Une fille aux yeux gris et au long cou gracile, derrière le comptoir, ne cesse de promener ses doigts maigres sur le clavier de la caisse-enregistreuse. Un carton de cigarettes, un paquet de gomme à mâcher pour l'haleine du client. Elle parle, parle, raconte en coupant chacune de ses phrases au hachoir. La maison de la rue Davy a été incendiée l'hiver dernier.

— Les Blackburn ont quitté la ville. Les Naud? Me souviens pas. Vous, Monsieur?

Anaïs achète un cahier, repart, erre encore dans la ville. Feu jaune, les grands arbres dessouchés dans le parc, les gazons rouillés. D'autres zones, d'autres rues, d'autres noms de morts célèbres. Feu vert. Lavoisier exécuté après avoir découvert le rôle de l'oxygène dans la respiration. La ville sent l'alumine. Un oiseau placé sous une cloche de verre où l'air ne se renouvelle pas, meurt en peu de temps, a dit Gay-Lussac. Feu rouge. Une rue en forme de trombone. Elle tourne. Cul-de-sac. Revient sur ses pas, dans sa mémoire lointaine. Ampère découvre l'électromagnétisme. Une force l'attire. Elle se laisse porter, se retrouve à nouveau devant le sept, rue Davy.

Des images encore. Un vieux coffre de bois, la photo d'une mariée sous son voile de tulle blanche. Une robe de taffetas rose, une boîte de chocolats en forme de cœur rouge, un collier de perles, des étoiles de papier, un récamier dans un grenier. Un chaton noir... Les images se précipitent. Des mots dans sa tête. Il lui faut une chambre dans un hôtel de pierres grises avec une porte cochère.

Deux groupes de garçons, portant des masques à gaz, jouent à se tirer dessus avec leurs mitraillettes, le long des hauts grillages clôturant l'aluminerie. Une force l'attire et elle se laisse porter, emporter vers une autre zone, un autre quartier, un parc, un lieu déjà interdit, avec des ormes géants et cerné par de belles maisons cossues à balcons et boiseries larges. Ici, ça ne sent plus l'alumine. Une longue allée et tout au bout un grand manoir.

Un soir, Marie Ouimet lui a raconté. Elle a été conçue dans un grand hôtel. Était-ce l'imaginaire d'une mère artiste? Une forteresse percée de tours rondes, d'œils-de-bœuf et de larges portes cochères. À l'intérieur, il y avait de belles chambres aux murs couverts de tissus anciens et de rideaux de cretonne. Une verrière avec des palmiers géants et un ventilateur à pales blanches où s'asseyaient parfois des hommes élégants à complets rayés gris acier et, plus rarement, des dames vêtues de blanc avec des capelines qui ressemblaient à celles que portait sa patronne, une Américaine originaire de Chicago. Ils s'aimèrent enveloppés dans son voile de mariée. La lune était jaune et ronde comme une orange, elle lui a dit. Depuis, elle dessinait, découpait, cousait des robes de mariée et les vendait puis recommençait...

Anaïs s'installe devant une fenêtre de la chambre aux murs couverts de tissus anciens, étale une série de photos que lui a données Adrien Naud et se met à écrire le journal de sa mémoire lointaine. Une mariée éclatante sous son voile de tulle blanche tenant dans une main un bouquet de fleurs séchées et de l'autre, le bras du seul homme de sa vie. Leurs sourires a des dents blanches. Derrière eux, on devine la présence de l'eau.

J'avais voulu célébrer leur anniversaire de mariage après avoir découvert dans le vieux coffre de bois des lettres d'amour tendres et des photos. Réparer l'irréparable. Le voile de tulle jauni suspendu à une solive formait un dôme au-dessus d'une vieille commode transformée en petit autel. Des anges roses et des étoiles de papier doré avec de longs fils d'argent descendaient du toit du grenier. Sur l'autel recouvert d'une nappe brodée, j'avais disposé deux chandeliers, des rubans, un bouquet de fleurs des champs, la photo encadrée de leurs noces et une boîte de chocolats en forme de cœur rouge. C'était dimanche. Le soleil entrait par les lucarnes et de longs rais de lumière striaient le parquet de bois et faisaient ressembler la poussière dans l'air à de fines particules d'or.

Docile, Damcha, la chatte noire, participait au scénario. Elle dormait comme un bébé sur un coussin. À côté du récamier, sur une petite table, des verres remplis de liqueurs douces achetées avec mes économies. Du Cream Soda pour elle, du Saguenay Dry pour lui.

J'avais revêtu ma plus belle robe. Une robe

de taffetas rose qu'elle m'avait faite pour les jours de fête et les grandes occasions. La veille, je leur avais remis une invitation. Ma mère avait souri, peut-être à cause des fautes. Mon père avait grimacé. Il s'était ravisé et avait dit: «On y sera, ma fille. On y sera.»

Elle portait une robe noire cintrée à la taille et un collier de perles. Lui, son éternel complet caramel. Leurs regards se posèrent sur la photo. La tulle et les étoiles conféraient à la scène un apparat saisissant. Elle caressa avec une émotion contenue son voile de mariée. Je les vis s'embrasser, s'asseoir côte à côte sur le récamier, muets, devant moi qui étais assise, ma jupe bien étalée sur le coussin près du chat dormant.

— C'est la boîte de chocolats que je t'avais offerte ce jour où je t'ai demandée... Tu l'avais gardée!

— Tu le sais bien. Je garde tout. Je n'aime pas oublier, elle a dit en se retournant vers lui.

Anaïs No arrête d'écrire, le regard perdu dans les grands ormes du parc. Qu'était-il arrivé dans la vie de Marie Ouimet pour qu'elle décide d'oublier? Était-ce la même douleur que la sienne? Une douleur d'amour. De quoi, de qui voulait-elle faire son deuil? De cet homme aux dents blanches devenu méconnaissable et dur. Elle aurait dû le quitter, aurait pu devenir pianiste de concert ou professeure de piano. On choisit probablement mal ses fuites.

Je leur versai des liqueurs, leur offris un dessin. Une maison avec une galerie blanche et des volets bleus avec, à l'angle supérieur gauche, un quart de soleil. Ils se tenaient debout de chaque côté de la maison. À une fenêtre, il y avait une petite fille qui les regardait tristement, de grosses larmes coulant sur l'une de ses joues. À l'autre fenêtre, il y avait une petite fille souriante. En bas du dessin, c'était écrit: Ariane-Anaïs love papa et maman.

Cette séance dura quatre-vingt-dix minutes exactement, comme au cinéma. Le temps qu'il me prenne sur ses genoux dans la berceuse près de la lucarne donnant sur le verger et qu'il me raconte une histoire. L'histoire d'Anaïs au pays des merveilles. Anaïs au pays des groseilles. Anaïs au pays des abeilles. Ma mère écoutait, ravie; ses beaux pieds dénudés reposaient sur le canapé dans un rayon de soleil.

Tout s'arrêta quand le soleil fut à son zénith. Le capharnaüm devint irrespirable et leurs visages ruisselants de sueur. J'avais vu mes parents heureux. C'était comme si j'avais changé le monde. Comme si j'étais devenue ce que je voulais devenir. Ariane, la sorcière bénéfique. Cet après-midi-là, pour la première fois depuis une éternité,

ma mère rouvrit le piano noir et joua magnifique-
ment un nocturne de Chopin, sa pièce préférée.
Toutes les fenêtres et les portes étaient ouvertes
et l'air était étonnamment bon. C'était aussi cal-
me que divin. Ce soir-là, j'entendis venant de la
chambre d'à côté la plainte douce des sirènes de
mer.

Les images se bousculent, tellement vite qu'elle n'arrive pas à tout écrire. Images de légendes ou de voyages. Un océan vert. Une falaise et la brume. Un homme amoureux près d'elle avec un long manteau. Le vent salin et cette complainte triste et belle que font les phoques de l'océan quand ils se touchent. C'était la première fois qu'elle entendait ce son. Habituellement, c'étaient des cris, des pleurs. Peut-être les complaintes, les légendes et les voyages ne servent-ils qu'à faire oublier! Qu'à s'enliser davantage. Le temps que les bleus disparaissent et que tout continue comme avant.

Elle se rappelle. Adrien Naud avait rejoint sa salle de cuves et les longs couloirs de fumée. Parfois, il entrait ivre. La maison sentait l'alumine. Marie Ouimet nettoyait les vitres. Elle avait remarqué les marques sur ses bras. Comment sa mère faisait-elle pour tolérer cela? Comment les femmes font-elles encore? N'ont-elles donc pas de mémoire collective?

Je m'inventai d'autres scénarios. Je voulais leur faire peur. Je deviendrais Anaïs, la sorcière maléfique. Un matin, je revêtis mon costume d'Anaïs au pays des merveilles. J'avais décidé que la fille laide mourrait dans toute sa splendeur. J'avais pensé me déguiser en garçon pour impressionner mon père qui n'avait jamais eu ce fils tant rêvé, me couper les cheveux, marquer mes sourcils, me fabriquer un duvet au-dessus de la lèvre supérieure avec les premiers poils du pubis, écraser ma poitrine, me fabriquer un zizi avec des boules de ping-pong et un bâton de bongo et mourir une canne à pêche à la main.

Je décidai d'aller au bout de mon destin. Le destin d'une fille, selon les critères romantiques, était d'être belle et de mourir dans la fleur de l'âge sur une rivière couverte de nénuphars blancs comme Ophélie. J'assumai ce sexe que je n'avais pas choisi. Je me couvris de fards et revêtis la robe de taffetas rose, me suis couchée sur le récamier, les mains jointes, un drap blanc soigneusement disposé jusqu'à mi-cuisse, les jambes bien serrées l'une contre l'autre. Je mourrais au pied de mes héros posant avec la moue et le regard désabusé. Dans le journal, ce serait écrit: «Une jeune fille de dix ans se sacrifie sur l'autel de James Dean, mort il y a dix ans.»

J'ai attendu qu'elle m'appelle comme elle le faisait toujours pour le déjeuner. J'entendis enfin la voix de ma mère. *Contrôlai ma respiration pour avoir davantage l'air d'une morte et me figurai sans vie à côté de mes parents en pleurs. Je pouvais arriver à arrêter mon cœur. Il s'agissait de cesser de respirer. Déjà, je me sentais paralysée. Déjà, je n'entendais plus les battements. La voix du père se fit tonitruante, menaçante.*

Et il monta. Je l'entendis gravir le premier escalier, puis le second. Il poussa un cri, ce cri qu'il poussait lorsqu'il voyait un rat ou une souris. Il descendit l'escalier encore plus vite. Ma professeure m'avait déjà dit qu'il s'agissait de désirer pleinement quelque chose pour que ce quelque chose arrive. J'allais vers la mort. Je dus perdre conscience.

J'entendis des pas se précipiter dans l'escalier. Ses pas à elle. Maman qui me disait pour la première fois: «Mon trésor.» Elle tâtait mon pouls, répétait sans arrêt: «Elle a perdu connaissance. Elle respire plus.» Elle voulait de l'eau, de la glace, une serviette.

Il manqua dégringoler. Je faillis éclater de rire. Elle m'épongeait le front.

— Elle est trop nerveuse, cette enfant. Il faut que ça change dans cette maison!

— Tu vas pas me faire croire que c'est de ma faute. C'est une comédienne, ta fille. Regarde-moi cet accoutrement. Tu veux que je la réveille?

Il prit un morceau de glace et me le flanqua

sur la poitrine. J'éclatai, me précipitai dans les bras de ma mère.

— Maman, j'ai eu peur de mourir! Maman! Mon cœur avait cessé de battre, j'en suis sûre.

Elle s'assit sur le rebord de ma couche et m'enlaça tendrement. J'étais ravie.

— Tu vois pas? Cette fille te fait marcher. C'est une actrice.

Je le regardai et ne sus quoi rétorquer. Elle non plus. Elle s'éloigna de moi, toisa son mari d'un air de reproche, ramassa le bassin d'eau glacée et la débarbouillette et puis me demanda d'aller déjeuner.

Anaïs No se lève, s'affale sur le canapé, étonnée de la précision de ses souvenirs. Elle avait retenu les phrases, les couleurs, tant de détails lointains. Était-ce sa première ou sa seule tentative? Elle ne saura probablement jamais pour l'accident à moins d'une preuve. Une enfant frustrée expérimente tout pour se faire aimer. Mélanie. Ne cesse-t-on jamais d'être enfant? Une petite Marie, un petit Adrien, une petite Anaïs? De génération en génération, on se transmet nos aliénations.

— C'est fini maintenant! C'est fini!

Pourquoi sa mère répétait-elle toujours ces mots? Elle mentait, se mentait à elle-même. Au moins, elle faisait un effort pour la comprendre.

Lui n'a pas cru à sa misère. La petite fille l'affronta chaque fois qu'il rugissait. S'interposait, le défiant du haut de ses quatre pieds, les poings sortis. Elle hurlait le N-O-N le plus tonitruant qui se soit prononcé dans cette maison. À partir de ce moment-là, elle signa son journal du nom de No. Cette particule négative à sonorité anglaise faisait partie de son identité.

Le temps des robes de taffetas rose était révolu. Je décidai de devenir dure. Une rockeuse à l'image des gars qui avaient accès aux bicycles et aux guitares électriques. Le capharnaüm se transforma en lieu psychédélique où, avec mon amie Liza-Liza, je m'amusais à immoler une vieille poupée, un cochon ou un mouton imaginaire. Liza avait l'habitude de ce genre de rituel. Quand elle était petite, elle piquait les mouches, les attelait à une petite charrette faite de cure-dents et s'amusait à les voir déambuler sur le plancher de sa chambre. Ou rapportait de nos excursions au grand lac de boues rouges des papillons géants qu'elle épinglait sur un carton pour les faire sécher et enrichir sa collection d'insectes étranges aux noms à consonance tout aussi étrange...
Luc était le seul garçon. Les autres faisaient trop dur avec leur accoutrement de cuir noir pour que mes parents les acceptent. Il y avait là aussi

Marlon Brando chevauchant sa moto, James Dean à l'est de l'Éden. Presley se déhanchant devant son micro. Je m'étais cherché des héroïnes, mais je n'en trouvais pas. Les filles de ma classe aimaient Françoise Hardy ou France Gall. Diane Dufresne n'était pas encore là. Elle ne chantait pas encore pour les petites filles de douze ans qui n'ont pas peur du sang.

Mes parents cultivaient le silence et la froideur. Ils me craignaient. La petite fille était devenue un monstre. Pourquoi m'avaient-ils fait naître? Après l'école que je fréquentais de moins en moins, je me renfermais dans ma chambre et n'en ressortais que pour avaler à toute vitesse ces repas de plus en plus dégueulasses ou un bol de Corn Flakes.

Anaïs No contemple la photo de sa mère de plus en plus fatiguée, face au soleil, sur la galerie, qui sourit faiblement. À peine quarante ans. Elle devait détester cet homme qui la possédait, cette fille qui la méprisait, la fuyait et ressemblait de plus en plus à son père. Comment une enfant peut-elle s'identifier à une mère en perpétuelle déprime? Un jour où Marie Ouimet menaçait de partir ou de se suicider, elle lui avait dit le plus sérieusement du monde: «C'est bien. Fais-le! Ce sera un bon débarras.»

Elle avait dû reprendre contact mais ne se souvenait pas. Peut-être était-ce après les études ou quand elle était devenue suffisamment adulte pour n'en vouloir qu'à elle-même. Elle ne se rappelle pas de sa mère à l'hôpital, simplement d'un appel de l'urgence. Sur le pont Jacques-Cartier, la circulation n'avançait pas et un animateur de radio lançait des insanités sur les ondes. Elle ne se souvient pas de sa mort. L'esprit avait décidé d'abolir les moments les plus importants des dernières années.

Je devenais échevelée et laide. La peau pleine de pustules. Peau de reptile. Peau de monstre échappé d'un lac de boues rouges. Pas de lèvres. Qu'une langue pointue et rêche comme celle des iguanes. Des yeux petits. Un nez écrasé. La fille de Lochness. La sorcière de Salem. La mauvaise fée de Cendrillon. Je passais des heures à écouter le palmarès à la radio ou à fabriquer des masques devant le miroir. Masques de poupées inexpressives genre Kabuki vus dans une encyclopédie.

Et lorsqu'en bas, ils faisaient trop de bruit, j'entrais dans une colère virulente. Je hurlais «Non... non... non», les objets volaient en éclats. La première fois, mon père cessa de crier. Ma mère de gueuler. Ils eurent peur. Après, je piquai de véritables crises de nerfs. Une fois, je cassai tout dans la chambre. La petite fille batifolant dans les marguerites, le miroir en haut de la com-

mode. Une autre fois, je fracassai le vieux coffre rempli de lettres d'amour, le récamier usé, leur photo de mariage, ma première sculpture. Un jeune faune à tête sauvage.

Mon père fut pris d'une rage incontrôlable. Il défonça la porte de mon refuge où pendait pourtant une affiche «Attention chien méchant!» Il m'attrapa au poignet, me frappa au visage et m'immobilisa au sol. Le sang giclait. Je m'étais coupée au front en tombant près du coffre. La vue du sang l'arrêta. Marie Ouimet accourut. J'étais sans force. Elle me fit un pansement avec la lisière d'un drap. J'étais humiliée. Défaite. Je les détestais. Ils devaient me détester. Je cessai mes crises de nerfs.

Quand les querelles recommençaient, je préférais la fuite. J'allais coucher chez Liza ou chez Luc. Je sautais par la fenêtre. Il me semble que j'ai toujours aimé les fenêtres. Sans doute parce qu'elles représentaient l'évasion à la différence des portes qui enferment.

Liza et moi, nous avions un code. Je frappais trois coups répétés dans la vitre et elle ouvrait sa guillotine. Je ne rentrais pas durant des jours de peur de me faire engueuler. Une fois, il vint me chercher chez Brando-Alain, le plus rocker d'entre tous. Pour lui, autant que pour moi, c'était la honte. Ils décidèrent alors de m'exiler chez les sœurs. J'étais une animale piégée. Une hamster tournant dans une cage à l'intérieur d'une roue.

À mon retour, lors des premières vacances de Noël, Damcha était morte. Tuée par une voiture sur le boulevard. Je pleurai. Je n'étais plus celle que j'avais été. Je me détachais de l'enfant. J'arrachai des murs mes hommes de papier, mes amours de pacotilles, mes dieux de carton pâte. Mon journal avait disparu. Le journal des laideurs. Cela ne me faisait rien. Je contemplai ma métamorphose, regardai mon double se dessiner lentement dans le nouveau miroir. Le serpent avait mué. Elle n'était plus un monstre. Un être ni tout à fait homme ni tout à fait femme. Il avait des cheveux longs et luisants. Elle avait les lèvres rondes et roses. Leur nudité était longue et mince. L'être s'est touché, caressé. Les cheveux, la bouche, le ventre et le sexe. Le sang ne coule plus sur le front de l'enfant. L'enfant est morte.

Le stylo n'avance plus. Elle referme le cahier bleu, ne sait pas si c'est la mémoire ou l'imaginaire qui l'a poussée à écrire. L'imaginaire fait-il surgir des images que la mémoire a enfouies? Ou est-ce la mémoire lointaine qui crée l'imaginaire?

Elle se sent fatiguée, s'étend sur le lit et s'endort.

Un rêve vient. Un grand hôtel avec beaucoup de chambres, d'antichambres, de couloirs et d'escaliers. Au grenier, une enfant dessine, une autre ronronne à côté d'un chat. La première est triste, la seconde est heureuse. La première découpe un couple de mariés et des ailes de papillons. La seconde va courir dans les champs de fleurs sauvages.

La première va de chambre en chambre, rencontre des êtres étranges, un sphinx, des statues de métal hurlant qu'elle bouscule et qui s'écroulent; une statuette de porcelaine d'une femme noire aux lèvres rouges, un homme de bronze sur un piédestal qui tombe et un homme de chair et d'os d'où surgit une musique qui ressemble à la mer.

Un avion plonge dans l'océan. Un nuage de cendres. Une femme noire dans la neige. Elle se laisse glisser le long de la montagne, dévaler et rouler en bas d'un ravin, d'un tunnel. C'est comme la fin... Une grande horloge dans un sous-sol, un hôtel sans fenêtre. Elle ouvre le robinet au-dessus de son lit et tout explose. Elle a juste le temps de voir le grand hôtel disparaître dans les flammes. Juste le temps de joindre cette autre femme de l'autre côté de la rue. Et de lui tendre la main sous le parapluie rouge.

Chapitre 19

DERNIERS ADIEUX

De Pointe-au-Pic, Pointe-aux-Pères à Havre-Aubert, de Gaspé à Éternité, elle a suivi sa trace, s'est souvenue de certaines choses, de certaines impressions, mais l'émotion n'était plus là. Elle a fait un long voyage inutile pour réaliser que son secret avait été éventré. Que les mots ne se trouvaient plus entre les murs de ces chambres. Un jour, elle a décidé de rentrer, d'oublier cette ville à l'autre bout de l'Amérique.

Plutôt rentrer et trouver cet homme. Des témoins l'ont confirmé. Sa description correspond à celle de David Bourdon. Le répondeur. Quelqu'un a raccroché sans laisser de message. Des marmonnements, une respiration haletante suspendue entre deux déclics... La voix de Claudia la rassure. *«Rappelle-moi dès que tu es de retour. Jean a eu la peur de sa vie. L'autobus a sauté. Le village, il en est sûr. Son chien est mort dans l'explosion. Il pense quitter ce pays.»* La voix de Patrick. *«Ça va pas à la maison. J'ai besoin de toi... Appelle-moi quand tu arrives.»*

Anaïs n'a pas le temps. Elle roule sur Décarie, cette monstruosité urbaine où l'on se faufile à pleine vitesse les uns contre les autres, derrière les autres, devant les autres, entre quatre voies qui vont et qui viennent. Elle pousse le véhicule à fond, au fur et à mesure que monte sa rage, les yeux fixés sur le pavé mouillé, sans regarder derrière ni à côté ces humains qui l'accompagnent. Direction sud. Tout peut finir ici dans une voiture. Aucun débarquement possible avant le prochain échangeur.

Un condo près du cours d'eau gris acier. Jeu de blocs en verre et béton blanc conçu par quelque architecte, émule de Taillibert ou de Sadfie. Larges baies vitrées et jardins d'hiver avec vue sur la rivière ou sur le parc selon vos préférences. Elle se souvient être venue, une fois, prendre un verre. David l'a rejointe sur la causeuse de cuir noir. Elle l'a repoussé. Il a insisté, persisté, stimulé par l'insulte. Une prise de main suivie d'une prise du genou. Une bouche sur sa bouche qui fait un bruit de ventouse. Elle a sorti les dents, mordu la langue. Des taches de vin rouge sur lui, sur elle, sur la moquette chinoise. Elle a claqué la porte.

Elle profite de la sortie d'une femme pour franchir la première porte fermée à clé. D'un pas assuré, elle traverse le spacieux portique ornementé de faux palmiers et se faufile dans l'ascenseur. Elle se souvient. Elle se souvient de tant de détails souvent inutiles. Comme si le cerveau avait décidé de privilégier l'accessoire à l'essentiel. De Corbo, il ne lui reste que des impressions vagues, une musique surtout. Ses parents demeurent perdus dans un passé lointain. Un couple la croise, se retourne sur son passage.

Elle frappe. L'homme qui lui ouvre est pétrifié. Il a vieilli mais a conservé son charme. La barbe un peu longue. Le sofa de cuir noir. La moquette chinoise. Elle explore la bibliothèque occupée davantage par des objets que par des livres. Des best-sellers, une collection de volumes reliés en cuir noir. Ce ne sont pas des livres, plutôt des boîtes vides. Rien ne s'en échappe. Pas une lettre, pas un texte.

Dissimulées derrière un panneau de verre, des bouteilles. Elle se sert un verre de *Fine Napoléon* en fixant l'homme éberlué, vide le contenu de la bouteille dans l'évier, découvre un sachet de poudre blanche. Sur la table de travail, derrière les disquettes, un coffret laqué noir, des trombones de couleurs, une gomme à effacer, un bloc mémo... une photo d'eux enlacés sur une plage – une photo truquée sans doute, se dit Anaïs No qui ne se souvient pas – et puis, au fond du coffret, des mots, des phrases inachevées sur des bouts de papier.

— Que fais-tu là, princesse?

— Je fais ce que tu fais. Je pille... Où sont mes textes?

— Quels textes?

— Tu me prends pour une conne!...Tu m'as menti, David Bourdon. Tu m'as fait croire que tu étais un ami.

— J'étais plus que cela.

— C'est faux.

— Comment tu peux savoir?

— Je sais.

— C'est moi qui sais.

— Remets-moi mon histoire... Et sors de ma vie.

— Quand on ne veut pas être lu, on ne tend pas ce genre d'appât.

Elle allume l'ordinateur, demande le répertoire. Sous l'appellation Anaïs, elle trouve une lettre. «*Très chère Anaïs. Je me perds à t'écrire que je t'aime. Moi qui ne pourrai jamais te le dire. Tu ne me vois plus et mes mains s'arrêtent sur ma peau. Tu as peur d'aimer, Anaïs No. Tu n'as jamais su dire oui. Je le sais. Tu fuis toujours. On dirait une étoile, une comète tellement tu files, tu te défiles. Encore une fois, j'ai failli m'accrocher à ta chevelure filante. Que viens-tu faire dans mon décor? Oublie tout s'il le faut. Oublie ce qui s'est passé entre nous sur cette plage du Maine. Oublie ma maladresse, mais reviens. Je cherche toujours une femme qui te ressemble. Quand le comprendras-tu?*»

Anaïs No ramasse ses clés sur la console de verre et s'en va.

Elle explore les tiroirs de son bureau. Il est passé par là. Elle en est sûre. Tant de désordre. Cela lui paraît impossible. Ne restent que des coupures de presse, des photocopies de reportages, quelques adresses et des photos. On lui donne des poignées de mains. On est gentils, on s'informe de sa santé, de ses intentions. Elle joue à l'invulnérable. Anaïs No est toujours Anaïs No. Elle sent que dans ce lieu elle n'a pas le droit d'être une animale blessée.

Le rédacteur en chef passe près d'elle, la mine hautaine. Il se dirige vers la salle de conférences à laquelle seuls quelques privilégiés ont accès. Aujourd'hui, c'est le ministre de l'Environnement que l'on interroge. Elle pourrait lui poser deux ou trois questions, depuis son voyage au Saguenay.

Le directeur du personnel lui demande de s'asseoir. Elle ne sait si les dimensions du bureau sont reliées à la préférence de son propriétaire pour les meubles massifs ou à la distance qu'il convient de créer avec le personnel. L'homme est incapable de la regarder. Il respectera le contrat. Baisse les yeux encore. Elle a envie de prendre son visage, de l'immobiliser et de le lui dire: *«Pauvre petit. N'aie pas peur. Anaïs te mangera pas.»* Elle lui demande quand elle peut rentrer. L'homme a besoin d'une preuve médicale. Il faut être sûr de son état normal. Sans cela le journalisme est impossible. Il peut payer une prime de séparation. Elle accepte.

Elle tente de joindre Claudia et Patrick. À vrai dire, elle n'a pas envie de faire face au vide de plus en plus angoissant de cet appartement qu'elle ne réussit pas à habiter. Claudia n'est pas en ville. Patrick n'est pas à l'Institut. Sa ligne téléphonique toujours occupée. Elle n'a pas le courage de subir les visages mornes du métro et prend un taxi.

L'homme qui lui ouvre a la tête barbelée, le regard mouillé, le sourire gris. Il la serre contre lui. Très fort. Il a peine à trouver ses mots. Ce qu'il n'osait imaginer est arrivé. Il s'embrouille parfois. Mélanie à l'hôpital depuis trois jours, entre la vie et la mort, dans un état quasi comateux. Il l'a retrouvée sur son lit; la porte de la chambre ne voulait pas céder. Une mare de sang. Les poignets tailladés comme dans les films. Elle a ingurgité des aspirines et des valiums. Il est rentré plus tôt ce soir-là. Sur son cartable rouge, elle a écrit: «*Je préfère mourir au noir qu'en pleine lumière.*»

La première nuit, il l'a passée près de son lit avec la peur qu'elle ne cesse de respirer. Ce matin, elle a ouvert les yeux. Il ne sait si elle l'a reconnu. Il a finalement joint Julie dans un hôtel d'une île grecque après des heures de recherche dans les ambassades, les consulats et les agences de voyages. Elle doit revenir. Le plus tôt possible, elle a dit.

— Et je n'ai rien pu faire pour empêcher cela. Rien! C'est effrayant! ajoute-t-il.

Patrick s'écroule en larmes. C'est la première fois, il lui semble, qu'elle porte ainsi la tête d'un homme. C'est lourd comme une planète, triste et doux, une tête d'homme qui pleure. Et plus son visage se ravine, plus elle sent le remords, plus elle regrette son silence et sa lâcheté. Elle n'a pas pressenti le drame dans sa voix au téléphone. S'était-elle donc tant coupée des autres? Refusait-elle de voir la répétition de son propre scénario? Elle n'a pas appris ce qu'il faut faire quand la vie d'un autre fout le camp. Elle sait seulement que le goût de continuer, personne d'autre ne peut le donner. Elle aussi, elle a joué avec la mort. Petite fille fragile dans une robe de taffetas rose se lançant sur un lampadaire d'acier.

— Pourquoi? Pourquoi a-t-elle fait cela? Qu'est-ce qui lui manque? demande Patrick.

Ce silence pire que la guerre. Elle s'enfermait dans son aquarium, avec ses poissons. Des fois, elle sortait pour changer d'eau ou changer d'air. Le temps d'une douche, d'un lunch avalé à toute vitesse. Un jour, j'ai retrouvé un poisson mort à la poubelle. C'était le plus beau. Un cyprin japonais noir à queue de voile. J'ai pensé au lithium. Ce peut être aussi une question de chimie... Les uns après les autres, ils sont tous morts: le bel empereur aux formes rondes et aux écailles transparentes et bleues, puis le diodon, son poisson-épines. Celui qui lui ressemblait, elle disait. Menacé, il se gonflait d'eau et devenait une boule d'épingles. Quand je suis entré, il était sur le dos. L'aquarium, c'est ce que j'ai vu d'abord... Il était trop tard, il est trop tard.

Anaïs serre l'homme plus fort contre elle.

— Il y a de l'espoir. Ils te l'ont dit. Veux-tu que je t'accompagne à l'hôpital? Je me ferai discrète. Je sais qu'elle ne m'aime pas.

Patrick relève la tête.

— Je suis content de te retrouver, Anaïs No. Telle que tu es, telle que tu es revenue. T'es fine. Je t'adore.

— Je te dois bien ça!

Elle lui sert un café, lui recouvre les épaules de sa veste et réalise qu'à certains moments, chacun a besoin de se faire cajoler, dorloter. De redevenir enfant sans que ce soit une régression.

L'état de Mélanie est stationnaire. Avec ses yeux mi-clos, on ne sait si elle regarde dans le vide ou pas. À ce stade critique où l'on ignore s'il faut continuer ou s'arrêter. Une planète déboussolée.

Anaïs No feuillette les journaux, les revues de la salle d'attente. La province attend du reste du pays la reconnaissance. La province est malade... Elle déteste ces lieux, pense à ces compagnes d'un autre temps, dans un autre hôpital, et ne se sent plus capable de voir la maladie, de sentir à nouveau son odeur. Comme un rejet de tout l'organisme. Son regard flotte dans la pièce vide. Patrick tarde à revenir. Elle lui a recommandé de ne pas cesser de parler à sa fille. Si elle est demeurée de ce côté-ci des choses, c'est parce que quelqu'un l'a retenue. Peu importe si cette personne aime bien ou aime mal. Elle a beau en vouloir à David, elle lui doit bien ça.

Il frôle ce visage de petite fille pâle. Il lui parle, balbutie des mots, des mots. Mélanie. Ma Mélanie. Elle doit l'entendre, son cerveau doit tout enregistrer, décider si elle doit revenir ou pas. Reviens, Mélanie. Reviens. Je t'aime tu sais. Julie va venir aussi. En caressant le bras de sa fille, il découvre la douleur de l'absence. Mélanie ne réagit pas. Elle a l'inertie et la pâleur des demi-vivants, ne doit pas l'entendre. Il est inutile. Et il pleure toutes ces larmes qu'il n'a jamais pleurées et c'est comme s'il se sentait vivre soudain. Cette chaleur dans son corps, cette énergie nouvelle, il veut la lui donner.

— Je veux que tu restes, Mélanie. M'entends-tu?...

Un frisson parcourt le corps de son enfant, un sourire mince, évanescent, apparaît quelques secondes sur les lèvres sèches. Il connaît l'un des plus beaux moments de sa vie, un moment essentiel, imprévisible et inexplicable.

Anaïs No passe la nuit dans son lit. Collés l'un à l'autre comme deux orphelins, deux chats qui cherchent un peu de chaleur, jusqu'à ce que le soleil filtre par les vénitiennes à demi ouvertes et dessine de longs traits de lumière en forme d'éventail sur les murs et le front inquiet du théoricien de la relativité. Une musique de Pat Metheny envahit l'appartement. Un simple bouton poussé près du lit. *New Chatauqua*. La vie retrouve le jour, ses premiers regards, ses premiers sourires, ses toasts et son café au lait. Tout est clair maintenant. Rien entre eux qui ressemble à de la passion. Il a perdu une amante, gagné une amie. Il n'y a pas d'explication, pas de larmes, pas de drame.

Chapitre 20

NOTRE-DAME-DES-ANGES

Un taxi s'immobilise. Une femme vêtue d'un long manteau d'étoffe noir en descend. Empilées les unes sur les autres, comme des cages de lapins ou de poules, une trentaine de chambres où vivent des pensionnaires qui n'ont rien en commun, hormis la vieillesse. Derrière ces fenêtres, quelqu'un dans une berceuse espère que quelqu'un vienne. Ici, on termine ses jours à l'abri du froid, de la faim et de la peur, entre quatre murs pâles, dans un espace dont les dimensions se rapprochent de plus en plus du cercueil. Chacun a droit à une superficie de cent pieds carrés. Une place pour un lit étroit, une chaise, une commode, un lavabo et des toilettes.

Il fait froid. L'âge d'or ne sort plus que pour aller à la messe. Cela rassure, l'église à côté, le cimetière à côté. Alignés les uns derrière les autres, à leur fenêtre, comme s'ils étaient dans un train qui rentre en gare, des femmes et des hommes la regardent venir dans l'allée centrale bordée de haies d'aubépines blanches à cause de la dernière bordée de neige. L'un d'entre eux arbore fièrement, tous les dimanches, un uniforme de policier: képi noir qui dissimule son crâne déplumé, veste ornée de galons et d'insignes qui lui redresse les épaules et le régénère. La majorité porte des robes à fleurs ou à petits pois, des chemises blanches et des cravates à dessins géométriques, de couleur terre ou marine.

Une odeur de soupe aux choux et de médicaments saisit en entrant, avec la statue de Notre-Dame-des-Anges enveloppée dans un ciel de chérubins. Les couloirs s'allongent, blancs, propres et nets dans des émanations de naphtaline et de désinfectants. À l'une des intersections, un Sacré-Cœur de plâtre exhibe son cœur saignant et ses plaies ouvertes. Au bout, menant à la chambre d'Adrien Naud, une lumière rouge sur laquelle est inscrit le mot Exit surplombe une porte qui ne s'ouvre qu'en cas d'urgence.

Adrien Naud préfère la vue du jardin et du cimetière à celle de la rue et de l'église. La rue, c'est pour ceux qui attendent encore quelqu'un, pour ceux et celles qui veulent tout savoir. Les autres ne l'intéressent plus, surtout ceux qui veulent se montrer.

— Ce fraîchier d'Alexandre Lebœuf qui se croit le plus fort parce qu'il a été policier puis gardien de prison... ce maudit Bourgeois parvenu, vieux chialeux qui se vante d'avoir fait son argent sur le dos des autres...

Il a toujours exécré cette race d'hommes. Au moins, lui, il a gagné sa vie en n'exploitant personne.

La rage le cloue au lit. Sa tête oscille de gauche à droite, de droite à gauche, en suivant le mouvement de la pendule. L'arrivée d'Anaïs le stimule. Il se lève en tremblant. Il a envie de tout défoncer. Il maudit Dieu et les saints, les pilules empoisonnées et les assassins de tout acabit. Anaïs le retient, menace d'aller chercher la surveillante s'il ne se calme pas. Il éclate en pleurs, s'écroule dans sa chaise, seul objet avec l'horloge qu'il a apporté avec lui, la chaise de son père et de son arrière-grand-père. Elle questionne. Il refuse de parler, s'étouffe au milieu d'une quinte de toux. Adrien Naud s'arrête un court instant, montre la poubelle sous le lavabo.

— Je ne comprends pas, dit-elle.

— J'ai eu un cadeau de Noël. Une boîte de marde... dans une boîte de chocolats. Un char de marde. C'était devant ma porte. Ça s'est passé pendant que tout le monde était à l'église. Ce doit être l'hostie de Lebœuf ou le sacrement de Bourgeois. Les maudits chiens sales! Y perdent rien pour attendre... Y vont dire que c'est moi qui a fait ça! Je me suis plaint à la direction, ils ont ri. J'ai eu beau crier que c'était eux, la surveillante nous a ordonné de rentrer dans nos chambres. J'en ai assez d'être icitte. J'veux partir. Retourner au Saguenay. Chez nous. Dans ma maison. Ici, j'ai jamais eu d'maison.

Et il pleure, se tourne vers le buste qu'Anaïs

No a fait de sa mère. Ce n'est plus une sculpture mais un mannequin fantomatique monté sur pilier et habillé d'une robe violette à petites fleurs. Cette tête les fixe de son air hagard, de ce regard qui l'avait frappée lors de sa dernière visite à l'étage des cas perdus de l'Hôpital de l'Enfant-Jésus.

— Cette maison-là n'existe plus. C'est à maintenant qu'il faut penser. Pas à hier.

— Maintenant, c'est l'enfer.

— Avant, c'était aussi l'enfer.

— J'étais bien avant... avec elle.

— Elle n'est plus. C'est inutile.

— Elle me parle. Le matin, elle cogne contre le mur pour me réveiller, me dit que c'est l'heure d'aller travailler. Le soir, assis à côté de la fenêtre, je ferme les yeux et je l'entends jouer le *Danube bleu*. Nous valsions quand on était jeunes... avant que tu sois là. Je la prends par la taille et nous dansons. Nous tournons vite, de plus en plus vite, jusqu'à ce que je sois étourdi, jusqu'à ce qu'elle soit fatiguée. Quand tout est fini, je vois bouger les rideaux. Elle s'en va, elle s'endort. Je la couche avec moi... pour qu'elle revienne. Toi, tu sais pas! Tu peux pas savoir, tu t'es jamais mariée.

— Qu'est-ce que t'en sais?

— Je la verrai plus. Elle sera au ciel, moi en enfer, ça c'est sûr. C'est sûr.

— Qu'est-ce que tu en sais du ciel et de l'enfer, toi un non-croyant!

— Je l'engueule... Si je l'engueule, c'est qu'Il doit exister.

Il va encore tous les jours à l'église implorer les démons. Le sacristain l'a sorti parce qu'il a rudoyé la statue de Saint-Antoine qui ne voulait pas retrouver sa Marie. Depuis, le sacristain verrouille toutes les portes après la messe. Maintenant, il se contente de marmonner ses injures chaque fois qu'il passe devant la niche du Sacré-Cœur. Il épargne Notre-Dame-des-Anges, protectrice des affligés.

— Je ne t'ai jamais entendu prononcer le moindre petit mot d'amour! lance Anaïs.

— Sainte Marie, viens me chercher! implore-t-il.

— Tu n'étais jamais là! Même là, tu n'étais pas là. Elle était la musique, tu étais le silence. C'est ce silence qui a tué sa musique.

— Marie, ma belle Marie, amène-moi dans ton paradis. Ne me laisse pas seul.

— Elle t'a attendu toute sa vie, tellement attendu qu'elle a fini par tout oublier.

— Sainte Marie, mère de Dieu, prie pour ton fils, pauvre pêcheur.

— Pécheur... Pécheur...

— Je t'aime, ma belle Marie.

— Toi qui n'as jamais su lui dire cela.

— Je sais maintenant, Marie, Anaïs, Marie...

Le jardin derrière est mort avec celui qu'il a érigé sur la tombe de sa femme. Les fruits ont pourri sous la neige. Le printemps arrivera trop tard, il le sait. Elle le sait. Elle ressent pour cet homme qu'elle a décidé de ne plus appeler papa, le jour de ses douze ans, une sorte de tendresse amère. Elle veut le réchauffer, mais refuse qu'il l'envahisse de sa tristesse, empoisonne son existence fragile. Elle a décidé de quitter ce pays, mais pas avant qu'il ait décidé de partir.

Elle a envie de s'asseoir sur ses genoux comme lorsqu'elle était petite, dans cette berçante placée près de la fenêtre du salon, face au piano où se tenait sa mère, son regard gris fixant, au-delà de la fenêtre, une mer imaginaire. Il a les os trop fragiles. Elle approche un tabouret et raconte une histoire en le serrant contre elle. L'homme s'abandonne. Il était une fois... Les flocons blancs tombent, Marie Ouimet dans sa robe de mariée sourit au-dessus du petit lit.

Adrien Naud a entendu la version des beaux jours, l'épisode du grenier, sans réagir. Il s'est endormi. Sa tête s'est abandonnée sur l'épaule de sa fille. Une sonnerie stridente clame l'heure du repas. Il se réveille en sursaut, dit qu'il ne veut pas aller manger, veut dormir, veut qu'elle dorme à côté de lui. Elle promet de tout arranger, l'aide à s'étendre sur son lit, prend dans ses bras la statue de sa mère et la couche près de l'homme qui ferme les yeux.

Un billet a glissé de la poche de la robe à petites fleurs bleues et roses, un billet plié et replié de multiples fois, d'une écriture si fine que l'on pourrait penser à celle d'une écolière d'antan. Les dix commandements. Elle le glisse discrètement dans son sac, s'assure qu'on laissera son père tranquille et commande un taxi.

Des hommes et des femmes aux épaules voûtées, sauf le chef de police dans son costume bourré d'épaulettes, se dirigent vers la salle à manger en claudiquant ou en la fixant de leurs regards inquisiteurs, sournois, gaillards ou indifférents.

Adrien Naud disparut la veille de l'anniversaire de la mort de Marie Ouimet. On le retrouva, face contre terre, sur la dalle recouvrant le cercueil de son épouse, une pelle à côté de lui. Il avait essayé de creuser le sol gelé. L'autopsie révéla qu'il était décédé d'un arrêt cardiaque.

Si cette image s'imprima, indélébile, dans la mémoire de Anaïs No, elle n'en éprouva pas de véritable chagrin. Cette mort était venue à l'heure où il est souhaitable qu'elle vienne, en ces temps où l'humain ne tient à la vie que par un corps qui s'accroche. Elle ne pleura pas. Elle l'avait fait bien avant, lorsqu'il avait brisé sa confiance d'enfant.

Elle s'occupa de tout, exécuta fidèlement, obligatoirement, ses dernières volontés comme une petite fille redevenue obéissante. Elle le fit enterrer à côté de sa femme, dans le lot familial, même si elle éprouvait du remords à les imaginer se quereller, se déchirer sous la terre.

Elle lui commanda un cercueil de bois deux fois plus large qu'à l'accoutumée, grand comme un lit double. Il voulait étendre les bras à la manière d'un christ mort crucifié et miné par le travail. Un cercueil où n'entrait aucun alliage d'aluminium ou d'acier. Il voulait du bois, la fraîche chaleur du bois coussiné du satin de la robe de nuit de sa femme, le premier soir des noces. Elle y déposa son parapluie rouge, seul cadeau qu'il lui eut offert un jour d'anniversaire quand elle était enfant et, cassée à la tranche file de la Genèse et du Cantique des cantiques, la bible usée de sa mère.

Ils vinrent. Des hommes, des femmes qu'elle ne connaissait pas. Parents lointains, pensionnaires honnis par le défunt. Le policier aux épaulettes rigides. Le bourgeois déchu. Ils défilèrent comme des comédiens au visage défait, réussirent à contenir leur rire devant le spectacle de l'homme aux bras en croix.

Anaïs n'eut pas à subir la descente du corps d'Adrien Naud dans la fosse, le sol gelé s'opposant au spectacle de la dernière tragédie humaine. Sept grands archanges de plâtre blanc sonnaient dans leurs trompettes la fin des temps. Au milieu du grand linceul de neige couvrant les tombeaux, le Christ mort et sa mère le pleurant. Devant eux, la société hiérarchisée des morts entre les stèles de granit ou de marbre et les simples croix de bois blanches. Un monument de pierre avec des mots gravés. Marie Ouimet, épouse bien-aimée de Adrien Naud, décédée le 21 novembre 1985. Adrien Naud, époux bien-aimé de Marie Ouimet, décédé le... Anaïs Naud, leur fille bien-aimée... Son père a tout prévu. C'est ce qu'il lui laisse en héritage. Une troisième place dans le lot familial.

Anaïs No se redressa, comme sous l'effet d'un coup de fouet. Elle s'essuya le visage. Ses tantes sanglotaient. Cécile se serra contre elle. À la sortie du cimetière, elles rencontrèrent une procession de femmes portant vingt et un tombeaux de bois blanc sur lesquels étaient placées les photos d'autant de femmes disparues au cours de l'année. Elles avaient été tuées par un ami, un amant ou un mari, certaines avec leurs enfants. Elles laissèrent le défilé franchir silencieusement le portail de fer forgé et sortirent du côté des vivants.

Elle regarde les voitures et les passants tout en bas. Des ombres chinoises sous les parapluies multicolores. Dans la boîte aux lettres, une grande enveloppe contenant des dizaines de feuilles de papier vélin ou papier pelure calligraphiées d'une main d'écriture variable, cherchant son équilibre entre la gauche et la droite, le haut et le bas, la continuité ou la discontinuité. Des écrits datés, parfois pas. Jamais signés. David y a joint un mot.

«*Très chère Anaïs. Le temps des amours risibles est passé. Je me sens bien. Adieu. P.-S.: Quant au septième texte, le texte manquant, ne le cherchez pas, un ange l'a apporté avec lui au fond d'un canyon.*»

En récupérant son journal, elle découvre qu'il n'a plus d'importance. Il ne sert à rien de ressasser cet exorcisme. «*Les mots n'ont de signification que dans le moment ou le lieu où ils ont été écrits.*» L'image de l'hôtel brûlant la saisit lorsqu'elle ouvre la porte du foyer. Elle y jette une à une ces feuilles, ces mots, lisant au passage quelques phrases. «*Des capelans. Un chat jaune. Une femme sous un parapluie rouge. Un bel hôtel blanc... Un homme est mort. Une femme pleure... L'homme appuyé au bastingage. Le tamtam du désir. Ses boucles comme des palmes noires... Le désir s'enfouissant dans la mémoire. Un paquebot blanc sur les eaux noires.*»

Elle revêt sa robe en soie, ample de jupe et longue jusqu'aux chevilles, avec un décolleté arrondi et des fleurs de couleur, fait jouer la plus longue pièce du musicien, une musique résonnante de guitares, et elle danse, ondule, sous le regard de l'homme-statue, entre le feu et le masque No. Elle retrouve les gestes de la mer. Son corps se libère, redécouvre l'espace, le goût de la liberté et du mouvement, s'amarre à cette musique. Comme un appel, une séduction. Et l'homme-oiseau se met à sourire et l'entraîne dans un tourbillon de vagues et de flammes, juste devant le masque No, le masque de la femme triste devant la margelle qui pleure la mort de son mari avant de s'y jeter. Ce fantôme l'a possédée durant des années. Cette femme se noyant dans ses eaux. Sa mère. Ce simulacre de vie, ce masque de carton-pâte couleur d'ocre et de terre. Elle s'en recouvre le visage, exécute les gestes doux et tendres de la femme triste, le présente à l'homme-statue, le reprend et le jette au feu. Comme un adieu à l'homme de sa vie, à l'homme de sa mort.

Et elle danse, danse, emportée par le feu et sa musique.

Chapitre 21
LIBERTAD

Le journaliste rapporta les dernières nouvelles du pays, toutes mauvaises. Le premier ministre menaçait de noyer le Québec en aménageant des barrages sur les rivières du nord pour vendre de l'électricité aux Américains. Les Américains continuaient à exporter leurs pluies acides sur le pays, une grande papetière avait pour la cinquième fois de l'année échappé des centaines de litres de liqueurs toxiques dans le Saguenay.

L'homme qui écrivait des romans dans sa tête broyait du noir. Il ne pouvait voir comment le pays sortirait du cul-de-sac. Le système finirait par crouler sous les dettes et l'humanité se détruirait. Certains, moins pessimistes, adeptes des Enfants du Verseau, faisaient foi aux mutations de la conscience humaine, seul espoir de survie, quelques-uns à l'éducation nécessaire ou à l'information, d'autres à la participation, au développement d'une conscience éthique dans les écoles, les milieux de travail et d'affaires. La femme du prénom de Elsa croyait que rien de cela ne pouvait s'accomplir sans la mémoire retrouvée. Anaïs No l'avait rencontrée à l'hôpital, peut-être aussi ailleurs. Avait reconnu sa tête fauve, sa main fine, griffonnant des carnets noirs.

Finalement, alors que les étoiles brillaient au-dessus de la terrasse et que le pin, près de la cheminée, scintillait, on s'entendit sur la possibilité de l'autoguérison. L'humanité fabricante d'anti-corps étant capable d'un dernier acte de conspiration pour la survie. Anaïs No ressentit ce moment de complicité rare à la manière d'une sorte de communion cosmique. C'était comme si tous les humains avec la nature silencieuse partageaient soudain une même volonté, une même obsession.

La journée s'était écoulée pareille aux autres. Un soleil perpétuel s'était levé sur les hibiscus à hauteur d'odeur et les coqs à queue folle avaient chanté. Les poules, moins exhibitionnistes, avaient pondu leurs œufs. Elle avait surpris, près de son lit, Lazy Lezard l'aiguillonnant de son œil noir. Il ne s'enfuyait plus quand elle approchait, restait la seule présence de sa petite maison qui devenait de plus en plus familière. Elle lui avait tendu une mouche et il l'avait avalée d'un rapide coup de langue, s'était rendue à la mer par le sentier, avait suivi une méduse transparente à longs cheveux ondoyants dérivant vers la plage. Elle avait cueilli des oranges et des pamplemousses dans le jardin de Laura, acheté des fruits de mer au quai pour se composer une paella.

Le soir, elle partit sur les rochers de coraux

chasser les crabes avec un groupe de jeunes Libertéens. Elle reconnut Maya, la petite Inca, qui l'avait invitée d'un sourire, véritable soleil dans le noir. Ils étaient munis de lampes de poche. Les crabes étaient attirés par la lumière comme les papillons de nuit. Ils sortaient de leur antre, toutes antennes érigées, les pinces prêtes à vous cisailler un doigt de pied. Un jeune garçon fit un test, laissa tomber une cigarette allumée. Sous le faisceau de la lampe de poche, un crabe couleur de sable se sauva à vive allure, un mégot dans la gueule. Tous se tordirent de rire.

Il s'agissait de saisir la bête par son centre et de l'enfouir le plus rapidement possible dans le panier d'osier. C'était, semble-t-il, la meilleure façon de capturer le crustacé. Il existait des méthodes plus cruelles, plus efficaces, mais c'était, selon les enfants, méthodes de dégénérés. Dans certains pays, on versait de l'eau de Javel sur les bêtes, on faisait exploser de la dynamite dans la mer afin de les faire remonter à la surface. On avait éliminé ainsi presque toute l'espèce, n'épargnant que de vulgaires araignées de sable qui surgissaient de leurs galeries sur les plages. Chacun entra se préparer pour la fête. On entendait venir à travers les bruissements des pins siffleurs des airs d'harmonica et de guitare. Une voix d'enfant chantant en espagnol *Le petit renne au nez rouge* ou *Ça bergers*.

À la *Maison de l'Anse*, avec son panier frétillant de crustacés, on l'accueillit affectueusement. Richard, le chef cuisinier, dansait sur un air de reggae en préparant la salade. Un *grouper* éviscéré, l'œil globuleux et gélatineux, la peau blanche, gisait sur le comptoir attendant qu'on le grille à petit feu. Plusieurs refusèrent d'assister au massacre des crabes dont il fallait séparer les pattes du corps avec un couteau tranchant avant de l'ébouillanter. Elle assista au sacrifice dirigé par le grand prêtre cuisinier sans broncher, les lèvres serrées. Elle renonça à la cueillette de ces animaux, certaines morts lui apparaissant plus cruelles. L'émotion s'estompa avec la consommation de rhum et lorsque l'on vint s'asseoir autour de la grande table de réveillon décorée de fleurs d'hibiscus, de feuilles de palmier et de noix de coco farcis de salades de fruits agréablement parfumés, on n'y pensa plus.

Des Libertéens avaient revêtu leurs plus beaux atours pour la messe de minuit devenue obligatoire en raison de l'atmosphère qui en émanait et de la signification qu'avait ce jour pour toute religion promettant un sauveur capable d'épargner le monde de l'anéantissement. Si les ancêtres de ce pays croyaient à la nécessité du sacrifice d'une bête ou d'un humain, ses descendants croyaient, du moins la veille de Noël, à celle d'un dieu lointain. La religion était devenue plus symbolique, plus confortable.

Les vêtements des femmes attiraient le regard. Elles portaient des tulles, des dentelles, de grandes capelines de paille fine, des bracelets d'or et des colifichets, des boucles de satin dans les cheveux et de beaux enfants endormis qui voyageaient dans les bras de l'une et de l'autre. Le célébrant au teint laiteux d'allégeance baptiste, ses deux assistants noirs d'une ressemblance presque jumellaire vêtus de longues robes de satin lamées or et la jeune organiste habillée de dentelles roses et de socquettes assorties amorcèrent le *Minuit chrétiens*. Tout le monde suivit. Parfois, une voix s'élevait plus haute, plus forte, dans un solo improvisé. On se taisait, on l'écoutait puis on applaudissait. Cela tenait à la fois du cantique, du gospel et du negro-spiritual.

Elle vit d'abord son profil, ses pommettes saillantes, son nez droit, ses lèvres charnues, sa tête léonienne. Un lion dans la lumière bleue. Elle observa ce vague mélange dont on ne pouvait distinguer les origines. Synthèse du conquis et du conquérant. Sentant son regard, il se retourna soudainement. Ils se dévisagèrent trop longtemps pour qu'autour les gens de la famille et du voisinage ne le remarquent pas. Le sourire d'un garçon mit fin à leur obsession. Ils se contentèrent, durant le reste de la cérémonie, de coups d'œil furtifs.

Une émotion oubliée, un plaisir aigu et délicieux aiguillonnaient sa pensée et sa chair. Elle reconnaissait cette révolution de tout l'être, cette chaleur qui envahit le corps dans ses parties les plus sensibles, le rive à l'autre tel un aimant; cette tension, ce pincement dans le bas-ventre, ce cœur qui tambourine. Elle pensa fuir, ne plus regarder, ne plus y penser. À nouveau dans l'antichambre du désir avec l'incertitude qui précède l'échange. Elle savait qu'elle avait brisé le cercle infernal de la dépendance amoureuse, la tyrannie de la sublimation.

Elle recommença sa contemplation au moment où le grand prêtre et les fidèles s'agenouillaient devant l'hostie consacrée, ce pain que l'on croyait transformé en chair et en sang. Elle échappa un sourire qui le fit sourire à son tour. Elle n'entendit plus rien, hormis les chants séraphiques de la fin, interprétés en plusieurs langues... Ils sortirent, aspirés par la foule, elle avec son groupe, lui avec les siens.

Elle le revit plus tard dans la nuit. La place du village avait été transformée en lieu de festivités et de bacchanales. Lampes de papier, serpentins et guirlandes suspendus au-dessus des longues tables; porc, poules rôtissant autour des broches, au-dessus des brasiers volcaniques. Rouges lueurs sur les visages des cuisiniers, barils de boisson à base de rhum et de noix de coco. Un orchestre, le Scratched Band, jouait des airs de Noël, de reggae et de tango avec une scie grinçant à la manière d'un violon désaccordé, une énorme vis récupérée et une cuve modifiée en contrebasse. Les couples s'enlaçaient, ondoyaient à la façon des algues dans les fonds marins, dans une sorte de mouvement lascif qui ressemblait à une pariade: gestuelle enveloppante du regard, des bras, du bassin s'arcboutant, des jambes se frôlant l'une l'autre. Les gens du sud ont une souplesse sensuelle que n'ont pas les gens du nord tant préoccupés par leur reflet dans les grands miroirs et les regards des voyeurs de discothèques, si absorbés par leurs techniques et leurs gestes appris sur le tempo des machines et des danses sociales: gestes raides, brusques et saccadés.

Il dansait serré contre une très belle Noire au visage d'Arménienne, mais n'avait d'yeux que pour elle. Ayant flairé l'étrangère, les hommes de l'île se succédaient pour lui demander une danse. Elle ne refusa personne, garçons attirants ou moins attirants, finit par y trouver un certain plaisir, l'impression d'être désirée par tant d'hommes à la fois et de revivre l'ivresse d'une danse qui ne finit jamais.

Lorsque l'orchestre s'arrêta pour une pause, elle trouva une excuse pour quitter ses courtisans et aller à sa rencontre. Ils ne se quittèrent pas du reste de la nuit, possédés de désir, incapables de s'arrêter de danser, privés de parole, entraînés par la musique sortant distorsionnée des haut-parleurs, de plus en plus cacophonique, jusqu'à ce que l'aube marque l'horizon, jusqu'à ce que surgisse de la foule enivrée la rumeur montante de la marée les emportant tous, en une pulsion commune et frénétique, vers l'océan en criant *Viva Libertad... Viva la Noche Buena.*

Se jeter à la mer était une coutume du pays depuis l'indépendance acquise un jour de Noël, un rituel rappelant la nécessité de la vigilance qu'avait fouettée l'invasion de Grenade par les Américains, il y a une dizaine d'années. Néces-sité de veiller même lorsque la nuit est tombée. Quand ils sortirent des eaux, chacun rejoignit son groupe. Lui, sa famille dont faisait partie la belle Noire, sa sœur aînée, dont elle devinait l'hostilité. Elle, le clan de l'anse, complètement givré, le jardinier au sourire édenté qui avait perdu son partiel au cours de la baignade. Entas-sés dans la voiture bringuebalante, contournant les trous de la route, ils rentrèrent à la maison dans l'hilarité générale. Elle ne pensa plus à l'homme, n'avait surtout pas envie de céder au coup de foudre, pas plus que d'affronter le re-gard hostile de la belle fille.

C'était le septième jour de son arrivée. C'était comme s'il s'agissait de la première fois.

Elle retombait en adolescence. C'était pareil et différent, plus fort que soi. Il apparut dans l'embrasure de la porte comme un soleil. Ils découvrirent leurs corps avec la lenteur des apprivoisements et la fougue des premiers touchers. Leurs beautés avec leurs faiblesses. Il était plus calme, plus contemplatif, elle était plus anxieuse et plus agissante. Il lui faisait penser à un maître de bonsaï tellement il prenait le temps de faire méticuleusement les choses, elle lui faisait penser à la comète de Halley tellement elle était vive. Ils surent que malgré ce qui les séparait, malgré ce statut d'étrangère qu'elle n'arriverait jamais à faire oublier, ils pourraient vivre ensemble. Avec le temps, ils réussirent à lier l'extase à la tendresse. Elle découvrait que toute sa vie, elle avait cherché le même homme. Cet homme devait être différent de son père, savoir la bercer sans la protéger, l'aimer en la laissant libre. Peu à peu, il devint un ami, un amant, un complice, un amoureux tendre et patient.

Elle cherchait à s'inventer des racines dans ce pays au confluent de cultures diverses, en dépit des mesquineries des filles du pays dont elle faisait visiblement l'envie. Il cherchait à retracer ses origines dans les fouilles archéologiques. Il était l'ombre sur la palissade derrière la pyramide aperçue le premier jour. Il le lui apprit. Il participait à l'enregistrement des légendes anciennes et à la protection de ces lieux privilégiés.

Sans s'en rendre compte, elle se fabriquait un autre corps, un visage moins grave. Les N naissant aux commissures des lèvres s'estompaient en redécouvrant le rire et le sourire. Elle retrouvait le O de la bouche suspendue comme une ouverture au monde, le O du oui. Elle se sentait belle et pour la première fois de sa vie, se construisit une maison ouverte, sans meubles inutiles. Une simple pièce fraîche, à cause du parquet d'argile affleurant le sol et des palmes des bananiers se balançant au vent, chaude de ses couleurs de sable ocré et de ses personnages totems, mi-humains, mi-bêtes, mi-oiseaux, qui l'entouraient telles des colonnades dans un tableau de Gauguin.

Sculpter et aimer, retrouver le contact, remettre le courant. C'est tout ce qui comptait. Elle ne fuyait plus l'engagement amoureux que craignaient la plupart des hommes et des femmes de sa génération fascinés par le détachement qu'entretenaient les gourous du bouddhisme ou du rêve post-western. Elle n'avait jamais osé, probablement par crainte de se retrouver le matin face à l'autre dans un embrouillamini de journaux, de guitares et de fils électriques. Avec lui, ce genre de préoccupation n'existait pas. Cette simplicité l'étonnait, l'émerveillait. Il la trouvait magnifique. Il avait l'impression qu'il l'avait toujours attendue. C'est tout. Il n'y avait pas de question à se poser.

Malgré sa nouvelle vie, elle n'en était pas moins visitée par des images, des odeurs et des voix antérieures. Une fois qu'elle marchait sur la plage, un oiseau noir tomba droit devant elle sèchement et abruptement. Raide mort. Un frisson la secoua... Elle faisait souvent aussi ce rêve de sa mère, dans les jardins de Métis-sur-Mer, à l'ombre des hauts pins, jouant sur un grand piano blanc une musique exquise que des centaines de jaseurs à masque noir et plumage cannelle accompagnaient de leurs vols et de leurs piqués au-dessus de l'étang, des joncs et des hautes herbes.

Un matin, elle fut réveillée par des galops s'approchant peu à peu de sa case. Elle écarquilla les yeux et vit passer lentement, devant sa porte ouverte, des petits chevaux jaunes. Sur le dernier, un cavalier aux traits indistincts, à cause de la lumière, portant un oiseau sur l'épaule. Le bruit des sabots s'anéantit et elle vit l'oiseau s'envoler dans la lueur du soleil levant. Comme si elle avait accepté la mort de Corbo et qu'il se libérait.

Elle n'y pensa plus. D'une seconde à l'autre, l'enfant de la batture parvenue au bout de l'océan découvrait le mouvement perpétuel, fait de flux et de reflux, de retours et d'éloignements, de fins et de recommencements.

En tant qu'étrangère, elle n'eut jamais accès au conseil gouvernemental. Elle participa à la conservation de l'île, aux recherches de John. Profita de sa disponibilité pour se joindre à des missions d'exploration avec des scientifiques américains, canadiens ou européens fascinés par ces lieux vierges. C'était une occasion de se tenir en contact avec ses origines. Elle contribua à recueillir et à analyser les échantillons de diverses espèces marines que draguaient de luxueux chalutiers expérimentaux. Il s'agissait de peser, de mesurer, d'inscrire les données, de rédiger des rapports. On ne savait pas à qui servirait cette recherche, qui subventionnait vraiment cette entreprise. La méfiance s'installa. Les incursions des scientifiques, comme en d'autres temps celles des missionnaires, servaient souvent à cautionner ou à précéder l'exploitation d'un milieu. L'exploration précédant toujours l'exploitation.

Elle quitta son emploi et chercha une pierre, un bois sur lesquels travailler. Elle avait commencé par dessiner des esquisses dans un carnet sous l'œil de Lazy Lezard, des figures aux allures océaniennes, à la fois réelles et irréelles. Des humains à tête de reptile, de poisson ou d'oiseau parfois seuls, parfois imbriqués les uns dans les autres. Elle voulait transformer l'univers, transformer sa vie, lui donner plusieurs dimensions, cerner les symboles, les couches profondes des mythologies humaines. Elle n'avait pas à subir l'opinion critique hormis celle de ses proches qui la trouvaient souvent étrange, Laura et Mitchell entre autres.

— Tu es surréelle et cosmique! disait John, son plus grand admirateur avec Maya.

Ce n'était pas tant la réussite de beaux objets qui comptait mais leur signification et l'originalité formelle. Le jaillissement de la spontanéité, l'abandon des règles et des modes. Elle cherchait à se donner des yeux au bout des doigts.

Pour assumer sa survie, elle ouvrit le premier comptoir de crème glacée de l'île. On y entrait comme dans un coquillage, une conche d'argile glacée partiellement ensevelie sous la terre. C'était une grotte, une caverne pleine de fraîcheur que fréquentaient les insulaires, particulièrement les dimanches et les soirs de journée chaude. Le comptoir aux couleurs de crème glacée napolitaine eut un tel succès qu'un pêcheur et sa femme devinrent éleveurs de vaches, approvisionnant ainsi la fabrique de crème glacée et les consommateurs qui jusqu'alors devaient importer leurs produits laitiers de White Island.

Elle échangeait des lettres avec Claudia. Elle eut la surprise de recevoir d'un magazine une offre de reportages. Il pouvait s'agir de reportages politiques, humains ou simplement touristiques. Elle ne répondit pas. Qu'avaient les médias à apprendre d'un pays sans événement ou conflit d'importance? Qui avait trahi le secret? Peu de temps après, elle reçut un télégramme de David. Il disait simplement: «*You're my death valley*». Elle en ressentit un haut-le-cœur. Claudia lui apprit plus tard que le journaliste, devenu relationniste, s'était raté d'un coup de revolver dans les côtes.

À la faveur des incursions des scientifiques, des journalistes et des premiers visiteurs, le secret se tarit. Les touristes vinrent de plus en plus nombreux. L'île apparaissait sur les mappemondes des agences de voyages. Elle appartenait au monde. Les êtres et les choses changeaient. Certains, à bord de leur yatch ou de leur hydravion, misaient sur le trafic de la cocaïne; d'autres, sur les complexes hôteliers découpant les plages de leurs ombres. L'argent devenait une raison d'être et les denrées, de plus en plus étrangères, de plus en plus chères. Quand la nostalgie du pays la reprenait, Anaïs No pensait au trafic de la ville, à la vie organisée et chronométrée, aux rencontres superficielles, à John, son oiseau de paradis, qu'elle ne voulait quitter pour rien au monde.

Le périple de Anaïs No dura sept ans, sept mois et sept jours. Aiguillonnée par la visite impromptue de Claudia qui lui apprit sa candidature comme députée d'un parti indépendantiste vert-social-démocrate, le mariage de David avec une fille qui lui ressemblait étrangement, elle ressentit le mal du pays des contrastes. Elle rentra. La canicule recouvrait Montréal et les grands espaces autour. Anaïs éprouvait le besoin d'entendre les gens parler dans sa langue, de retrouver la rumeur de la ville avec celle du fleuve et des rivières tumultueuses, de se mêler aux forces de changement qui réveillaient un monde endormi depuis des années par les illusions du libre-échange et de la consommation outrancière. Ce pays, dont les écrivains refusèrent un temps de nommer les lieux, elle avait envie de le parcourir du sud au nord, d'est en ouest, de sentir ses saisons, de s'émerveiller sur les battures de ses oiseaux de glace.

Une génération nouvelle s'éveillait, plus préoccupée de survivance, de qualité de vie et de justice que ne l'avait été la sienne.

John vint la rejoindre six mois après son retour. L'île de Libertad venait d'être envahie par la voie des airs, selon un scénario qui ressemblait étrangement à celui de l'invasion d'autres îles. La barbarie humaine avait trouvé le prétexte de quelques trafiquants pour intervenir.

Ce pays servirait désormais à entreposer les déchets du grand producteur, deviendrait peut-être poubelle nucléaire.

John faisait partie des opposants, tenait à Anaïs, à sa vie plutôt qu'à sa mort, choisit douloureusement l'exil auquel la vie avec cette femme l'avait préparé. Ils vécurent longtemps à la fois inquiets et heureux, durent se marier pour permettre l'entrée de John au pays. Ils le firent civilement, obligatoirement, sans laisser de descendance autre que l'intarissable espoir d'un réveil.

C'était l'hiver. Dans les montagnes, la terre était recouverte de grands andouillers de givre, de guirlandes de verre glacé, de pains de sucre, de *bakes Alaska*, de bombes de fudge blanc *Divinity* coulant voluptueusement des érables, des sapins couverts de cygnes blancs et des bouleaux pelés roses. Forêt de dentelle à motifs de pattes d'oiseaux gelés, panaches géants s'arc-boutant sous le givre. Un nuage de sucre en poudre leur lécha le visage. C'était un festin, une table de fête garnie d'étoiles de sucre rose, de ganaches *Mergeay*, de pralinés et de langues de chat. C'était le recommencement.

ÉPILOGUE

Un jour, en bouquinant dans une librairie de la ville, un roman attira l'attention de Anaïs No. Plutôt une image, un titre. «*Bleus de mémoire.*» Sur la page couverture, deux amoureux à l'intérieur d'une forme ovoïde. Elle passa à la caisse et sortit. Il était signé Elsa Marcorelles, la femme au parapluie rouge.

Achevé d'imprimer
en août 1993 sur les presses
des Ateliers Graphiques Marc Veilleux Inc.
Cap-Saint-Ignace (Québec).